念

念楼随笔

锺叔河 著

江苏凤凰文艺出版社

念楼说——代序

念便是廿,念楼便是我住的二十楼。桐乡叶瑜荪君为镌二字直额,堪称竹刻佳作,因恐损伤竹材,不敢用钉子钉,遂将其陈于客厅。另求雕塑家雷宜锌令手下人为模铸一件,固定在门上。

有友人见到这两枚题额,望文生义,问是不是为了纪念某个人,或者某件事情。答以不是,只是廿的换一种写法。

这本是真话。但转念一想,如果只是如此,何不径写廿楼或二十楼,岂不更为简明。那么自己心中原也以为"念"字比"廿"更为可取,更有意思一些吧。这也是真话。

到底念字有哪些意思更可取,自己本来也不很清楚,说不大出,于是便来翻字书,先翻《说文解字》,第十之下:

念,长思也。

而思字篆文上为囟(不是田),下为心。《说文》云:

囟,头会脑盖也,象形。

今人仍将婴儿头顶骨未合缝处称为囟门,正是"头会脑盖"。囟字恰像四瓣头顶骨合成一个天灵盖，装着整个人的脑子，此即所谓象形。上为脑（囟），下为心，可见思是用脑用心的事。念为长思，更得长用脑，长用心了。

再翻《汉语大字典》，二二七四页念字的义项有八：

一、思念；怀念。
二、思考；考虑。
三、念头；想法。
四、怜悯；怜爱。
五、念；诵读。
六、同"廿"。
七、佛教用语，指记忆。
八、姓。

后四项系专用，此处不必说。前四项中二项和三项是智力活动，用的是脑子；一项和四项则属于感情，用的却是心。下面就分别从用心和用脑两个方面来找例子看看。

心里放不下，感情上念念不忘的例子，可以举出李清照的《凤凰台上忆吹箫》：

念武陵人远，
烟锁重楼。
惟有楼前流水，
应念我终日凝眸。

两个念字，一往情深，真是辗转缠绵，不能自已。但用情须有能交流的对手，三生石上的缘分可遇不可求，两情相悦而才智又堪匹敌的，更邈矣乎难得。李清照这一片深情，怕只有赵明诚差能领受，张汝舟便不够格，等而下者"更隔蓬山一万重"，女词人就只好"守着窗儿，独自怎生得黑"了。

　　用脑子想事情，想去想来终于千虑一失的，也可以举出一个有点特别的例子。《史记·淮阴侯列传》记齐人蒯通往说韩信，劝他脱离刘邦，避免兽尽狗烹的下场。韩信听了以后，对蒯通说道：

　　　　先生且休矣，吾将念之。

对于性命攸关的大事，智如韩信，岂有不念之理。一念就念了好几天，"后数日，蒯通复说"，而韩信念的结果，却是"不忍倍（背）汉，又自以为功多，汉终不夺我齐"，谢绝了蒯通。

　　韩信这一念之差，对刘邦来说，是天上掉馅饼，大大的好事；对于韩信自己，却完全错误，简直错到了底。

　　李氏之念，念之在心，用的是情。韩信之念，念之在脑，用的是智。李的情商和韩的智商，较我辈凡夫，高出岂止百倍。而实际的情况却是，李不幸佳偶中殂，再嫁又遇人不淑，感情生活乐少悲多；韩则被戮于钟室，还夷了三族，使得一千九百多年后的郑板桥犹为之痛哭高歌"未央宫里王孙惨"。可见智商和情商再高，念得再多，结果亦未必有益，甚至还会有害。马克思有言，"思考使人受难"。连全世界无产阶级的伟大导师都这样讲，可见念之深思之切未必是什么好事，用"念"字来作楼名，真的还不一定十分妥当呢。

　　好在早已故去的爹妈给我的脑子并不灵，心思也不活泛。儿时初学四则应用题，就蠢到了极点，居然去问父师：谁会把两只脚的鸡往四只脚的兔子笼里赶，再不怕麻烦去数多少头多少脚，这样的题目何必做？事实上我也确实很少做对过，气得老父亲翘起胡子大骂"下愚不移"。一不移就不移到了现在，自己也年逾古稀，本就不灵敏的脑子和心思更加懒得多用，料想总不至于再惹什么麻烦了吧。"念楼"二字既已刻上铸上，也就不想再改了。

【后记】 上面这篇《念楼说》，作于入住念楼不久后的二千零二年。《念楼随笔》的一百多篇文章，选自从《书前书后》到《人之患》十三部文集，除《书前书后》外的十二部，都成书于念楼。于是，我便将说念楼的《念楼说》，作为《念楼随笔》的代序了。

从十三部文集中选出的这一百多篇文章，都是随笔之作，都以随笔的体裁在报刊上发表过。有几篇也曾被当成序文印在书前，并被收入序跋集，但这并不妨碍其为随笔，我以为。

二千零一十八年三月十九日于念楼，锺叔河。

目　录

念楼说——代序 001

《书前书后》选六篇

曾国藩教子 001
铁算盘及其他 006
地理学家的观察 010
清朝人看外国戏 014
赛金花在柏林 017
末世官僚地主魂 021

《百家文库·锺叔河卷》选九篇

留鸟的世界 024
谈美文 027
豫陕川行感慨深 030
黄鸭叫 033
卖书人和读书人 037

我家的摆设......039
湖南官话......042
油印的回忆......045
血门的风俗......048

《念楼集》选十四篇

旧时花价......051
协操坪......054
吃油饼......062
蝙蝠的不幸......065
内丹还是普洱茶......070
民意和士气......079
汉口竹枝词......085
道光年间的汉口......090
验方新编......094
西青散记......099
上供和还愿......104
暮色中的起飞......107
忆妓与忆民......111
改文字......114

《偶然集》选九篇

因何读书......116
说自己的话......118

我的第一位老师...... 120
偶然...... 124
做挽联...... 127
千年谁与再招魂...... 133
西关古仔...... 136
李鸿章的诗...... 140
狗咬人...... 147

《天窗》选七篇

太行山的笑话...... 149
买旧书...... 153
望过年...... 157
润泉纪念...... 160
天窗...... 170
古人写书房...... 173
时务学堂何处寻...... 176

《青灯集》选十一篇

依然有味是青灯...... 180
蓑衣饼...... 184
童心和童趣...... 187
平江和平江人...... 190
神鼎山...... 194
谈书话...... 199

今夜谁家月最明...... 202
《芜野尘梦》...... 205
谈毛笔...... 209
洗马...... 212
梨花与海棠...... 214

《笼中鸟集》选十五篇

笼中鸟...... 217
溃堤以后...... 219
陈后主和晋惠帝...... 223
文人之苛...... 227
学与商...... 231
人之将死...... 234
囊萤映雪...... 236
角先生及其他...... 239
盛世修史...... 245
清朝的官俸...... 248
说倒提...... 251
奉正朔...... 254
天威莫测...... 257
恬笔伦纸...... 261
古长沙片鳞...... 264

《念楼序跋》选三篇

《知堂书话》序...... 268
理雅各译《四书》...... 271
读杨振宁《曙光集》...... 274

《小西门集》选十五篇

给周作人写信...... 277
沿着岷江走...... 281
游离堆...... 287
看成都...... 295
谈虎三则...... 305
小西门...... 311
学《诗》的经过...... 314
老社长...... 319
酒店关门我就走...... 328
吃笋...... 331
长沙的春卷...... 333
我和李普...... 336
悼亡妻...... 340
【附】老头挪书房（朱纯遗作）...... 343
猪的肥肉...... 345
书的未来...... 348

《与之言集》选二篇

送别张中行先生...... 351
钱锺书和我的书...... 354

《念楼小抄》选五篇

也谈《四库全书》...... 357
最早的照相...... 360
自来水之初...... 362
汉字与中国文化...... 364
为武侠小说说话...... 367

《左右左》选三篇

我爱我乡...... 369
父亲的泪眼...... 371
罗章龙书自作诗...... 373

《人之患》选三篇

记得匡互生...... 375
我的笔名...... 379
当官不容易...... 382

曾国藩教子[*]

在戏台上,"衙内"是不受欢迎的脚色。在口头上,"大少爷"是低能纨袴的别名。可敬的鲁迅先生,也讲过几句颇为不敬的话,大意是说,一个人的学问能力跟花柳病不同,并不能经由性交传给对方和子女。事实也确乎如此,红卫兵哥们虽有"龙生龙,凤生凤"的格言,威凤和神龙生出来的却未必是小龙和雏凤。尧帝爷天生圣明,丹朱却有名地不肖。李白诗篇万古传,他给儿女取的名字也颇有诗意,却谁也不曾见过明月奴诗集或玻璃诗钞。"君子之泽,五世而斩",谪仙之才,二世而亡,岂不哀哉!

"可怜天下父母心。"普天之下的父母,除了埋儿的郭巨、杀女的王玉辉(借用吴敬梓创作的典故),大约无不愿子女能成龙变凤,或乘龙跨凤,至少也得攀龙附凤;而少爷小姐们却往往不争气,甚至甘居下游,蜕化成了夜游的恶鸟和懒蛇。老爷太太花钱费力,结果却只造就出一辈又一辈的高衙内和孔二小姐,徒然给后世戏台和当代街谈巷议提供笑骂之资,谓之可怜,其谁曰不宜呢?

---

[*] 以下六篇选自《书前书后》。本篇即《〈曾国藩教子书〉编者序》。

我是喜欢读史的,这里所说,当然只限于史书上的记载。可是,在清朝咸丰、同治时期的达官贵人中,至少也有一个例外。此人在教育子女方面,可以说是获得了完全的成功(当然是以他自己的标准来衡量)。这个人就是敝同乡曾国藩。

曾国藩权绾四省,位列三公,拜相封侯,谥称"文正",他的儿子,可算是正牌高干子弟了。然而,曾纪泽和曾纪鸿都没有变成纨袴子弟。曾纪泽诗文书画俱佳,又以自学通英文,成为清季著名外交家;曾纪鸿不幸早死,研究古算学也已取得相当成就。不仅儿子个个成材,曾家的孙辈还出了曾广钧这样的诗人,曾孙辈又出了曾昭抡这样的学者,这是什么缘故呢?

原因就在于曾国藩教子有方,"爱之以其道";而且他的教子之方,还多多少少传了下来,影响及于更久和更广。

曾国藩的教子之方,集中体现在他从咸丰二年到同治十年(即公元一八五二年至一八七一年)二十年间写给两个儿子的书信里。其成功的经验,主要有三:

一、对于子孙,只求其读书明理,不求其做官发财,也不求其勉强成名成家。他说:"凡人皆望子孙为大官,余不愿为大官,但愿为读书明理之君子。"又说自己志在读书著述,不克成就,每自愧悔,"泽儿若能成吾之志,将四书五经及余所好之八种,一一熟读而深思之,略作札记,以志所得,以著所疑,则余欢欣快慰,夜得甘寝,此外别无所求矣。"他反复叮咛:"银钱田产,最易长骄气逸气,我家中断不可积钱,断不可买田,尔兄弟努力读书,决不怕没饭吃。""尔等长大之后,切不可涉历兵间,此事难于见功,易于造孽,尤易于贻万世口实。……尔曹惟当一意读书,不可从军,亦不必作官。……吾当军事极危,辄将此二事叮嘱一遍,此外亦别无遗训之语。"同治五年,纪泽已二十七岁,诗文早已清通，湘乡县修县志举充纂修，国藩也不允许，谕之曰："余不能文而微有文名，深以为耻；尔文更浅而亦获虚名，尤不可也。"

二、绝不为子女谋求任何特殊化。咸丰六年十一月初五日谕纪泽："世家子弟，最易犯一奢字、傲字。不必锦衣玉食而后谓之奢也，但使皮袍呢褂俯拾即是，舆马仆从习惯为常，此即日趋于奢矣。见乡人则嗤其朴陋，见雇工则颐指气使，此即日习于傲矣。……京师子弟之坏，未有不由于骄奢二字者，尔与诸弟其戒之。"同治元年五月二十七日谕纪鸿："凡世家子弟，衣食起居，无一不与寒士相同，庶可以成大器；若沾染富贵气习，则难望有成。"家住乡间，他强调"切不可有官家风味，……莫作代代做官之想，须作代代做士民之想。门外挂匾，不可写'侯府''相府'字样，天下多难，此等均未必可靠"。同治三年七月，纪鸿赴长沙考试，国藩特别写信告诫："尔在外以谦谨二字为主。世家子弟，门第过盛，万目所属。……场前不可与州县往来，不可送条子。"他对女儿也同样严格，咸丰十一年八月二十四日信云："衣服不宜多制，尤不宜大镶大缘，过于绚烂。"同治二年八月初四日信云："余每见嫁女贪恋母家富贵而忘其翁姑者，其后必无好处。余家诸女，当教之孝顺翁姑，敬事丈夫，慎无重母家而轻夫家。"

三、对子女要求极其严格，却不一味督责，而是视身教重于言教，根据自己亲身体会，出之以讨论研究的态度，所以指导切实中肯，收效也就十分显著。此类例子，触目皆是，不胜枚举，但选钞其咸丰八年二十日谕纪泽一信就足够了：

……余生平有三耻：学问各途，皆略涉其涯涘，独天文算学毫无所知,虽恒星五纬亦不认识,一耻也;每作一事,治一业,辄有始无终,二耻也;少时作字,不能临摹一家之体,遂致屡变而无所成,迟钝而不适于用,近岁在军,因作字太钝,废阁殊多,三耻也。

尔若为克家之子,当思雪此三耻。推步算学纵难通晓,恒星五纬观认尚易。家中言天文之书,有十七史中各天文志,及《五礼通考》中《观象授时》一种。每夜认明恒星二三座,不过数月可毕识矣。凡作一事,无论大小难易,皆宜有始有终。作字时先求圆匀,次求敏捷,若一日能作楷书一万,少或七八千,愈多愈熟,则手腕毫不费力,将来以之为学则手钞群书,以之从政则案无留牍,无穷受用,皆从写字之匀而且捷生出。三者皆足以弥吾之缺憾矣。

今年初次下场,或中或不中,无甚关系。榜后即当看《诗经注疏》,以后穷经读史,二者迭进。国朝大儒,如顾阎江戴段王数先生之书,不可不熟读而深思之。光阴难得,一刻千金!

以后写安禀来营,不妨将胸中所见、简编所得驰骋议论,俾余得以考察尔之进步。……

百年以来,对曾国藩的评价,从"勋高柱石"的"古今完人"到"汉奸刽子手",隔若天渊,判如冰炭。这些评价,从不同的时代要求和不同的政治利益出发,各有各的理由;但无论是谁,都不能不承认曾氏个人的学问和能力。毛泽东一九一七年八月二十三日致黎锦熙信中,亦极力推崇曾国藩云:

愚意所谓本源者,倡学而已矣。惟学如基础,今人无学,故基础不厚，时虞倾圮。愚于近人，独服曾文正，观其收拾洪杨一役而完满无缺，使以今人易其位，其能如彼之完满乎？

不管怎样说，曾国藩确有学问和能力，而且他的学问和能力并没有"一世而亡"。虽然他是清王朝的忠臣，是传统文化和传统思想的捍卫者，他的哲学和他的方法在今天看来都已经过时，但他教子获得成功却是一个历史事实，无法抹杀，也无须抹杀。

专制制度下的达官贵人如曾国藩者，因为教子有方，爱之以其道，还可以使自己的儿子不变成"衙内"和"大少爷"；社会主义时代的父母，只要同样注意教子有方，爱之以其道，总应该比曾国藩做得更好一些吧，我想。

(一九八六年五月)

铁算盘及其他[*]

现代生活中使用的各种器物，恐怕大都不是古已有之的，而是近代科技的产物。十九世纪后期清朝人初旅西洋，等于从古代跨入近代，对于我们今天习见惯用的事物，他们当时的"第一印象"如何呢？

一八八八年（光绪十四年）洪勋游历瑞典，初见到手摇计算机，把它叫做"铁算盘"，随后又改叫"铁板数"。他在《游历闻见录》卷八中记道：

> 铁算盘亦长方形，面为铁板，有隙宽三分，横列数行，隙中露数目字，间以空白。旁有小柄，以手拨之令转；下嵌一条，可左右推移。加减乘除，皆有位置。欲用何法，当先推条于何位，乃拨出待算之数列于上行，则应得之数已在下一行，略拨动即转出，无少差忒，可免误笔遗珠之患。

这种手摇计算机，直至二十世纪五十年代还在使用，但"铁算盘"和"铁板数"两个译名都没能流传下来。

---

[*] 即《洪勋〈游历闻见录〉》。

一八七六年发明的电话，此时瑞典首都已经相当普及，在洪勋眼里却还是新鲜东西。他记道：

> 以小木匣悬壁间，内贮一钟，外筒二，筒大盈握……两人自相问答，音在筒内，一听一言，彼此百十里，与面谈无异。

电话英文为 Telephone，洪勋按对音称为"德律风"，这个译名倒是流传比较久远。直到抗战时期，"德律风"有时还和"麦克风"并用。

洪勋在斯朵阁姥（斯德哥尔摩）曾被诺贝尔的叔父"邀至其家"，得以了解黄色炸药自发明以来的重大改进。诺贝尔将自己发明的炸药名为 Dynamite（希腊文"威力"的意思），中文版《简明不列颠百科全书》译作"达纳炸药"，洪勋则全用对音记作"地奈米脱"。书中叙述诺贝尔最新改进成功的安全炸药"已经国家试验准行"，"药力之猛，胜于向来地奈米脱炸药，而价较廉，亦极稳妥"。他还到郊外试验场，亲眼看到用作试验的安全炸药"糖形而米色"，用纸包裹，每条粗如拇指，长约四寸。这种炸药久浸水中不坏，置于火中不燃，以引药（雷管）引爆后，一小条能使六十斤重的铁球飞起三丈高，落在十丈以外。

瑞典的钢铁工业和制造工业素称发达，洪勋在瑞典参观过矿山、铁厂、钢厂、枪炮厂、造船厂和"铁器博物院"，记载均详。他对炼铁高炉和炼钢转炉的介绍，在中国要算最早的。高炉"以巨砖砌成圆形，围二丈许，高三丈。下旁有窦，以砖泥封固，矿质、煤炭自上口倾入。厂内地上铺黑沙泥，甚松。划泥为槽十数行，长六七尺。既熔，凿窦，令流入槽内。以次递满，即成生铁"。我在湖南曾长期参加工业生产劳动，知道像这样的炼铁炉在湖南直到"大跃进"前后始建成数座，工艺亦未超过洪勋所见的水平。

瑞典远处北欧，和中国交通却并不晚。洪勋在斯德哥尔摩时，有位女郎不识中文，却手摹中文楹联数副，前来请教文义，说是其祖上康熙年间到中国带回的。参观"铁器博物院"时，洪勋又在题名录上看到有乾隆五十四年（一七八九年）华人参观的题词。后来到克利斯底盎斯城，又有二十岁左右的华裔青年来访，其人已不识中文，不通华语，服装更已完全西化。但瑞典人亦乏通中国语文者，彼此只能用法语交谈（洪勋带有法语译员），曾登报招聘通中国瑞典语文的人，"久之无应者"。

瑞典官方和社会各界对中国客人非常友好，但因互相了解究竟不多，有时不免闹出笑话。书中记载，瑞典主人每次见到洪勋，必定用恭维口气说："相信您一定又写了不少好诗。""也许您此刻正准备写诗。"原来此人从不知什么书中见到，中国士大夫是镇日饮酒赋诗的。有次一富商设家宴款待洪勋，事先听说中国宴请贵宾必定要用燕窝为主菜，而他以为燕窝便是普通燕子的窝巢，"遣人往乡野林间求之不可得"，于是在宴会上一再表示对不起，"极道其抱歉之意"。后一事仿佛记得曾在什么闲书上见过，以为是造作出来的笑话，不料竟是洪勋亲身的经历。

清政府光绪十三年从六部和翰林院考选出"长于记载"的官员十二名出洋游历，洪勋时任户部主事，为十二人之一。他于十三年仲冬出洋，十五年夏天回国，除瑞典外，还曾游挪威及南欧意、葡、西等国，有《游历闻见录》十二卷。他的思想比较开通，所以见解平实，态度明达，为一般只想"发洋财""开洋荤"的洋务人员所不及。如《婚嫁》《跳舞》诸篇，完全没有轻薄荒唐的内容。《画院》篇介绍西画讲求实物写真变形比例关系，和中国文人遣兴之作不同，亦不津津乐道模特儿裸体画。《西医治疾》和《医院》，述说自己牙痛甚剧，在马德里求医，"用机轮转小磋，去齿中之黑者至根际……痛顿止，谓永不复作"，于是论曰：

> 中国以医为杂技，与占课言命风鉴堪舆者流……虽间有专门名家，而庸手杀人正复不少。西人则郑重其事，书院中必设医学为一科……人之称之也与国之进士及各业教习同，谓之铎克瑞，译即深于学问人也，其重民命如此。

"铎克瑞"即英文 doctor，也就是博士，洪勋对它的介绍在中国也要算很早的了。

（一九九一年二月）

地理学家的观察[*]

地理学家邹代钧的《西征纪程》，观察细密，叙说翔实，颇不同于一般官员的出洋记载。因文言文比较难读，先选择两段今译如下：

（新加坡）路旁多槟榔树和椰子树。槟榔树高五六丈，直干无枝；叶片都生长在树干上，其大如扇；鸡蛋般的果实聚结成房，好几百颗紧簇着中心；剥开果壳，里面是满满的白肉，本地人嚼槟榔时吐出的口沫却是鲜红的。椰子树非常之高，也没有枝条；树梢上摇曳着几条稀疏的叶子，好像在长杆的上端束一把菖蒲；瓠瓜般的大果实挂在树头上，坚硬的外壳里边是一层白质，有半寸来厚，嚼起来味道有点像胡桃肉；果实中间则是一腔果汁，大约有一升左右，清冽如水，甘美如荸荠，是解渴的妙品。取果汁去白质以后的空壳，正好充当容器。《吴都赋》所云，"槟榔无柯，椰叶无阴"，看来确实不错。

船过（马尔代夫群岛北部的）弥尼科伊岛，岛长约三十

---

[*] 即《邹代钧〈西征纪程〉》。

三四里，宽不过五里，地势低平，一望都是芦苇。……这一带的岛屿都是珊瑚形成的，珊瑚是海水中的虫，活时本是软体，固着在礁石上，从海水摄取食物，繁衍很快。新虫生，旧虫死，死去的虫的骨骼堆积成为树枝状，新生的虫继续在上面做窠。如此生生不息，珊瑚树愈长愈大，变成石质，加上泥沙填塞，最后露出水面形成岛礁。这种岛出水不高，因为珊瑚虫离开海水便死了；但低于海面一百七八十尺，珊瑚虫也不能生存，所以珊瑚岛礁只能出现在浅海。澳洲东北太平洋中的珊瑚岛礁连绵三千多里，是世界上最长最大的，其次就是这里的马尔代夫群岛了。

我的译文虽然拙劣，仍不能尽掩原文的优点。

古时读书人大都缺乏科学精神，他们主要是从灌输给他们的经书，而不是从大自然本身来认识周围的世界。他们宁愿相信"腐草为萤"，却不肯抓起一把腐草、捉来几个萤火虫，认真观察研究。在这方面，邹代钧是一个难得的例外。这是因为，他出生于一个相当有科学素养的家庭——湖南新化邹氏，有名的地学世家。他的外高祖吴建轩著有《地理今释》，曾祖母吴夫人独传父学，熟知郡县沿革，祖父邹汉勋著述更多，叔父邹世贻曾主编《大清一统舆图》，他本人后来曾任京师大学堂地理总教习，他的侄子邹永煊创办亚新地学社，侄孙邹兴钜编著地图多种风行全国，侄曾孙邹新垓从清华大学地理系毕业后继续从事地图编纂出版，曾任地图出版社副总编辑。邹氏一家八代都是地理学者，邹代钧实为其中承先启后的关键人物。

中国传统的舆地之学不出文献考据的范围，但从十七世纪徐宏祖、顾炎武、顾祖禹诸人以后，渐倡引古证今、经世致用之风,逐步成为一门"实学",邹氏之学正是代表。邹代钧幼承家学,二十岁即刊行祖父遗著,尽读历代舆地之书。及至门户开放,西学东渐,魏源《海国图志》、徐继畲《瀛寰志略》先后成书,邹代钧读后,觉得欲深明外国地理,不能不亲往外国调查研究。一八八六年(光绪十二年)刘瑞芬以驻英使臣往伦敦赴任,邹代钧便托曾国荃介绍充随员同行,《西征纪程》即为他历时四十一昼夜旅行三万馀里的纪录。

《西征纪程》除对地貌、生物有真实生动的描写而外,还对沿途各地的历史地理作了不少考证,订正了魏、徐著作和古书中的错误。例如徐书说埃塞俄比亚即《元史》中的马八尔,努比亚即《元史》中的俱兰;魏书说马八尔即今埃及,俱兰即今埃塞俄比亚。邹代钧过红海埃塞俄比亚海岸时,指出徐、魏都弄错了,因为《元史》记杨廷璧从泉州出海,船行三月抵锡兰,阻风乏粮,船人劝杨到马八尔,说可从陆路往俱兰;而从锡兰到埃塞俄比亚远过万里,差不多等于从泉州到锡兰,岂能在阻风乏粮的情况下匆匆赶到?邹代钧进一步考证道:印度马德拉斯邦有地名马拉巴尔,与锡兰只隔一道海峡,《元史》中的马八尔应即此地,俱兰亦应相去不远,可能即《宋史》中的注辇、《明史》中的小葛兰,这几个地名都是"一声之转"。言之成理,令人信服。

船到马赛,上岸后邹代钧往游动物园,第一次见到长颈鹿。《西征纪程》记云:"有兽马首鹿身牛尾,长颈,前足高于后三分之一,有二短角,西人名为吉拉夫(英文 Giraffe 的对音)。"邹代钧查《汉书》:"桃拔一名符拔,似鹿,长尾。"《后汉书》:"符拔形似麟而无角。"《明史》永乐十九年,"周姓者往阿丹国,市得麒麟、狮子以归,麒麟前足高九尺,后足六尺,颈长丈六尺,有二短角,牛尾鹿身"。又弘治三年,"撒马尔罕贡狮子及哈剌虎"。

邹代钧对古书中这些记载做了研究，认为哈剌虎即吉拉夫，符拔也是，但《汉书》所说长尾应该是长颈，《后汉书》说无角是因为角太短藏在毛内不易看出。他说《明史》记述大体正确，但吉拉夫就是吉拉夫，和传说的麒麟不是一回事，"谓之为麟，不亦诬乎？"

本来嘛，科学就是要认真，要使名实相副，凡事要寻根究底弄个明白。皇帝老子敕修的史书也未见得无错，错了就是错了。长颈鹿本来不是鹿（正跟熊猫本来不是猫一样），当然更不是子虚乌有的什么麒麟，邹代钧宁肯照着本音叫吉拉夫，不肯跟着别人喊麒麟，这种认真的态度总是可取的，虽然在以西狩获麟为祥瑞的人看来未免杀风景。

（一九九一年三月）

清朝人看外国戏

十九世纪的中国人到西洋去看戏,他们所留下的记载也是一种文化交流史料。可惜这些人大都只注意光怪陆离的布景灯光和袒肩露背的洋女夷娃,很少介绍戏剧故事情节,以致后人无从知道他看的是什么戏,史料价值也就小了。只有张德彝是难得的例外,其《六述奇》稿中记一八七九年十一月在圣彼得堡麻林斯吉戏院观剧云:

> 所演系俄三百年前事,俄被波兰征服,有一小王子出奔。当波人追觅时,遇一老农名苏萨年,勒令导往。苏初不允,继而慨然诺之,暗令其子急驰告警。苏引众兵步行一昼夜,入旷野深林,又值天冷,大雪烈风。众兵举刀追问,苏谅王子必闻信而逃,乃大声疾呼曰:"王子所居,我亦不知,令领汝等至此,不过少延以令之逸耳。"众兵怒,杀之。……

——这是著名的俄罗斯歌剧《伊凡·苏萨宁》。

张德彝的《五述奇》稿本记在伦敦观剧,详叙故事情节者尤多,一八八七年十二月二十日述在维多利亚戏院观剧:

所演系英国六七富绅一日闲谈，谓不知至少若干日可得周游四大洲，有谓须百日者，有谓须三个月者，唯某甲谓只八十日足矣。于是互相约定，果能往返八十日，则赢金镑十万，甲遂于某日率一仆偕一自备资斧之美国人某乙于辰初起程。

接着历叙在印度救出火焚殉葬的王妃，在美洲遭"面涂五彩，顶竖鸟翎"野人的袭击，在立文浦（利物浦）海口外锅炉爆裂船沉获救等表演，主角某甲终于在第八十日卯时返抵伦敦：

斯时某丙在家谓众曰："甲乙一去，至今八十日矣，论时仅剩一点钟，恐未必能来也。"正言间，钟鸣七下，当鸣至第三下时，甲忽突入。丙曰："汝来何如是之洽耶？"甲曰："吾早到矣，因见手套不新，另买一副，故延迟一点钟耳。"于是丙输十万金镑，而甲成巨富焉。

——这是根据凡尔纳科学小说《八十日环游地球》编成的戏剧本。《六述奇》稿本记一八九零年一月二十四日在柏林戏院观剧：

国王被弟毒死，弟乃报后称王，当时后子哈米蕾年幼，未知伊父身故之由也。及其长成，一夜出游，遇鬼于途，即其父之魂灵，向伊诉其当日如何遇害。哈闻之大怒，急思代父报仇，究不知其事确否，乃在王前献戏，令优伶照伊父所言者演试，暨演至王弟毒兄时，王与后皆战栗惊走。

之后王子误杀礼官，礼官之女成疯，礼官子遂与王子决斗，王乃设下毒剑毒酒，必欲置王子于死。结果：

> 二人比剑，先礼官之子被刺，王即举毒酒一杯，贺哈之能，哈辞未饮。既而再比，哈亦被刺……彼此夺剑，哈得毒剑，礼官之子亦被刺且重，即时跌倒。又王后因渴，误饮毒酒，坠地而毙，七孔流血。因此哈明其情，乃推其叔仰卧，勒饮毒酒，饮毕即崩，哈亦跌死。

——这是大名垂宇宙的《哈姆雷特》（张德彝译作哈米蕾），此一节恐怕也是中国人观看莎士比亚名剧最早的记述。

同年二月三日，张德彝又记其在朔斯皮拉戏院观剧：

> 所演系瑞士国将改民主之前，有某省总督，为人暴虐，民多不服，多结党欲叛。有某甲善射，百步之外，星点能中。一日甲将持弓箭入党，告其妻以打猎，甲之子年十三岁，亦随往。其省城中某处立有高杆，上置总督帽，下有兵卒看守，凡人过者，皆须脱帽，以示恭敬，否则执以治罪。甲因过未免冠，被执……总督谓："知尔善射，今赐汝一橘，令尔子立于百步外，置其头上，射之中则赦尔自主自由，否当杀之。"……甲乃跪天祷告，既而箭发中橘，官民见之，齐声称贺。搜其身，另得一箭。问："尔此箭何用？"甲云："若伤吾子，备此以射汝者。"……

——这是德国作家席勒的剧作《威廉·退尔》。

张德彝并没有多少思想和文采，他的唯一长处只是记得多，记得细。因此他八次出国所留下的《述奇》，在许多方面，比许多有思想、善文笔的人所作的游记更有价值。

（一九九一年八月）

赛金花在柏林

赛金花一八八七至一八九一年在柏林住过两年，关于她这一段生活的情形，世人知之甚少。张德彝《五述奇》记述了带赛金花出洋的"状元星使"洪钧出使德国的经历，十二卷三十万字中，有不少赛金花的资料。本文介绍全引稿本原文，只将日期折成公历。

一八八七年十月廿九日"（自上海）驾小船行里许，登德国公司萨轻轮船……酉正星使官眷到，彼此分住各舱……星使携有如夫人一（即赛金花），女仆二，男仆二，庖人二，缝人一，剃发匠一。统计当时同船前往者上下共三十六人"。十一月二十九日船抵热那亚，洪钧一行换乘火车，十二月三日到柏林。当时中国使馆在柏林万德海街，为租用的一所花园住宅，租金每季三千八百五十马克。

东南北三面皆有敞院，院虽不广大，而花木甚繁，布置可观，正东一面为尤甚。头层楼前敞厅一大间，厅前横一白石桥，左右各石阶十九级……桥对面一水法（喷泉），系圆池中立一抱鸭石孩，水自鸭口出，高五六尺……在西南角有台可以眺望，盖临小河，河之两岸，碧树两行，整齐可观，对岸大道，多是高楼，河中舟艇亦多。

这就是赛金花在柏林三年居住的地方。

万德海街的房子共三层，餐厅、厨房和仆役住房在底层，张德彝等十多位未带眷属的官员住二层，洪钧、赛金花与带夫人的陶棨林和谢芷泉住顶层，陶谢两夫人也就是赛金花在使馆内的女伴。赛金花到柏林后第一次看戏是十二月八日"在喀尔街兰滋园看马戏"，即由"陶谢二夫人陪洪如夫人另坐一间（包厢）"。

赛金花的生日是农历十月初二。十月初一（一八八八年十一月四日），"支应（庶务员）通知参赞，除支应外，代同人具知单，谓明日为钦差太太生辰，拟具礼物恭贺云云"。翌日"支应亲赴武弁卧房，令其登楼通报，言明众人祝贺；既于午正约众下楼食面，六碟四碗"。可见赛金花与使馆里的其他男性，虽同在一屋，界限却颇分明，应酬时也是不能直接接触的。

《五述奇》逐日记事，琐屑不遗，连馆中几处厕所分配使用的情形，照明灯盏的布置和管理，甚至陶夫人所雇洋女仆"肮脏不堪，遗滴月经于楼板"都作了记载，对洪钧的某些毛病也不为隐讳，所记赛金花和洋人的交往却只有寥寥几次：

一八八八年二月十二日农历新年团拜后，洪钧宴客，赛金花在楼上招待女宾，"有女客六，为金楷理（使馆外籍官员）之妻女，银行主人蒲拉坨之妻女，及陶谢二夫人"。

一八八九年一月十七日"金楷理生辰，星使及诸同人皆有馈赠。星使送'万寿无疆'瓷盏（盘？）一个，宜兴茶壶一把，孔雀石镇纸一个，茶叶二瓶。姨太太送金银刀叉一份"……

一八九零年五月二十九日"星使如夫人约普拉索之妻、日本参赞井上胜之助之妻、瑞乃尔之妻、李宝之妻及杜蒂母女并陶夫人晚酌"，庆祝洪钧升授侍郎。

洪钧和赛金花一同外出的记载仅见一则，即一八九零年七月六日"星使偕其如夫人及三洋妇，乘车赴五道门内照相馆中，由窗内看'枪会'人经过……自巳正过至未初始毕"。

关于赛金花单独外出的记载也只有一则，一八九零年一月三日"酉初，星使之如夫人披粉红银鼠讷勒库（披风），乘双马大车，携洋仆赴税务司夏德家吃茶"。顺带说一句，中国使馆没有备车，这双马大车系从车行雇来的。洋仆亦使馆所雇，洪钧、张德彝等人出门时则携之同行。

关于赛金花与仆役的关系，一八八九年二月十九日记："星使原带二女仆，一老一少，其少者早经遣回，老者赵姓，迩因星使如夫人喜洋婢厌华姬，遂亦遣随芷泉夫人回国。"洋婢先后有马丽、李娜、莫莉、黎那等人，"所畜之黑黄灰白等色猫大小廿馀，楼上楼下昼夜呼号"，当然是赛金花允许的。又一八九零年六月十六日记：

> 星使所带二庖人皆丁姓，盖叔侄也。侄系由叔荐故至此，叔掌灶而侄佐之。自本月初间，忽星使之如夫人谓自来所造菜味不佳，宜改用其侄烹炒。星使传谕如此，因而叔侄口角争斗。经武弁及他跟役与之调处，其叔终觉气愤，至是禀假回国，星使允准。

对女仆遣少留老，对男仆却遣老留少，编赛金花故事的人如果得知此种情形，未必不会加以利用。

洪钧对赛金花确实是宠爱的，但并没有给她以公使夫人的名分和地位。在使馆内她只是位如夫人，对外她也从未参加正式礼仪活动。一八八八年一月二十六日晚皇宫举行盛大舞会，四日前即送来请帖九张，舞厅中"置金椅一圈，自正面德皇左右，先坐各国头等公使夫人，再则本国各大臣之夫人及各国二等公使、参赞、随员之夫人"，唯独中国使馆无女宾出席。同年七月三日晚皇室为王子结婚"帖请各国公使夫妇、随员等在广泽园看戏"，次日又请"各国公使及其妻女等"入宫观礼，洪钧都没有带赛金花去。

赛金花在柏林使馆"两次怀孕"，第一次是小产，第二次于一八八九年五月二十二日丑初生一女，取名德官。她奶水不多，而且很快就止回了，故只能"买好牛奶哺女，每日一里特，早卯晚酉各送一半"，还专门雇了位德国保姆。女儿满月时，金楷理送了银器数件，陶絷林送小洋车一辆和花被小褥，庆霱堂送了"八仙庆寿"铃铛等金银器皿。其他人送的银钱，洪钧则"收后改作赈捐"了。

张德彝于一八九零年九月二十三日离柏林回国。洪钧和赛金花比他迟了半年多，那时小德官已经两岁，洪钧是五十二岁，赛金花还只有十九岁。

附带说一句，历来写赛金花总喜欢炒作她在德国时结识瓦德西，说后来八国联军进北京，两人便演出一段风流公案，还牵涉到"爱国"还是"卖国"的问题。可是在这部三十万言的稿本里，关于瓦德西却一个字也没有提及。

（一九九一年九月）

末世官僚地主魂

明末遗民叶绍袁(天寥)的《甲行日注》是有名的,而我却更喜欢读他写的《窃闻》《续窃闻》和《亡室沈安人传》,这是悼念他的爱女和爱妻的一组文章。

《甲行日注》所表现的是国恨,这几篇文章抒发的则是家愁。自古才人,每多不幸,此固由于他们的神经纤维本来脆弱,易于感伤,亦因有理想主义气质的人,每易和现实脱节,所以穷愁潦倒、别恨离愁就容易和他们结下不解之缘,而文思才情亦往往因此陶铸而出,则不幸也者,实亦可谓为他们的(也许更应该说是我们的)幸运了。

不同境界的人,自有不同的幸福观。《亡室沈安人传》写道:

> 自赋归来,仅征藉数亩之入,君或典钗枇佐之。入既甚罕,典更几何,日且益罄,则挑灯夜坐,共诵鲍明远《愁苦行》,以为笑乐。诸子大者论文,小者读杜少陵诗,琅琅可听,两女时以韵语作问遗……君语我曰:慎勿忧贫,世间福已享尽,暂将贫字与造化藉手作缺陷耳。

这样的夫妻生活,恐怕只有李清照《金石录后序》中所写的才可以相比,在古代文人社会里要算是绝无仅有的了。

然而"造化"却不让他们这样过下去,叶绍袁接下去就写道:"昊天不佣,琼章首殒。浸寻三载,家祸频仍,君亦随以身殉之。嗟乎,安得宛君而更与我语贫也,岂不悲哉。"这样,叶绍袁在国破之前,即已家亡,所以他后来逃佛遁世,写《甲行日注》,早有了"思想基础"。

我一直看重晚明人的文章,因为在专制倒台、传统崩坏的时代,才容得一点思想的自由和个性的表露,这也就是"亡国之音"往往比较动人的原因。黑格尔不云乎:"智慧之鸟的猫头鹰,只有在文明的暮色中才开始起飞。"如晚明者,岂非古代汉族士大夫文明"暮色"笼罩的时代乎?但留得几首好文章,此时代亦即值得后人纪念,我们本不是凤阳朱的家奴,大可不必为改朝换代而痛心疾首于三百年之后也。

大凡真能爱国家,爱民族,真能为国家民族作出一点牺牲,而不是专门讲大话唱高调的人,于家庭骨肉之间,亦必有真感情,真爱心。我不相信刻薄寡恩的人,能够有民胞物与的胸怀,有对国家民族的真正责任感。"无情未必真豪杰,怜子如何不丈夫",这两句诗,验之于亡国之后毅然舍幼子田庐作"甲行"的叶绍袁,也是不错的。

为怀念亡女亡妻而写的《窈闻》《续窈闻》,所记"走阴差"和"扶乩",当然都是迷信。写得出如此清词丽句的人,未必竟像普通的愚夫愚妇。叶氏不云乎:"余赋性迂直,不敢欺人,亦不祈人信以为真有;虽群口交羡,无救我女之亡。"但沈安人却似乎相信女儿确已仙去,她在《季女琼章传》中写道:

初见儿之死也,惊悼不知所出,肝肠裂尽,血泪成枯。

后徐思之,儿岂凡骨,若非瑶岛玉女,必灵鹫之侍者,应是再来人,岂能久居尘世耶?……呜呼,爱女一死,痛肠难尽,泪眼追思,实实写出,岂效才人作小说欺世邪?

迷信是精神的鸦片,靠麻醉以逃痛苦是可悲的,明知麻醉不能真解脱而亦不得不暂求麻醉就更可悲了。这一对并不怎么追求物质享受,只要有一点能使他们自得其乐的精神生活,便会觉得"世间福已享尽"的文人夫妇,逃仙逃佛,终不免家破人亡。三百年后的我们,读其文,想其人,仍不禁对他们产生某种同情之感。聂绀弩诗云:"从来红粉青衫泪,末世官僚地主魂。"其实,真正当官带兵有田有银的官僚地主,死了老婆还有他的小老婆,换了朝代还可以着他的"两朝领袖",他们是不会来写什么《亡室沈安人传》,更不会肯出家写《甲行日注》的。

(一九八六年五月)

留鸟的世界*

上初中时学过动物学,知道鸟儿可分为三类:漂鸟、候鸟和留鸟。不是说从猿到人,从鱼到人吗?如果也能说从鸟到人的话,我这样的中国人一定是从留鸟进化而成的,生于斯就长于斯,卒于斯,从来不知道也不想知道外边还有一个多么广大的世界。但是生于斯的这块地盘就这么大,可吃的东西就这么多,求生并不十分容易。于是只好死守各自的"巢区",随时准备为了一条虫子、几颗谷粒而斗争,"窝里斗"成了普遍现象,渐渐养成了"与鸟奋斗其乐无穷"的性格,自然无法像漂鸟那样随行随住,独往独来;更无法像候鸟那样振翅长空,长途旅行了。

这种留鸟式的生活究竟是幸还是不幸,我不知道。不过世界确实在变,物种也在变。据生物学家统计,地球上每一分钟都有若干旧物种绝灭,又有若干新物种发生。人们不是拼命在保护朱鹮、黑颈鹤吗?如果马达加斯加的恐鸟还能保护几只在动物园中,门票的价格一定能再涨它几番。翼手龙能保护几条下来就更有用了,拍恐龙电影便无须特制道具,只须出钱去租。可惜这在事实上都不可能,该灭亡的一定要灭亡,该发生的一定要发生,

---

* 以下九篇选自《百家文库・锺叔河卷》。

该变化的也一定会变化，留鸟大概也是不得不变的罢。

留鸟之所以成为留鸟，一是遗传因子在起作用，使之生来即具备留鸟的生态和心态；一是环境和群体惯性的影响。像左拉所写《猫的天堂》里的猫，被另一只野猫领着出门旅行，脚踏在天鹅绒般的烂泥上虽觉得舒服，终于被风雨和饥饿赶回来，仍然躺在火炉边的波斯地毯上了。

所以，若要改变留鸟式的生活，先得改变留鸟式的心态。"古者重去其乡，游宦不逾千里"；"父母在，不远游"；"在家千日好，出外一时难"等等，就是留鸟式的心态。不仅自己不愿走向世界，还要设法阻止别人走向世界，历史上的长城就是既为了阻止异族人进来，又为了阻止本族人出去而建造的。专制皇帝的"中国独居天下之中，东西南北皆夷狄"；以道统自任的士大夫"宁可使中国无好历法，不可使中国有西洋人"；"四人帮"的查"海外关系"，反"三和一少"，也都是留鸟式的心态。不克服上述种种留鸟式的心态，就不可能正常地、健康地看待和接触外部世界，中国就不可能成为世界的中国。

当然，要彻底改变留鸟式的生活，还得打破物质和环境的限制。我在《走向世界——中国人考察西方的历史》一书的第一章《古人的世界》中写过：

> 两千三百年前，庄子作《逍遥游》，写大鹏自北冥徙于南冥，"怒而飞，其翼若垂天之云……水击三千里，抟扶摇而上者九万里"，真可谓汪洋恣肆，想象力发挥到了无以复加的程度。可是，当他的笔锋转向人间世，写到当时人们外出旅行的情形，却是"适百里者宿舂粮，适千里者三月聚粮"。——如此之游，实在算不得什么"逍遥"。

三百五十年前，徐弘祖（霞客）一心"欲为昆仑海外之游"，结果足迹仍不出秦晋云贵两广，无法迈出当时的十七行省。庄子和徐弘祖毫无疑问是精英，他们的心灵是自由的，但他们的行藏仍然是留鸟式的，只不过"巢区"比较大了一点点罢了。何则？非不为，乃不能也。吕洞宾有"朝游北海暮苍梧"的逸兴豪情，却没有"朝游北海暮苍梧"的能力和手段，这就是时代的局限和历史的悲哀。

生活在电视卫星、激光通讯和超音速客机时代的我们有福了，也只有在物质文明和精神文明都上升到了一定的层次，划分为地区和阵营的世界真正变成了全球文明的世界，普通人才有了为满足自己的好奇心、求知欲和快乐感而旅行的自由。古代也出过著名的旅行家，那种为了君王使命和宗教信仰的旅行多半只能称之为供奉和牺牲，远远谈不上享受，虽然他们对文明所起的作用仍值得后人永久纪念。但是，比起古人来无比有福的我们，要想真正享受到该享受的自由，恐怕还得克服重重的障碍，从环境、条件到我们自己的心灵。

（一九八九年三月）

谈美文

汉语中"美文"一词盖创于周作人,其始见于一九二一年六月八日《晨报副刊》署名子严的《美文》,此子严即周氏笔名。他介绍外国文学里有一种所谓论文,又称作美文,包括批评和记述,也可以两者夹杂。"读好的论文,如读散文诗,因为它实在是诗与散文中间的桥",意思是能使读者动情,产生美感——这也就是美文之所以被称为美文的缘故吧。

周作人说:"这种美文,似乎在英语国民里最为发达。……中国古文里的序、记与说等,也可以说是美文的一类。但在现代的国语文学里,还不曾见有这类文章,治新文学的人为什么不去试试呢?"

周作人主张"去试试",大概他觉得美文虽不易作,亦并非只有等《美文》所举出的兰姆、吉辛诸人去作才行,因为"它的条件同一切文学作品一样,只是真实简明便好"。"真实简明",这和现在时行的"魂系××""××之恋"一类漂亮华丽的文章来比,的确只是个朴素的要求,但是周作人接着还有一句:"须用自己的文句与思想。"

"须用自己的文句与思想",这一句话,就是衡量美文的最根本的标准。

予生也晚,已在周氏首创美文一词之后十年,而岁月如驰,韶华易老,今年也已六十多了;从四岁发蒙,学写"人、手、刀、口"起,以平均月写万字计,至今也已写过上千万字了。究竟其中"用自己的文句与思想"写出来的能有几何?恐怕不到百分之一。其馀百分之九十九以上,不是奉君亲师之命而写,便是像鹦鹉学舌一样重复君亲师们灌输给我的思想和文句。尤其是在"反右"和"文革"中,写了那么多交代和反省,自开头恭引"最高指示"以下,又有哪一句是"自己的文句与思想"呢?

但是,我虽然很少有自己的文句和思想,仍不妨偷闲欣赏一点别人的思想和文句(只要是他自己的),例如说,读一点周作人的文章,包括一九二一年的《美文》在内。六十年代初和八道湾通信,求其新刊及集外诸作,周氏在回信中自谦他的文章正如"春鸟秋虫,应时而鸣,消灭乃其本分",但仍尽可能地满足了我的要求。在文章老宿和拉车苦力之间,当然不能说成什么知己关系,不过这一点知己之感在我心中总是真实的存在,也就是他的文章的美的价值确实存在的证据了。

文章本天成,亦出于人造。故美文之美,全看它对人心感应的力度,不是作者"自我感觉良好"便成的。

周作人首倡美文,但他却决不只是位美文家,而是他自己所说的"爱智者"(Philosopher)。爱智者追求的为智慧和理想,亦即是真和美,而又能以冷静明智的态度出之,发而为文,在"诗与真实"两方面都能显示出动人的力量,这便是周作人高出同时代和后来别的散文作者的原因。

读了《美文》和周作人的美文之后,再来看自己的文章,正如古人所形容的，"不善为斲，血指汗颜。巧匠旁观，缩手袖间"。我自己血指汗颜试斲出来的不成材的东西，岂不会让旁观的巧匠们笑倒么？

（一九九一年三月）

豫陕川行感慨深

读《豫陕川行小纪》关于汉武帝的一节后，对这个历史人物发生兴趣，想从《史》《汉》中印证一下。印证的结果也是"三七开"，不过是"倒三七"罢了。

破格起用奴隶出身的卫青为大将军，一打就打出了北边几千里江山。对于我这个有点沙文主义的人来说，当然是件好事。

实行"推恩令"，使分封的王侯不能世袭罔替，凤子龙孙也有做平头百姓的一天。虽说这样做的目的是为了中央集权，但对于我这个有点反特权情绪的人来说，也是一件好事。

除了这两件，可以评功摆好的就不多了。

起用了一个卫青，埋没了一个李广。正一加负一，在用人这项上只能等于零。

打匈奴虽有功，可是"边庭流血成海水，武皇开边意未已"，也不能一点不考虑儿子或丈夫被送去填了血海的人的感受。

最大的负数莫过于滥杀人。《汉书·刑法志》："孝武即位，外事四夷之功，内盛耳目之好，征发烦数。穷民犯法，酷吏击断奸轨不胜。于是招进张汤、赵禹之属，条定法令……凡三百五十九章，大辟四百九条，千八百八十二事，死罪决事比万三千四百七十二事，文书盈于几阁，典者不能遍睹。"

大辟者，杀头也。四百零九条律法，一千八百八十二项刑名，一万三千四百七十二件判例，挨着一点边就要杀头。张献忠不过七杀，这位皇帝老子却要千杀万杀，而且一杀就是几万。《汉书·武帝纪》："元狩元年十一月，淮南王安、衡山王赐谋反，诛，党与死者数万人。"杀自己人也同样下得手。光是这一条，就够七分光了。

个人品德的印象分也只能打负数。《史记考证》说，司马迁作《史记》，武帝"取孝景及己本纪览之，于是大怒，削而投之……后坐举李陵降匈奴故，下太史公蚕室"。如此残酷地迫害知识分子，隐秘的原因不过是知识分子没有跟着山呼万岁，满足他一己的虚荣心。这难道能给天下后世留下一点点好印象？

对自己的妻子阿娇，先是以金屋贮之，另有新欢后把她往长门宫一送，让她一辈子养病。晚年睡了个李夫人，据说死后还有些怀念；可是为了白日见鬼，成亿万地浪费民脂民膏，求神祷鬼不灵又把替自己祷求的方士杀掉，娶上了公主的栾大也难逃腰斩。这难道又能给天下后世留下一点点好印象？

严秀从嵩山柏树"大将军""二将军"的封号，看出了皇帝老儿的信口开河知错不改，跳出了从古至今写秦皇汉武的窠臼，鞭辟向里，深得我心。题诗二章，聊以相赠：

能使家奴拥钺旄，贤贤将将足称豪。
功劳盖世推恩令，罪恶滔天大辟条。
霸上无勋呵李广，长门失眷锁阿娇。
嵩山柏树年年老，留与游人说汉朝。

＊

好大喜功雄主事，饰非拒谏独夫心。
抗胡一打三千里，见鬼虚抛亿万金。
壮志敢追秦始帝，衰年只要李夫人。
王朝历史重新写，豫陕川行感慨深。

（一九九二年一月）

黄鸭叫

水陆洲在长沙城西湘江中，洲长十里，南北略与老城区相当而南端更长。湘江大桥跨洲而过，汽车可从一道支桥下去，向南直达"橘子洲头"，这一路上卖"黄鸭叫"的餐馆，少说也有二三十家。长沙口音"黄""王"不分，故招牌多有写成"王鸭叫"的。"黄鸭叫"一斤三十元，"白鸭叫"一斤六十元，都是过秤后做好上桌的价格。做法只两种，水煮和黄焖，区别仅在加不加酱油而已。如有外地朋友来长沙，又是无须讲排场的，这里不失为一个招待便餐的好去处（如无公车可用，叫出租车则稍为难）。因为"黄鸭叫"的味道实在不错，而且座位上可浏览湘江北去的景色，也比坐在卡拉OK包厢里的感觉好得多。不过客人如是来自北方和沿海，就得先交待店家一声：少放辣椒。

"黄鸭叫"是本地给一种野生小鱼新取的名字，长沙人口语叫"黄牙咕"，照我想，大约"黄"指其色黄，"牙"指其胸背硬刺像利牙一样能扎人，"咕"则因其成群游弋时咕咕作声吧。它的外形很像小鲇鱼，只有颜色不对；身长者不过四五寸，一般只有三四寸。因为太小，过去长沙人以肉、鱼待客，它是不能上桌的；其时价钱也很便宜，大约只为"正路鱼"的三分之一，最多二分之一。五十多年前逃学时游荡到河街，常见它一堆一堆地堆在街边，其中有的"硬脚"还在动，也不像别的鲜鱼得用水养着；及至走到大户人家买菜的菜场，便少见它的身影了。但因其肉质细嫩，皮和鳔又富含胶质，想大口吃肉虽不大可能，煮成鱼汤却特别鲜美，为别的鱼类所不及，"黄牙咕煮豆腐"也就成了老长沙的一道家常菜。

"黄牙咕"生得贱，不易死，根据我在河街上的经验，出水后活几个时辰大概不成问题，故不难买到鲜活的鱼。当年我家将鱼买回，即放盆中，一面冲水，一面以竹帚或棕刷刷洗，只洗净泥污，而切不可将鱼身上固有的粘液弄掉，盖此为鱼鲜味之要素也。每逢放学回家碰上了，我于汲水冲洗等事俱乐为之，父亲还因此骂过我不是读书种子。迨冲洗干净，母亲便不准我再插手，怕我被"牙"弄伤，大约只要将肠胆摘除，硬刺斩去，鱼就可以下锅了。

长沙人吃鱼，除清蒸、干炸外，通常先用油煎，再加水焖，"黄牙咕"则无须此，只要把拾掇好的鱼，与河水（五十年前长沙尚无自来水）一同放到锅里煮。关键是水须一次放足，而且必须用冷水，盖断续加水则汤味不佳，放热水则有腥气。以当天从湘江河里挑上来的水，煮当天从湘江河里打上来的鱼，便是有名的长沙谚语"将河水煮河鱼"的来历，也是吃"黄牙咕"的当行本色。若是吃池塘里养大的青、草、鲢、鳙之类家鱼，或是吃从远方运来的鳜鱼、横子、江团等可以上酒席的鱼，就不是"将河水煮河鱼"这么一回事了。

"黄牙咕"体内脂多，故不必加油，姜、盐自不可少，辣椒则多少随意；也有加入紫苏嫩叶的，我家则素不喜此，嫌其"抢味"。豆腐须先用清水漂过，再入沸水一"窜"，除去石膏的气味，滤干之后，切成小片，候锅中大开片刻后加入，再略为翻动,勿使鱼全在下,豆腐全在上面,而汤则必须将鱼和豆腐全部淹没,并高出一二指许。"黄牙咕"和豆腐都不怕煮,但如豆腐加入过晚,则鱼易翻碎,不大好看。此后即用小火续煮,直至汤呈浓乳白色,试之"粑口"为度。冬日也可用大砂锅,放在烧着白炭火的泥炉上,一面煮得咕嘟咕嘟响,一面对着火锅吃。我最喜以鱼汤泡饭,顷刻就是一碗,正所谓"酒怕牛肉饭怕鱼"也。这时便不免要加汤,也只能加冷水,不能加热水。小时娇惯,每不许加汤,故家人常怕我一上桌便索大匙舀汤泡饭,我"抢菜"的名声也就是这样在家中传下来的。

"黄牙咕"是野鱼,钓鱼的人却很少能钓到它,小河小溪中也不见有,大约它个子虽小,却需要宽大的水面,又是底栖性的鱼,故只能由渔人用网捕捞。近几十年,人工养鱼越来越普及,池塘堤坝修得越来越多,能容得"黄牙咕"自由生存的空间就越来越小;人们吃厌了标准化鱼池里人工繁殖的鱼,也越来越记起"黄牙咕"的味道好。三十元至六十元一斤,即使减去餐馆的成本和利润,也是家鱼的好几倍,和过去比,贵贱正好颠倒过来了。"黄牙咕"定名"黄鸭叫",有音无字的俗称进而成为书面语言,就是这种小野鱼地位上升的标志。

"黄牙咕"的学名叫什么,有一本介绍本地鱼类的书上说是"黄鲴鱼",拉丁文 Xenocypris argentea,但查《辞海》,此种属"鲤科,长约三十厘米,银白带黄色",应该是我在水陆洲餐馆门前玻璃水箱中所见的"白鸭叫",比"黄鸭叫"个大而稀有,不是我所熟悉的了。我说的"黄牙咕"恐是 Pseudobagrus fulvidraco,《辞海》作"黄颡鱼",说它属"鲿科","长十馀厘米,青黄色,有须,背鳍胸鳍各具一硬刺,刺活动时能发声,肉质细嫩",与我所知正合。又查《本草纲目》卷四十四,"黄鲴鱼,状似白鱼,扁身细鳞，白色，长不近尺"；"黄颡鱼，无鳞鱼也，身尾俱似小鮎，腹下黄，背上青黄，群游作声如轧轧，性最难死"。看来，"白鸭叫"之为"黄鲴鱼"，"黄鸭叫"之为"黄颡鱼"，似已无疑，介绍鱼类的专书是讲错了。因思名物考证也不很容易，中国幅员广大，物种繁富，草木虫鱼在各处的俗称，如果能够搜集起来，加以比较，看同一种生物在南北东西有哪些名称，从而考察土风民俗之异同，未尝不是一件有意义的工作，但这种吃力而不得名利的事情，现今不知是否还会有人愿做耳。

（一九九五年一月）

卖书人和读书人

读书人不能不买书，买书即不能不和卖书人打交道。读书人和卖书人的关系，由来久矣。

卖书之为业，不知始于何时。《书经》说殷之先人"有典有册"，那是放在机要室里的东西，普通人无从得读，更无从得而卖之。直至天下合久必分，王纲解纽，春秋战国时有了不吃王粮的读书人，才有了属于个人的书。不过当时写在竹木片上用孔夫子翻断过的那种皮条穿成的书，大概还没有成为商品进入市场。惠施"其书五车"，苏秦"陈箧数十"，书的字数当以万计，恐怕也是本人最多加上几个门徒"书之竹帛"而成的吧。

及揣摩既成，读书人做了官，位尊而多金了，如果还要读书，才有可能命人或雇人来传写，雇来的便是所谓"佣书"。"佣书"能出卖的只有自己的劳力，比起后世《清明上河图》中书坊里的卖书人，收入恐怕相差甚远，亦犹我这个领月薪的编辑匠之于黄泥街书老板焉。

最早的书市见于《三辅黄图》，王莽谦恭下士时，长安太学规模颇大，附近有个"槐市"，"诸生朔望会此市，各持其郡所出货物，及经传书籍，笙磬乐器，相与买卖"，情形简直同美国大学校园里的 street fair 差不多。可见学生下海，古已有之，这也是王莽为了坐上金銮殿而着意营造的"文化繁荣"之一小小侧影。

还是纸的逐步改进和利用，才促成了书的普及和专业卖书人的出现。《后汉书》记载，王充"家贫无书，常游洛阳市，阅所卖书，一见辄能诵忆"。家贫无钱买书，偏能过目不忘，来到洛阳书市，专门只看不买，王充这位读书人也够精的了。洛阳卖书人的服务态度也真好，允许王充尽量揩油，如果没有他们行方便，《论衡》也许就写不成这样好。可惜范蔚宗没有记下一两位卖书人的姓名，不然奉之为书店业祖师，岂不比铁匠行崇奉太上老君合适得多吗？

唐时开始雕版印书，至宋而刻印大行，书业更盛。宋本《朱庆馀诗集》末页末行文云："临安府睦亲坊陈宅经籍铺印。"这位陈姓卖书人，已是编辑、印刷、发行三合一，开近代"商务""中华"之先河了。下至明清，仍然如此。《儒林外史》第十三回，写蘧公孙到文海楼书坊，拜访书坊请来编书的马二先生。马二先生食宿均由坊中招待，两个月编选成一部书，得了一百两银子，付了采红的身价，平息了一场官司，还剩有银子去游西湖，稿酬似比今为丰。又看第十八回，文瀚楼主人同匡超人谈话，不仅于编印发行十分内行，对读者和作（编）者也是熟悉而有办法的。

我想，卖书人以书为生计，自不能不以读书人为衣食父母（今称上帝，则比父母更尊矣）；而读书人若真以书为性命，亦当视卖书人如救苦救难观世音。联结二者的纽带就是书，只要彼此都喜欢书，看重书，熟悉书，自然同声相应，同气相求，共存共荣，融洽无间。只怕身在书界，而心不在焉，对于书和读书人一概漠然，即使没穿"烦着哪，别理我"的文化衫，脸上却明摆着那样一副神气，则虽焚香顶礼，亦不得灵验矣。

（一九九五年八月）

我家的摆设

在我家客厅里，也有一个通常所谓的"博古架"，但架上摆设的既非古董，亦非玩物，而是多年来留下的几种本人的手工制品，计：

竹笔筒一，高十三厘米，长径十二厘米，上刻竹叶数片，题"斑竹一枝千滴泪"，一椭圆小印文曰"沁园"，下镌小字云："叔河作于一九七六年"。其时我正在湖南省第三劳动改造队劳改，劳动之馀刻以寄意，因有伟大领袖的诗句，得以保存下来。"沁园"是我妻小时名字的谐音。

竹制茶叶筒一，高十八厘米，由三件组成。上为由竹节琢成的圆盖，周边经反复打磨后呈蛇皮纹，颇肖一蛇盘卷而不见首尾。中为一节竹身，仍刻竹叶一枝。下为另一节，刻汉碑体"不可一日无"（是从《石门颂》中集的字，"可"字和"日"字还是拆拼成的），小印"此君"字用瘦金体，连读即"不可一日无此君"，是剽学王子猷和苏东坡，算是附庸风雅。

细木工刨一，长二十五厘米，"海底"（工作面）宽五点五厘米，高五点二厘米（底板一点五厘米在内），前手柄连底板高十一厘米，后手柄高九厘米。刨身用血椆，底板用黄檀，前后手柄均用梽木，木楔用花梨小片改制。此刨制于一九六七年，其时我和妻都在街道工厂做木模，我兼搞一点机械设计制图，可以温饱，故仍有馀时做一点由兴趣而不是由功利驱动的小玩艺。木工刨中国、日本、欧洲的形制均不同，日本的宽而薄，刨削时系从前往后拉，欧洲和中国的均系从后向前推，而中国刨手柄在刨身中部，左右相对，长刨刃口超出工件时易往下行，不如欧洲式手柄在刨身前后，木工使刨如钳工用锉刀，刨身较短而刨削反易如法也。

精工木刨一，尺寸略如前刨，但切削角前刨为四十五度，精工刨则为六十度，利于切削硬木、节疤、端面。此刨全用紫檀，系"文革"中"破四旧"砸烂的红木家具之"废物利用"。手柄较为矮壮，后手柄与刨身后端为一体，因良材难得，故不愿再镶嵌别种木材也。此刨亦作于一九六七年。

《韩熙载夜宴图》手卷一，全长约四米，高约四十厘米。图系海外复印件，尺寸与原图完全一致，首尾有"夜宴图"篆书题名及印鉴题记，印工精美，见者或疑为摹本，其实不过是一本挂历而已。我一九五八年因"右派"被开除，未接受劳动教养的处分，申请回家自谋生活，一度以绘制教学挂图维生。有的挂图是用布画的，两头加上一圆一方木条即可悬挂，而用纸画的则须装裱，所以我又学会了裱糊工艺。一九八七年迁入展览馆路新居，客厅有一面长近六米的墙壁，无物可以装饰，恰好香港中华书局给我寄来了这本挂历，故技不禁发痒，于是把它裱成长幅，贴在墙上，七年来还很骗了些赞赏或惊奇。及至我说明这是由挂历改制的时，还有人硬是不相信。后来居室重修，壁上换成了任伯年的《群仙祝寿图》，又把它改裱成手卷，摆在架上，作为纪念。

我从小喜欢制作，如果允许我自由择业，也许会当一名细木工，当可胜任愉快，不至于像学写文章这样吃力。但身不由己，先是被父母拘管着在桌前读《四书》《毛诗》，一九四九年误考新闻干部训练班，又未蒙训练即奉命到报社报到，想进北大学历史考古亦不可能。一九五七年后，作为为党国服务的知识分子，是被投闲置散了，但为了谋生又不得不忙于做工，身体和精神上反而觉得充实了不少，尤其是能够在屋里放一条砍凳的时候。一九七九年平反改正归了队，坐办公桌又忙了起来，业馀时间也无复操刀使锯的自由。如今已经离休，照理说应该有时间做自己爱做的事了，可是八楼上连钉一口钉子都怕妨碍邻居，只好仍旧以编编写写打发光阴，真真苦矣。

（一九九六年九月）

湖南官话

谈书的小文称书话，谈诗的小文称诗话。这则小文谈的是湖南历史上几个官的小故事，故名"官话"，非打官腔的官话也。

第一个故事是"梁抚台饿饭"。乾隆三十六年（一七七一年），梁国治（字阶平，有名的好官）任湖南巡抚。巡抚为一省最高长官，少不得要到州县视察，用今天的话说就是下去检查工作，或者叫现场办公。下去，当然要在下面吃饭，照例由随从人员安排当地供应。这位梁抚台一贯自奉俭薄，又总怕给下属和老百姓添麻烦；他的随从人员中，却不免有的想跟首长出差，多捞点油水。到了某县，这些人见接待太"不懂味"，十分恼火，自己又不便发作，便故意压着不传开饭，想教抚台大人发饿肚子脾气。谁知梁抚台过午不食也不做声，一直坐在桌前看禀帖，批文牍。捱到申时（下午四点多钟）光景，所有随从都饿得受不住了，见抚台还是不闻不问，没法子只好开餐。两顿饭做一顿吃，梁抚台却一如平时；饭后传见知县，处理公事，他也一如平时。

第二个故事是"陆抚台求雨"。乾隆四十九年到五十年间（一七八四年至一七八五年），任湖南巡抚的是陆燿（字朗夫，萧一山《清代通史·清代督抚表》误印作陈燿）。这是个有学问又能写作的人，有诗云"思开南岳千重云，但饮湘江一杯水"，其廉政事迹也多，如拒受盐商"例规"三万两，移应入官的存息接济岳麓、城南两书院贫苦学生都是，此处只讲他的"求雨"。原来在湖南巡抚之上还有个湖广总督（驻武昌，辖湖北、湖南两省），是位满人（不记得是特成额还是伊里阿），来到长沙阅兵，照例必须招待，陆燿却不去陪吃（清朝惯例，长官至下属，下官再想拍马屁，也只办供应，无须每餐陪吃）。总督也是好官，不拿架子，打轿到抚台公馆看望。这时陆燿正在吃饭，只有韭菜、豆腐两碗，总督见了不禁惊讶。这本是陆的常供，他却不愿沽名，托辞"近几天正在求雨，戒杀生，所以简陋得很，让大人见笑了"。总督回到行馆，见到满桌酒菜，忙骂自己随从，怎么不知道此地正在求雨，命把酒席撤了。

一连两个故事都是讲招待上官的，讲多了恐怕喜欢办招待的同志会厌烦，第三个故事就讲一讲"黄土老爷"。黄土老爷是诨名，他本名寿嵩，北京人，光绪十一年（一八八五年）由吏部派充湖南靖州吏目。州吏目也是命官（公务员），职级在县典史（副县长）之上。他到了长沙，往藩台衙门交部文，吏房按陋规伸手要钱，他不给，事情就办不成了。实在他也无钱可给，单身来湖南的盘缠都是借的，早已用光。没在藩台衙门办好手续，无法去靖州上任，他流落在长沙，衣衫当尽，食用俱无，只好挖黄泥卖，每日挣十几文糊口，晚上则代巡夜人打更，睡在街口窝棚内。有次藩台涂宗瀛坐轿子从藩正街出来，遇上他卖黄泥与人争价，一口京腔引起了涂的注意，停轿问为何喧闹。他陈述时自称"卑职"，藩台有些奇怪，以为他是神经病，也就罢了。不久后，他又因坐在窝棚内打更，被查夜小吏发现，抓起来要打屁股。这时讲出身份，拿出吏部文书，才知他也是一位命官。事情经县、府报告到藩台那里，藩台猛然想起那个自称"卑职"的人，立刻传见，果然是的，忙向靖州查问。靖州回复：新吏目一直还没有到任，代理者正愁无法交卸。于是衙门很快给他办好手续，又拨了一些银子给他作用费，消息传开，长沙城里都知道出了位黄土老爷。

黄土老爷到藩台衙门辞行，藩台着意慰勉，对他说："老兄实在受委屈了。我请府、县送了一点银两，到靖州去安家应该差不多了。经过这番历练，老兄更加体察了民情，一定能胜任愉快，希望好好努力。"他鞠躬答道："谨遵大人训示，但所赐银两却不敢受，已经送回长沙县库了。"藩台惊问何以不收，他说："吏目官虽小，也有一份朝廷俸禄，卑职是吃过苦的人，此去布衣蔬食，总比卖黄泥巴强得多，要更多的钱做什么？还是留着备公家作开支吧！"藩台大为叹服，黄土老爷的名声从此进一步传遍了三湘。

（一九九七年十一月）

油印的回忆

电脑打印越来越方便,"传统的"油印已经被淘汰,偶尔走进文具店,再也见不到油印机、誊写钢版和三角牌蜡纸一类东西了。

五六十年前,这些东西在偏僻山区还是难得的器材。高小的女老师教唱《万溶江》,到二十多里外的中学去借油印机,当她将毛边纸上用蓝油墨印成的带简谱的歌词散发给我们时,那高兴的面容在回想中还浮现在我眼前。

进初中在一九四二年,教导处有部油印机,某次开运动会,几位年轻先生带着几个喜欢在壁报上出风头的学生,想油印出一份特刊,我还自告奋勇去推滚筒。可是教导主任硬是不准,说是土纸虽然不缺,油墨却难买到。本来嘛,那时正值抗战紧张,一切工业制品极为匮乏,夜间自习也只能两人合用一挂茶油灯(在平江当时茶油比桐油便宜),竹灯座,瓦灯盏,草灯芯。

油印品也有非常精致的。有位国文先生刚从蓝田国师(《围城》中三闾大学的原型)毕业,带有一部默存先生尊翁教授文学史的讲义,比二号铅字还大的工楷直行,用深褐色印在米黄色的竹制纸上,装订成宽幅的线装本。它在我幼稚的心中引起了一种近乎神圣的感觉,哪一天能读得这样的书就好了。后来见到某北欧画家的自画传,童年的传主站在厕所坐板前,注视着板上开出的一排大小距离不同的便孔,自言自语:"何时才能坐上这最大的孔?"大概跟我当时的心情也差不多。

先父其时年过七十,他告诉我,光绪末年他从东洋考察回来教书,也油印过讲义。一切器材都是从日本买来的,管理教材的人不知使用,故须亲自动手。他说,日本人常用毛笔蘸上专用的写液,在蜡纸上写字或画图,装上油印机便可以印了。这种毛笔写绘成的油印品,不知有老先生看见过没有,我是没有见过。

不记得是曾纪泽还是薛福成的日记里,有他在伦敦用"糖印法"印文稿的记载,此"糖印"是否即油印,疑莫能明。如果照先父所言,则油印技术系十九世纪末从日本传入中国的。但成书于南宋初年的《春渚纪闻》卷二有《毕渐赵谂》一则,云毕渐考取状元,赵谂居第二,"都人急于传报,以蜡版刻印,渐字所模点水不着墨,传者厉声呼云:'状元毕斩第二名赵谂',识者皆云不祥。"这至少也是道君皇帝时的事,历史不可谓不悠久了。不过这"渐"字印成了"斩"字的"蜡版",和近代工艺技术造成的蜡纸恐怕不是一回事。

百年前的新技艺,如今已成陈迹,文明的嬗变也真快,不都是经过油印这类琐屑事物的兴替显示出来的吗?但愿研究物质文明史的专家们能多告诉我们一些这类事情,胜于空洞的大道理多矣。

关于油印,经常忆及的还有两件事。一是五七年失业后一度想以刻钢版维生,但我的字一直写不好,别人一张蜡纸八角九角,我则只能挣六毛七毛,终于不得不舍此他图。二是解放前夕搞学生运动,颇做过些刻印传单的工作,几个同学在夜里偷偷摸摸地搞，既紧张，又兴奋。现在垂垂老矣，对年轻人在一些事情上表现出来的热情，自以为还能给以同情和理解者，无他，不过因为蜡烛光下瞎忙乎的记忆未能泯灭干净而已。

（一九九八年一月）

血门的风俗

民国三十三年春节前,我逃难到湘赣边一处名叫"马大丘"的村落,见居民杀鸡杀猪羊过年,将盆碗接鲜血涂洒在自家门框上,觉得十分奇异。鲜血涂在门上,既不好看,也不卫生,为什么要这样做呢?当时只有十三四岁,怯于发问(那里的语言也似乎特别不好懂),疑问只好存在心里。

数十年后,偶阅江绍原、周作人通信,周氏一复信中云:"洒鸡血事,绍兴古已无之,唯在南京当山上水手时(案:此指清末在江南水师学堂时)除夕出游,见湖南(原注:据说)人客居门槛有血,云系杀鸡而洒其血于此。"周氏说的是湖南(虽然是据说),马大丘也在湖南(虽然邻江西),看来湖南确实有过一个(或多个)过年杀生涂血于门的社区。但我这湖南人在省内走过四十多县市,却没有从第二处再见到类似的情景。前辈们从未同我说过这样的事,记荆楚土风民俗的书籍中亦未写到。可能的一种解释是,此乃"外来户"带到湖南来的习俗,尽管后来又有人把它从湖南带到南京。

江绍原是研究民俗学的专家,他为了写《古代衅礼》的论文,才向周作人打听"洒鸡血事"。不过我想洒血于门和古代衅礼恐怕不是一回事。《说文》:"衅,血祭也。"《周礼》:"以血祭社稷、五祀、五岳。"这是天子、国君才能行的大礼,即衅钟、衅鼓(古籍中从未见有"衅门"的记述)亦非臣民所得为。经书中最普及的"衅钟"的故事主人公是梁惠王,配角是孟子;"衅鼓"的故事主人公是晋襄公,配角是先轸和孟明视,足以为证。用来"衅"的血本当是人血,因此被俘的孟明视才会为了"执事不以累臣衅鼓"而向晋公稽首表示感激;不用人血也得用太牢,梁惠王想以羊易之便招来了一番讥笑。如果说是礼失求诸野,遗俗又何以只存在于偏僻山乡极小的社区?更何况衅礼并不限岁首举行,衅钟、衅鼓更与时令毫无关系呢?

前几天躺在床上乱翻书,翻到五四时期一篇翻译小说《村里的逾越节》,译者在后记中说到犹太人逾越节前在自家门框上涂血。我忽然想起往事,这岂不是马大丘风俗的蓝本么?于是将《旧约》找来一看(惭愧的是我于《圣经》竟未通读过),果不其然。原来耶和华为了惩罚迫害以色列人的埃及法老及其臣民,决定在岁首夜派天使巡行埃及,击杀所有生灵的头生子,而令摩西先通知以色列人于黄昏时宰杀羔羊,将生血涂在自家的门楣和门框上作为记号。这样,天使见有血记的门便逾越而过,只入埃及人家击杀了。"你们要记念这日,守为耶和华的节,作为你们世世代代永远的定例。"(《出埃及记》第十二章十四节)

犹太人唐以前即来中国,宋时聚居开封者有十七大姓,建有寺庙,称为"一赐乐业教"。"一赐乐业"为希伯来语 yisāēl 的汉译,即以色列也。明末乱后,开封犹太居民只存七姓。一八四九年伦敦"对犹太人布道会"派人来调查,寺庙虽存却已破败,七姓人的体貌和语言也都汉化了。我在马大丘和山上水手在南京所见者,岂非明末或更前从开封十七姓中播迁出来的苗裔耶。现在想知道的是，过了五十五年，不知马大丘还保存"血门"的风俗没有？别地方是否还能见到类似的情形？真希望熟悉的人能告诉我一些，这是比什么"文学"大奖或流行歌星排行榜更加引我关心的。

（一九九八年一月）

旧时花价[*]

长沙虽是古城,却非繁华都会,消费水平历来不高。我在此生活前后垂五十年,见到鲜花成为大宗消费器,还是近几年来的事。长沙在这方面不仅落后于广州、上海、昆明,就比更为内地的成都、洛阳也差得远。

其实在过去,长沙也是有花市的,而且出现过很高的花价。近阅《湘绮楼日记》,光绪三年(一八七七年,距今正好一百二十年)王壬秋移寓长沙营盘街,三月十九日记云:

> 楼居颇燥,芍药十盆,仅开一花。

这楼上盆中的芍药花,当然不会是自家栽种,而是从花市买回来的。三月五日记:

> 外出,至储备仓(地名,应在今粮道坪、皇仓坪一带)看牡丹,有紫者一朵,遣问价,云七千。

---

[*] 以下十四篇选自《念楼集》。

"千"即铜钱一千枚，是当时通货常用计数单位。牡丹自古称花中之王，价位最高。唐朝白居易咏牡丹云，"一丛深色花，十户中人赋"，并没有开出实价。许浑的诗写得具体一些："近来无奈牡丹何，数十千钱买一窠。"一窠至少总有十几朵，那么一朵就价值数千了。王氏所见七千一朵的紫牡丹，比许浑时恐怕还涨了一点，至少是没有跌价。

"七千"在当时是一笔不小的数目。从《湘绮楼日记》中看到，该年二月十九日王氏因有人乞借，"搜家中，仅二千四百钱"。三月二十六日"遣子弟辈上湘（潭）县考，欲以数千钱与之，借至四五家，竟不可得"。若以一千钱折银一两计，这朵紫牡丹的身价约合银币十圆，大约相当于现在一千元左右，可以称得上高贵了。湘绮楼中存钱不到此数的三分之一，当然也就买它不起。

没有人买的货物，是不会有人卖的。可见一百二十年前长沙城里，也有想买而买得起紫牡丹之类名贵鲜花的主顾。这当然不会是王壬秋这样的文人，他只能把它当作稀奇物在日记中写写。

但即使在当时，长沙鲜花消费的普及程度和繁荣程度，似亦不如成都。这样说的证据是，王壬秋家在长沙过年，日记中从没有买鲜花的记载，也未记过有人送花。而光绪四年冬他应聘到四川尊经书院掌教，十二月二十七日抵成都，二十九为除日，即有友人元卿来寓所"送梅二枝，一红一黄，黄者甚香"。三天后，他给夫人梦缇写信，说成都地方：

冬暖如春，江梅、海棠殆可同时，最与居游相适。惜无缩地法，令诸女妾妇侍卿暂来一游也。

看来，王壬秋对成都的气候和成都的花事都很满意。

王氏从长沙到成都，水陆行经四十九日。若在今时，无须"缩地法"，夫人和女公子有半日便能飞去陪他看花。不过，"妾妇"纵然可以换上情人、秘书等等名称，却也不一定能公然和夫人小姐一道坐飞机来陪游。此亦今昔之不同欤，未可知已。

（一九九八年一月）

协操坪

第一次到协操坪在六十几年前，原来只能从天井里看白云的五岁的我惊奇地发现，头上的天竟有这样的高，脚下的地竟有这样的宽。

从旧地图上实测，抗战前的协操坪，东西宽至少一里，南北长不止三里。在五岁小孩看来，当然一眼望不到头。就是现在，长沙市内也还没有这样一个广场。

长大后才知道，协操坪古称大校场，历来是长沙驻军操练的场地。清朝末年，湖南编成新式陆军第二十五协（旅），下辖两标（团）步兵，一营炮队，官兵共四千三百零四名（《清史稿·兵制》）。大校场成了第二十五协的操坪，慢慢人们就称这里为协操坪。附近扎兵的地方，也各依部队番号，叫做四十九标、五十标、炮队坪。这些地名现在多已湮灭，历史上却曾经大大有名。辛亥革命湖南新军首先响应武昌起义，就是从四十九标出发攻打抚台衙门。一九三零年红军占领长沙，也是走四十九标进城的。

我是为了寻找趋趋草，才跟邻家小学生第一次来到协操坪的。趋趋草是一种野草，长沙人叫蟋蟀做趋趋（趋趋二字是记音，本来也许应该写作蛐蛐，但字典上趋和蛐虽然都注作 qū，长沙人发音却有不同,而且清代经学大师也用过趋趋一词,所以就这样写了),秋天趋趋开始叫时,趋趋草也抽茎出穗了。它的茎和穗细长而柔韧,可以挽成结子,两个小孩各执一茎,将结子穿在一起,拉扯看谁先断,以定胜负。这是没有资格捧趋趋罐的小男孩的游戏,我们也把它叫做"斗趋趋",其实不过是斗趋趋草。

那时我家住红墙巷,平时活动的范围,上不过羊风拐角,下不过兴汉门。在这条顶多两里长的麻石街上,趋趋草十分稀罕,故须往远处求之。协操坪在拆城墙后进入很容易,虽然还得过铁路。这里已经久不驻军,成了一处人们可随意进去自由活动的空地,遍地长满了野草。这里的趋趋草,比小学球场旁和巷内井边上多得多,也茁壮得多,挽成的结子更加结实。草地上有蝴蝶和黄蜂,有时还可以抓到蚱蜢。捉住蚱蜢的后腿,看它不停地叩头,也是十分有趣的。草中还点缀着许多小花,花瓣或浅紫,或白里带红,花芯则一律鲜黄,十分惹眼。本来平坦结实的地面长了草,雨后绝不泥泞,只觉得温软,大太阳晒着也不像麻石那样烫人。泥土和青草散发着清新的气息,闻起来比卫生香和花露水舒服得多。总而言之,第一次到协操坪,我就发现了一个比我原来的世界大得多,也新鲜得多的世界。

在第一次之后,又跟别人去过几回,我便独自一人也敢到协操坪去了。当然这得趁父母外出的机会,得在他们回家之前赶回,还得请求佣人们不要声张。心情虽然紧张,因此更加有趣。我也更喜欢一个人前去,扯够了趋趋草,便坐在或干脆躺在草地上,看天上云的变幻,听草中虫的嘤鸣。这时四周总是非常寂静,从没有人来打扰我。在这里,我开始了对大自然的爱,开始了自己的思想。我想过,这里的风和阳光是多么的好,没有人拘管着是多么的安逸。也想过,跑回去以后的晚饭会多么的香,晚饭后"斗趋趋"会多么有趣。那时我当然还不会想，协操坪为什么会如此清静，四十九标棚户里的贫民为什么不到这片空地上来找门路寻生活，贫家的孩子为什么不见四处游荡，寻衅闹事？若是那样，我一个人也不敢到这么清静的地方来了。难道在日本人打来之前，长沙城里真这么安宁，人们都能各得其所？长沙居民真这么少，少得不必到处乱钻，谋占有限的生活空间吗？这些问题，我至今还是回答不出，只知事情确是如此罢了。

可是，正如《金瓶梅》里的诗句所云："世间好物不坚牢，彩云易散琉璃脆。""七七芦沟桥一声炮响"（这是抗战八年中作文用熟了的起句），打破了我在协操坪中的白日梦。长沙大火前夕，我被匆匆送到平江山区，随着就入学读书。战时乡村的学校生活简陋而紧张，缺少宽大的活动空间和安静的休息时间，协操坪便成了我怀想以前安闲日子的背景，成了我和乡下同学说不完的话题，也成了我梦魂萦系着的想象中的乐园。

过了十年，胜利后第二年的秋天，我到长沙来念高中，才又见到协操坪。这时的协操坪和我都已今非昔比。我早过了玩趋趋草、捉蚱蜢子的年龄，已经读过《茵梦湖》和《父与子》，开始在日记中写着自作多情和无谓感伤的句子。经过八年抗战接着又打内战的协操坪，和整个长沙城一样，也大不如前整洁清静，开始显得拥挤破败，增加了不少吵闹喧嚣。出小吴门到省立一中，得经过协操坪的南部。炮队坪军路侧的右边，这时已成为一处汽车保养场，停着许多破旧的美国汽车，还有更破旧的日本汽车，老远就闻到使人头晕的汽油味。左边则架起了一道很长的铁丝网，铁丝网后不见有什么飞机，却挂着显眼的告示牌，大字写着：

机场重地

不准擅入

如敢故违

射杀勿论

这几行字立刻使我感到,在这块本来自己有份的土地上,我却成为一个无权无告、随时可以被射杀的人了。

接着从省立一中去高工(两处都有不少平江同学),我特意不走大路,而走上了纵贯协操坪中央的一条小路。小路上匆匆来去的,多半是佣工和负贩,看得出都在为生活奔忙。这条小路在我记忆中本来没有,是这些人在这几年中用脚板踏出来的,完全破坏了协操坪往日的宁静。路旁所见小孩,全都光膊赤脚,已不似儿时游伴衣履周全。地上的趋趋草还依旧,长得也没有过去那样齐我膝盖高了。

进高中后,我很快就投入了反对国民党政府的学生运动。好几次附近学校的学生在协操坪边集合,出发到市中心游行,高喊着"反内战、反饥饿"的口号。老实说,那时的内战隔我还很远,至于饥饿隔我就更远了。为什么从小怕热闹,不喜欢随大流的我,会热心参加此类活动呢?我想,那些霸占我心目中的乐土,散发出难闻气味的外国汽车,还有那露出恶狠狠凶相,威胁着要"射杀勿论"的牌子,它们在我心中激起的愤怒,至少是我之所以要这样做的一部分原因罢。

于是,我喊着反对国民党的口号,唱着"山那边哟好地方"的歌子,在协操坪迎来了解放军和共产党。

又过了十年,我早已由学生成了干部,又由干部成了右派。协操坪也早就成了"山那边哟"一样的好地方,原来的飞机场上盖起了一中的大片新校舍，它北面盖起了规模更大的展览馆，还修了条展览馆路，占据了协操坪的中心。展览馆再北，剩下小部分协操坪，改名叫省体育场，旁边也盖了许多馆舍和办公、生活用房。总之这里是一派新气象，只是空地却已大大缩小了。

反右斗争的后期，省直机关在省体育场召开大会，右派分子也被召参加。我们机关的五十多名右派列队入场，正站在那里等开会。忽然有个右派大声向监管人员报告，说另一个右派站在队伍里读俄文字典，"不像接受教育的样子"。本来那人只是默读，并没出声，众目睽睽，谁都不以为怪。这个当场作出积极"接受教育的样子"的右派分子的公开举报，使得所有的人包括监管人员在内都为之愕然。我原本诚惶诚恐在准备听候处理，这件事却使我猛然觉得世间竟有如此之丑，正如二十多年前在此猛然觉得世间竟有如此之美一样，感慨系之，本来想努力接受教育的心思反而淡化了。

又过了十年，无产阶级文化大革命开始。省体育场又改名东风广场，成为革命群众集会的场所。我虽摘了右派帽子，仍属于"二十一种人"，没有参加群众大会的资格。不料却有人检举了我反对"文化大革命"的言论，就是"为反动文人金圣叹翻案"。于是有次东风广场的宣判大会，便把我押去"陪判"。八月长沙骄阳似火，革命群众有草帽遮阳，有水壶解渴，不停地扇风，还一个个汗如雨下。我是被押去示众的人，既不许破帽遮颜，又不许乱说乱动，更无人供给饮水。呆呆地站立在火炉般的红太阳下，只希望它快点落向西山；可是它却绝对无意于退位，一直高踞在最上头。

东风广场的面积，仅仅为过去协操坪的若干分之一，容纳的人却常常号称十万十几万，起码是过去的十几倍。地上的草全被踩死踩光，顽强的趋趋草也不见踪影了，只剩下一片赤裸的沙砾地，阳光照射下特别炙人。在高音喇叭声中，望着插在死刑犯背上高高的标子，我心想：金圣叹当年临刑时，情况不知如何，怎么还能写出这样的诗来：

　　鼙鼓三声响，
　　西山日正斜。
　　黄泉无客店，
　　今夜宿谁家。

如果我现在被捆起来插上标子，在自己扯过趋趋草、憧憬过"山那边哟"的地方告别这个世界，倒也是人生难得的遭逢，只不知会不会允许我做诗，若能允许，倒可以凑成这样四句：

　　红日科头晒，
　　高高不肯低。
　　黄泉凉快点，
　　好去斗趋趋。

　　我想，金圣叹死时还可以写诗留下来，要算是幸运的，死后三百年却真是不幸。如今骂他是反动文人，却大捧其李卓吾；其实金李二人并无不同，都是正统的异端，都写白话评小说，也都是因为语言文字而送命的。有人指责金圣叹，说他死得不够勇敢，写打油诗是在自己鼻子上涂白粉，装滑稽小丑。我觉得，如果自己并不准备抛头颅洒热血，却要挖苦被砍头的人的表现，这至少是不仁，也太欠公道了吧。临刑赋诗，即使真是想"将屠夫的凶残化为一笑",也是金圣叹的自由;这自由以他五十三岁的生命作代价,同为人类,只当哀矜悯默,岂能肆逞刀笔,妄加讥评。何况于情于理,被屠戮者怎会为屠夫解脱,金圣叹的打油,亦犹郭亮被讯时所答,"开眼尽是共产党人,闭眼没得一个",既是他平生一贯风格的表现,也是对暴君暴政赫赫权威表示一点并不在乎的蔑视。指责他的人若被绑赴刑场,执行枪决,能否如此镇定从容,不失常态,那就只有天晓得了。

　　站在东风广场中的这番遐想,回忆起来还像昨天一样清楚,可是时间却又过去了三十年。真是"三十年一世"啊!

　　一九七九年我又成了一名干部,工作单位仍在协操坪旁。此时群众大会已极少召开,东风广场的名称依旧,却不再流行。体育场的旧名也似乎没有恢复,实在也无从恢复,因为新的体育场馆已建在别处,这里只剩下几副球门,立在一片空地上,不成其为什么场了。不时还有些少年儿童或老人自己带着球来此玩球(足球或门球),地上的草也就长不起来,未能成为公共绿地。前几年,我早上有时还到此走走。但在既没有花草也没有行道的沙场上散步,实在没有多少兴趣,慢慢也就中止了。只听说有时在此展销商品,又开过彩票。这些事都与我无关,当然更不会去凑热闹。偶尔经过,三四十年、五六十年前的往事,难免像老电影的片断一样浮现在眼前。今年我已六十八岁,两次脑出血后,自觉来日无多。虽非长沙籍,却算老长沙,也想照长沙人的老习惯,开始收一收自己的脚印,协操坪便是我列为头一处收脚印的地方。

　　于是,我前几天又到了协操坪(不,只能说是协操坪旧址的一角)。几副球门还在那里立着,只是几年来西边和南边又建起了二十几层的高楼,天空显得更小了。挨着东边的高楼,场地上又加盖起一排排平房，挂着俱乐部、幼儿园、气功中心之类的牌子。不到十几分钟，绕场一周已毕，兴犹未尽，又到相邻的展览馆大院中看看。这里是六十年前协操坪的中心，正是当年扯趋趋草的地方。展览馆早已名存实亡，"大跃进"时热火朝天的气象不复可见，原有房屋被许多单位分割。大院里还新挤进了好几栋高层建筑，现代结构的玻璃幕墙把老馆舍完全压倒了。我是晚饭后出来的，很快夜幕降临，新建筑上的霓虹灯一亮，现出是某某娱乐中心、某某舞厅。的士一辆接一辆开来，下车的多是入场候客的浓妆艳抹的小姐。楼群间留有一片空地，当中一个不再喷水的水池，四周全是水泥地面，寸草不生，趋趋草连影子也找不到了。

（一九九八年三月）

吃油饼

过去长沙人把贪污钱财叫做"吃油饼",油饼也确是长沙那时的美食,是普遍清贫中的一点膏腴。我从小生活在长沙,四六年起开始进茶馆面馆,但学生零花钱有限,消费水平以"一糖一菜"(两个包子)和"一碗肉丝"(面)为限,油饼通常是可望而不可即的东西。四九年参加工作后有了工资,才有了吃油饼(不是"吃油饼")的机会。

油饼馅分糖、肉两种,而以糖馅为多,糖内加桂花之类的香料,还要加入切成细颗粒的肥膘肉。饼从热油锅里出来,馅的糖和肥膘油融合成半流质,十分香甜。更好吃的则是包在馅外的分成若干层的"壳子",这须以面粉和油揉捏"起酥",师傅的手艺也主要表现在这一点上。

茶馆做的油饼个小,长三寸许,宽约二寸。有的茶馆油锅放在店门口,过路的人可以买得吃,用荷叶或裁成小块的旧报纸包着,才出锅的油饼也不很烫手。

面馆里所做的才是油饼的正宗,只供应桌面,可依食客多少而定大小。大者盈尺,或八寸,或六寸,上桌时已切成若干"刹",以便筷子夹。还有一种叫作"鸳鸯油饼",一边是糖,一边是肉,我以为制作时原是整个的糖或肉,切成两半后再拼合而成的。那肉馅的味道也特别好，胜于肉包子和盖在汤面上的肉丝。

吃油饼在"三年自然灾害时期"成了真正的高级享受。有一次我从奇峰阁（原址在今长沙晚报门首）经过，见人们正在抢占位子。那时年纪还轻，手脚麻利，疾步向前抢坐上了。没占到位子的人就站在幸运者的背后，一对一，准备坐下一轮，还有一位坐客身后站着两个人的。大家都兴奋地互相告语："有油饼吃了。"

大堂内十几张桌子坐满人，人后面又站满了人之后，服务员才慢慢地一桌一桌来收粮票和钱，一面呵斥站着的人让开些，说是不一定有第二轮供应。无论是站着还是坐着的顾客，这时对服务员的态度都十分恭谨，唯唯诺诺，满面笑容，绝无一人敢顶撞。而每桌八人中，亦早已有热心公益者负责将粮票和钱收好，小心地交给姗姗来迟的服务员。

有次和我同坐一条凳的是位退休教师，交出钱粮后等油饼来的时间显得特别长，互相都想寻点话说。他就告诉了我一个"排队等吃六字诀"，在"稳准狠"的前后加上"等忍哽"，即：

站死也要等，挨骂也要忍。
挤位子要狠，出筷子要准。
油饼夹得稳，吞下喉咙不怕哽。

说后苦笑几声。油饼上桌后即无暇再谈，切好的八"刹"一人一"刹"，稳准狠哽当场就兑现了。

当时我谋生之处隔奇峰阁不远，自从发现此处不定期有油饼供应，便着意联络，注意信息。有次得信，匆忙赶去，而全堂已满，被友好的服务员安排到楼梯下面堆杂物的"保管室"中静候。同时受优待的还有几位，一位坐在酱油坛子上，像猪八戒吃人参果似的将八分之一油饼吃完，站起身来，那雪白的府绸衬衫后摆拖在坛子里，酱油已经爬上背心了。

　　二十年来生活改善，人们渐渐不喜欢吃重糖重油，油饼早已从美食的宝座上跌下，近几年简直少见了。老来脚软，面馆少进，茶馆则变成了年轻人关起门谈爱的地方，供应的想已是咖啡西点。前几天女儿一家邀我和老伴去吃点心，据说是长沙市内花色品种最多最好的一家，陈列的几十样中有金钩萝卜饼、土豆饼、南瓜饼、葱油饼……却不见过去熟悉的油饼，大概它真同奇峰阁楼梯底下的日子一样一去不返了。在街头的摊子上，偶而还看见有近似过去茶馆所制小油饼那样的东西，却已沦为糯米糕和糖油粑粑一流，无复当年的身价。现在贪污受贿早就不再被称为"吃油饼"，大概起码也得吃鱼翅鲍鱼了吧。

（二零零二年十月）

蝙蝠的不幸 *

周作人于一九二一年首创"美文"一词,他在现代美文创作上的首席地位,有胡适、鲁迅二位作证,大约无可怀疑。胡适在《五十年来中国之文学》文中说,"散文方面最可注意的发展,乃是周作人等提倡的小品散文",把他作为成功的代表。鲁迅在答复斯诺问中国最优秀的散文作家是谁时,也把周作人排在第一,排在林语堂和他自己之前。

周作人活了八十多岁,写了近七十年文章。在这个世界上,他确实留下了许多可以称为美文的作品,但这不是他工作的全部,也不是他工作的大部。他在《两个鬼的文章》中写道:

> 我的确写了些闲适文章,但同时也写正经文章,而这正经文章里面更多的含有我的思想和意见,在自己更觉得有意义。

《苦口甘口》自序中更详细地说到了他的思想和所谓"闲适小品":

---

* 即《〈周作人美文选〉序》。

如英吉利法兰西的随笔，日本的俳文，以及中国的题跋笔记，平素也稍涉猎，很是爱好，不但爱读，也想学了做，可是自己知道性情才力都不及，写不出这种文字，只有偶然撰作一二篇，使得思路笔调变换一下，有如饭后喝一杯浓普洱茶之类而已。这种文章材料难找，调理不易。其实材料原是遍地皆是，牛溲马勃只要使用得好，无不是极妙文料，这里便有作者的才情问题，实在做起来没有空说这样容易了。我的学问根柢是儒家的，后来又加上些佛教的影响，平常的理想是中庸，布施度忍辱度的意思也颇喜欢，但是自己所信毕竟是神灭论与民为贵论，这就与诗趣相远，与先哲疾虚妄的精神合在一起，对于古来道德学问的传统发生怀疑，这样虽然对于名物很有兴趣，也总是赏鉴里混有批判，几篇《草木虫鱼》有的便是这种毛病，有的心想避免而生了别的毛病，即是平板单调。那种平淡而有情味的小品文我是向来仰慕，至今爱读，也是极想仿做的，可是如上文所述实力不够，一直未能写出一篇满意的东西来。以此与正经文章相比，那些文章也是同样写不好，但是原来不以文章为重，多少总已说得出我的思想来，在我自己可以聊自满足的了。

如其中所说，他所信的神灭论与民为贵论，通常的说法便是赛先生与德先生，实在是理解周作人思想与文章的津梁。就是只想欣赏美文（所谓的"闲适小品"），亦当率由此道，才不致得鱼忘筌，舍本逐末。

　　《两个鬼的文章》写成以后，直到一九五九年才编入《过去的工作》在澳门出版，《苦口甘口》印行于沦陷中的北平，解放后更成了禁书，像我这样在长沙城里拉板车的右派分子，当时都无法看到。但是，我于一九六三年写给周作人的一封信中也是这样说的：

> 先生的文章之美，固然对我具有无上的吸力，但还不是使我最爱读它们的原因。我一直以为，先生的文章的真价值首先在于，它们所反映出来的一种态度，乃是上下数千年中国读书人最难得的态度，那就是诚实的态度……无论是早期慷慨激昂的《碰伤》《死法》诸文，后来可深长思的《家训》《试帖》各论，甚至就是众口纷纭或誉为平淡冲和或詈为"自甘凉血"的《茶食》《野菜》那些小品，在我看来全都一样，都是蔼然仁者之言。先生对于我们这五千年古国，几十兆人民，芸芸众生，妇人小子，眷念是深沉的，忧愤是强烈的，病根是看得清的，药方也是开得对的。

时年不满三十的苦力，当然不敢在五四文坛老宿面前妄托知己，不过在读到周作人随后写了寄来给我的古人诗句"万卷纵观当具眼"之后，我还是不禁暗喜。因为于冥冥长夜中知道自己还有一双看得出好坏的眼睛，在漫漫长路上也就不会像原来那样不知所从了。

因为我喜欢周作人的文章（不仅仅是他的美文），又因为周作人在他生命的最后几年里给我的一点知己之感，又因为能得到周丰一先生的信任和委托，遂以十年之力搜集、整理了周氏近三千篇文章。事实正如他自己所说的那样，在这近三千篇文章中，正经的文章确实比闲适的小品多得多。当然，周作人的正经文章，也有他所特有的文章之美，即如《两个鬼……》这一篇，信手拈来,"道士与狐所修炼得来的内丹","饭后喝一杯浓普洱茶",又何尝不是巧妙地使用了"文料",使一篇说理文达到了平淡而有情味的境界。在本文中,他一再声言自己实力不够,性情才力不及,写不好纯文学的美文,但正如他过去说过的,这里的自谦也就是自夸。《两个鬼……》在最后重申他作文的原则是言必由衷,道:

其实这样的做也只是人之常道,有如人不学狗叫或去咬干矢橛,算不得什么奇事,然而在现今却不得不当作奇事说,这样算来我的自夸也就很是可怜的了。……俗语云,无鸟村里蝙蝠称王。蝙蝠本何足道,可哀的是无鸟村耳,而蝙蝠乃幸或不幸而生于如是村,悲哉悲哉!蝙蝠如竟代燕雀而处于村之堂屋,则诚为蝙蝠与村的最大不幸矣。

这恐怕想要不称其为美文亦不可得了。

但除了大量的正经文章外,周作人毕竟还写了不少为消遣或调剂之用的"闲适文章"。香港潘耀明先生约我在这一部分文章中选若干篇,编一部《周作人美文选》。香港的村里当然是有鸟的,而且会唱歌的鸟恐怕还会越来越多,但是感受一点过去无鸟村中蝙蝠的悲哀,我觉得还是有些意思的。

我选的七十八篇文章,只占三千篇的百分之三不到,但写作跨度同样从光绪戊戌到"文化大革命"长达六十八年,与周作人的写作生涯相始终。每篇都在题下注明了写作年份,可见文章与世变相因,作者思想与风格的逐渐形成也能看得比较清楚。《山中杂信》以前的七篇属于"少作",用的是文言,但仍是大作家形成期的面影。其馀有的是历来传诵的名篇,有的则是普通读者也许比较生疏，却为我所深爱，觉得可以作为美文向大家推荐的。

因为是"美文选"，当然没有包括周作人自己更加看重的正经文章，但也有意识地加入了两篇有点"搭界"的文字。一篇是一九二一年写的《碰伤》，是他见到北洋政府残杀学生的感想；一篇是一九五七年写的《谈毒草》，是对"百花齐放，百家争鸣"政策私下所作的一点补充。我想以此说明，周作人并不是只在寒斋喝苦茶的人。对于能读他全部文章的人，当然用不着如此费辞；但对于只看看选本，尤其是又听过些"文学批评"的读者，恐怕也还有此必要。当然，这两篇文章也还是美文，广义的，正如周作人所有的文章一样。

（一九九七年九月）

内丹还是普洱茶*

一九九七年十二月二十七日，上海《文汇读书周报》上，登了我题为《辞年》的一则小文，里面说：

> 五年前离休，谢绝了要我在原单位发挥馀热的好意，决心从此只读自己想读的书，只说自己想说的话，再就是编几本自己想编的书。

这里所说的"自己想编的书"，首先就是周作人的散文全集。

二十年前重操旧业，即有心辑印周作人的书。因为从六十年前看了兄姊的"复兴初中国文教科书"，我便喜欢上了《故乡的野菜》《金鱼、鹦鹉、叭儿狗》的文字。四十年前流落长沙市上，白天流大汗，晚上在黯淡的十五支光电灯下，用红格子"材料纸"给八道湾十一号写信，意外地很快便得到回信，还收到了题赠的书和写在宣纸上的一首诗：

> 半生写文字，计数近千万。

---

* 后经修改，成了《〈周作人散文全集〉编者前言》。

> 强半灾梨枣，重叠堆几案。
> 不会诗下酒，岂是文作饭。
> 读书苦积食，聊以代行散。
> 本不薄功利，亦自有誓愿。
> 诚心期法施，一偈或及半。
> 但得有人看，投石非所憾。
> 饲虎恐未能，遇狼亦已惯。
> 出入新潮中，意思终一贯。
> 只恨欠精进，回顾增感叹。

这首诗作于老虎桥，已是旧作，但当时的我却把它看成是前辈文人的一分厚赠。八十老翁何所求，这位五四时"出入新潮中"的老者，居然认为我这个三十来岁的木模工还能懂得他的文章，我怎能不怀着知己之感，努力去理解他的"誓愿"，让"诚心期法施"的气力不至于东风吹马耳般地白白浪费呢？

六十年的曲折说来话长，就是二十年来的事亦非一时可以说尽。总之到了一九八五年，当我有了一点点选题出书的可能时，便立即编印了一部《知堂书话》，这是中国大陆一九四九年后第一部署名"周作人著"的新书。接着又来策划重印《自己的园地》《雨天的书》各种，并在北京的报纸上登了一条"重印周作人著作"的广告。广告词的开头几句是这样的：

> 人归人，文归文。周作人其人的是非功过是另一问题，其文的主要内容是对传统文化和国民性进行反思，对中西和中日的文化历史作比较研究，今之读者却不妨一读。

谁知天有不测风云,《夜读抄》还没有印出来,湖南的"三种人"(《查泰莱夫人的情人》《丑陋的中国人》和"周作人")就挨批了。有人对"人归人,文归文"尤其不以为然,质问:"政治上不好的人,文章还能好吗?"

讨论政治非我所长,亦非我所愿。幸亏搞政治的人也还有懂文学、懂周作人的,这才使我自己没有再一次落到五七年和七零年那样的境地。这内情在几年之后我才知道,九一年五月十九日黄裳先生来信告诉我:

> 去冬乔木来沪,一次谈天,谈及周作人,他自称为"护法"。并告当年吾兄呈请重刊周书事,最后到他那里,他不顾别人反对批准的。谈来兴趣盎然。

从此我便对乔木有了一种好感,虽然他的文章我只读过一篇《短些再短些》,虽然有人说他"左"。

后来秦人路君又给我看过楼适夷先生写给他的一封信,信中也说到乔木和周作人:

> 五二年我调入我社(按指人民文学出版社)任职以后,记得胡乔木同志在中南海,曾召我谈话约二小时,是专谈周的。他认为周是有功于新文化运动,在文学上饱学博识,为国内难得人材,出版社应予以重视,好好照顾他的生活待遇与工作条件。还说,过一段时期,还可以出版他的旧作。……
>
> 现在能出版周的文集,我很赞成。我认为周作汉奸,如未有党的指使,则并无平反问题;但即为汉奸,其书今天仍可出版也。

这岂不也是"人归人,文归文"的观点么?

即使如此,重印周作人作品的事情仍然进行得不顺利。及至一九八九年我不再有选题出书的可能,这件工作就完全中断了,广告过的三十五种著作终于没有出齐。

对于有心做事的人来说,想做的事被迫中途放弃是难过的,也是不甘心的。于是,我谢绝续聘,"正点"离休,仍然想要使周作人的作品首先是散文作品像模像样地印出来。我相信,乔木和适夷的观点,应该是一切对文学和文人怀有善意而不是恶意的人的观点。如果国家民族还有希望,这样的人在政文两界总会逐渐占得多数,那么,周作人的作品终归是能够出版的。离休后成了老百姓,编书成了个人的事,爱编什么就编什么,爱怎么编就怎么编,既不必请示报告,也无须等待批准,最坏的结果无非是编出来印不了,那也没什么了不起。今年出不了,来年总会出;今生出不了,来生总会出。"拨草寻蛇"似的在百花园中找毒草好来诛锄,对与人斗争感到其乐无穷的人,总不会万古千秋永远一言九鼎的罢。

但是,离开出版社以后,自己出书即不可能,只能编出来让别人出。用什么样的方法来编呢?最省事的当然是像台湾版《周作人先生文集》那样,将周氏自编三十部文集汇集起来,一次性地影印出版,但这样做有三个问题不能解决:

第一,周作人发表过和未发表过的散文,总数估计要超过三千篇,其自编各集除去篇目重复以外,只收一千多篇,仅占总数的三分之一,一九四九年后写的一千多篇更完全没有结集过(有《木片集》一种,亦未刊),怎么办?

第二,周作人写文章不让乃兄,经理出书之精细入微则不逮远甚,自编各集似均未亲自校理,如《秉烛后谈·俞理初的诙谐》一篇，四千多字中即有排印错误一十三处，引《苦相篇》的"苦相"错成"苦想"，引《天方典礼》的"妻暨仆"成了"暨妻仆"，引《书难字后》所云：

《说文》亡从入从⌐，为有亡，亦为亡失。

连作者批在旁边给排字工人和校对员看的：

非 ⌐ ∟ 之 ∟

也排成正文了，使人看了不知所云。至于报章杂志上的文章，错字就更多了，怎么办？

第三，周作人写作时间长，题材范围广，作品数量多，即使不研究其文艺思想和文化观的形成和发展，只求浏览他各个时期的代表作，只求欣赏他的散文的独特风格，亦非凭二三选本、几种文集所能做到，这又怎么办？

想来想去，只有一个办法，即不再在通行的文集、选本范围内打圈子，而是把周作人已刊未刊集内集外的作品尽可能收齐，认真进行校订，改正排印和传抄的错误，在此基础上编出一部完整的散文全集来，这样才能解决上述三个问题，给要读周作人散文的人一个满意的交代。

这件事对于我来说，不是那么容易做的。对周作人有研究的人很多，学识水平、编辑经验、工作条件优于我的正复不少。但有能力的人却难得来做琐细的编校工作，正所谓可遇不可求；又凑巧几千篇文章已经陆续汇集到了我手上（这得感谢鲍耀明、罗孚、陈子善诸位先生）；加上我和周氏有过的那点交情，这在他无非是一视同仁地"法施",在我却是个人诚心地领受。那么,就让我以剩下的生年,编出一部完善的《周作人散文全集》来,算是对所得施舍的一点回报罢。

全集的编辑准备,是在卸职而未离休时开始的。那时还有人管着,还有个"不要出全集、文集"的框框。于是只能削足适履,先用了个《周作人分类文编》的书名,于一九九二年将周氏的大部分散文作品编成十卷,在办离休的同时,遵照领导的安排,交给湖南文艺出版社了。根据当时的约定,该社应于一九九三年底前出版。可是书稿交出以后,就如石沉大海,一直没了消息。我是张中行先生说的"书呆子一路",一世吃亏吃在没有眼观六路耳听八方的本事。跟出版社虽只一水之隔,却一连好几年始终弄不明白其中的缘故,虽然也厚着脸皮打电话找过几回责任编辑,回答是他也不明白。

一拖就拖了四五年,其间我又搜集了不少佚文,并且发现了原编的若干差错。及至一九九八年,文艺出版社在得悉出版此书"不会出问题"之后,又置我再作补充修订的要求于不顾,匆促将书付印。"类编"十卷,各有书名,本是各卷单独发行的(所以每卷前都有同样的"弁言"和"全编凡例"),他们却全十册一个书号一个定价,硬要读者一买就买四百多元一整套书。我对此是不同意的,却无能为力。

《分类文编》也是认真编的书,对于作专题研究的人是有用的,但它毕竟不是作为全集而编的,事实上也确实不是全集,至少还有几十万字的文章没有编进去。于是,我只好继续努力,决定重新编一部自己完全满意的《周作人散文全集》。

编全集的目的是存文,所以要把能够搜集到的周作人全部散文作品都编进来,并加校订。至于因文而论人,或不论文而论人，则超过了我的能力，也不是我的本心。

散文的价值，当然首在其文章之美。我承认自己是倾倒于周作人的文章之美的，虽然没有权利要求别人亦如此，却是衷心这样地希望着。在这方面我惭愧无力作什么评价，只抄录三位前辈文人的话，供读者参考。为什么是三位呢？因为"有人群的地方就有左、中、右"，他们三位似乎正好可以当代表。

第一位是鲁迅。据斯诺夫人海伦提供的原始采访记录，斯诺于一九三三年二月二十一日以书面形式向鲁迅提出了三十六个问题，鲁迅都一一作了回答。下面便是问答的有关部分：

> 请问，一九一七年五四新文化运动以来，中国出现的最好的长篇小说家是谁？
> 当代中国还没有出现很有名的长篇小说家。
> ············
> 最好的散文作家是谁？
> 周作人、林语堂、周树人（鲁迅）、陈独秀、梁启超。

第二位是巴金。李辉的《与巴金谈沈从文》记有他谈到周作人文章的两句话，一句是：

> 周作人的文章写得好。

还有一句是：

> 人归人，文章还是好文章。

说的也是"人归人"。一九八五年我写广告词时，李辉尚未访谈巴金。在这里可以开一句玩笑，鄙人所见，盖与巴老略同。

第三位是胡适。陈之藩《在春风里·纪念适之先生之八》中写道：

> 他（胡）曾不止一次的跟我说："到现在还值得一看的，只有周作人的东西了！"

胡适本人死前给李敖的信中也写道：

> 我至今还想设法搜全他（指周作人）的著作……我觉得他的著作比鲁迅的高明多了。

当然，比鲁迅、巴金、胡适更会评判文章的人，在我们这里总会有的。但他们三位，大体上总可以代表着大多数正常人的观点。至于周作人本人，则似乎并不以文章之美为重。他在《苦口甘口·自序》中说：

> 我一直不相信自己能写好文章，如或偶有可取，那么所可取者也当在于思想而不是文章。

是什么样的思想呢？随后他在《两个鬼的文章》中有一概括的说明：

> 自己所信毕竟是神灭论与民为贵论，这便与诗趣相远，与先哲疾虚妄的精神合在一起，对于古来道德学问的传统发

生怀疑。

同一篇文章中又写道：

> 我的反礼教思想是集合中外新旧思想而成的东西，是自己诚实的表现，也是对于本国真心的报谢，有如道士和狐所修炼得来的内丹，心想献出来，人家收受与否那是别一问题，总之在我是最贵重的贡献了。至于闲适的小品我未尝不写，却不是我主要的工作。……英吉利法兰西的随笔，日本的俳文，以及中国的题跋笔记，平素也稍涉猎，很是爱好，不但爱读，也想学了做，可是自己知道性情才力都不及，写不出这种文字，只有偶然撰作一二篇，使得思路笔调变换一下，有如饭后喝一杯浓普洱茶之类而已。

如此看来，说他文章好，犹未免皮相。但我所要做的仍只是把周作人一生所作的文章尽可能"全"地编辑起来呈献给读者。至于是将其视为"道士和狐修炼得来的内丹"呢，还是当做"一杯浓普洱茶"喝，就完全在于读者自己了。

（一九九八年二月）

民意和士气[*]

（一）

任何时候任何地方，民众对于政府和政府官员，总是会有意见的，或好或坏，这便是民意。读书人对于当局和当轴者，也总是会有看法的，或好或坏，存则在心，发则为气，这便是士气。社会是否健康，国家是否稳定，就看民意和士气能不能伸张。

伸张第一就要能发表，说好说坏都是正常的。"人心之不同，如其面焉。"千人一面既不可能，众口一辞又怎能做到？除非像王莽天天搞几万人歌功颂德，或者像袁世凯筹安连妓女也来请愿要大总统快当皇帝，但这种"舆论一律"只怕有点靠不住。那么还是让大家各说各话好，老爷子尽管最爱坚硬的稀粥，只要允许年轻人说汉堡包香也就不错。咱们如今开始对外国人宣传"多样化的世界"，搞点出口转内销，难道就不可以么？

要让民意和士气伸张，好话坏话就都要听。说好固佳，说坏其实也不大要紧，即使是骂。从陈伯达写《四大家族》起，骂宋

---

[*] 即《林屋山民送米图卷子》的前言和后记。

美龄骂了几十年，人家一百多岁不还好好活在那里？如果自信再多一些，说我不好我改就是，皇帝老子也可以下罪己诏嘛。

说到皇帝，这份《林屋山民送米图卷子》倒确实记录了皇帝治下的一件事情。光绪十六年底，太湖林屋山（西洞庭山）有个姓暴的巡检（相当于镇长兼派出所所长），得罪上司丢了官。他得罪了上司，却没有得罪百姓，而且还很清廉，"债累满身，一钱不存"，被撤职后无钱搬家，甚至无米为炊。林屋山的民众很替他抱不平，有的送来几斗米，有的送来几担柴，月内竟"蔓延至八十馀村，为户约七八千家"。这既是对暴某的支持，也是对官府的抗议，是民意的一次大显示。太湖厅、苏州府、江苏省各级政府为之震惊，谓"以致人心煽惑"，要"严密查访，从严惩办"。

巡检为从九品（最低一级公务员，胡适称之为"最小的官"，一点不错），暴某却是个读书人，是个士子。他在这件事情上表现了不可夺的士气，自谓"五载林屋，妄励清操"，没有做对不起民众的事；"山民馈送柴米，此乃万众心情所愿，怨者不能阻，爱者不能劝"，是光明正大的。这件事情很激动了当时的著作名流，秦散之为绘《林屋山民送米图》，俞曲园作长歌，郑叔问、吴大澂、吴昌硕等都有题咏。曲园先生诗中有句云：

> 不媚上官媚庶人，君之失官正坐此。
> 乃从官罢见人情，直道在人心不死。

写的是直道，是人心，也就是士气和民意了。

光绪十六年距清亡不过二十年。都说晚清社会黑暗、政治腐败，此事亦是一证。但不管怎样，林屋山民还可以给被撤职的暴某送柴米，俞、郑、秦、吴等人还可以给有"煽惑"嫌疑的人作画题诗，撤了职的巡检还可以抱着《送米图卷子》归去来，民意和士气仍然不绝如缕，这也就是清亡而中国不亡的根本原因罢。

胡适、张东荪他们一九四八年给这份卷子再作题跋，胡适称此卷子为"中国民治生活史料"，说明他看到了它在文艺以外的价值。我这次又来作编订，谋出版，首先也是为了珍重此一民意和士气的证据。虽然俞曲园、朱自清他们的诗，秦散之和徐悲鸿的画，吴昌硕、张大千等人的字，也绝对是值得保存和欣赏的。

（二）

林屋山民送米，是一八九零（光绪庚寅）年底的事情。《林屋山民送米图》画成于其明年，接着便"广征题咏"，一时成为盛事。接受送米的暴方子罢官回家以后，甲午年又从吴大澂参加对日战争，第二年"感疾卒于关外"，而甲午年题咏者却甚多。暴方子死后，其子采芝继承父志，在"光绪上宾之岁"（一九零八）和"宣统纪元"（一九零九）还请了杨葆光、凤竹孙等人题咏。本书第二分全是清代的题记，加上第三分的《暴方子事迹》，便是胡适一九四八年在北京见到的卷子。

胡适是以现代眼光审视这个卷子的第一人，他在序文中写道：

> 送米的事，蔓延至八十馀村，为户约七八千家……这种人民公意的表示，使暴君很感动。

又写道：

这卷子里有许多名家的手迹，当然都很可宝贵。但更可宝贵的还有三件：一件是洞庭山各村人民送柴米食物的清单，一件是上司训斥暴君的公文，一件是他亲笔抄存他自己答复上司的禀稿。这三件是中国民治生活的史料。

　　从卷子里看到的不只是诗文，而是人民的公意，是中国的民治生活。这就是胡适他们超越俞曲园、秦散之一辈人的地方，是现代人超越前人的地方。本书第一分中胡适、张东荪、朱自清、黎锦熙、朱光潜、陈垣、冯友兰、徐悲鸿、张大千等人的作品，都作于一九四八年也就是解放前一年。此后人民既已当家作主，民治也就毋须再讲了。不过作为历史文献来看，四八年题的这些文字却和我们更接近一些。我很喜欢朱自清题诗的最后两句，以为比曲园老人的"直道在人心不死"更富感染力：

　　　　这幅图这卷诗只说了一句话：
　　　　傻心眼儿的老百姓才真公道。

落款是"朱自清，卅七年"，大约是他最后作的一首新诗。
　　张东荪是哲学家、政治学家，他的一段议论我也特别佩服：

　　　　……曲园函札谓今之官场无是非可言，其时距清之亡不过十馀年，然即此一语，已足证清之必亡矣。窃尝读史，每当革命之起，其前必有一黑暗时期，无是非，无赏罚，固不仅贪婪无能而已。方子先生清廉在守，宜其被劾。语云："礼失求诸野。"黑暗时代，是非美恶之辨，只在人民。故一人倡议馈米，各村皆起应之，是公理犹在人心也。此馈米图在春霆本以表彰先人品德，而吾以为大有历史价值。即此一事，亦已足证清室之必亡。盖未有贪污横行，是非不辨，赏罚不明，而能永临民上者也。

春霆以是图遍索人题，余披览之馀，感慨或与人不同。当清末季，岌岌可危，士大夫犹欲竭智荩忠，以谋挽救，顾终无济，岂非以病已深入膏肓耶？则今日读此图，能不令人感慨系之。

张先生的感慨系之，生逢盛世有福了的我们应该不会再有。但感念畴昔，多思者仍不能不为一介书生之忧国忧民竭智荩忠而感动。书生本来是最没用的人，却又"偏好事好出主意"（朱自清句，出自俞曲园致暴方子书札所云："［知府大魁］总嫌足下好事，又好出主意，非下僚所宜。"详见胡适序文），虽然他们的主意总是"无济"的；岂止无济，常常还要吃不了兜着走。小至起码公务员暴方子，撤了差还受训斥，亏得林屋山民送米，才不致饿坏。大至名教授大委员张东荪，一跌跌下后便无声无息，儿子都不幸而死，想送米的只怕也不敢登门了。

但书生也有可贵重的东西，就是他的意气、思想和文章。暴方子亲笔写的一张禀帖和"广征"而成的这份《送米图卷子》，张东荪的"未有贪污横行，是非不辨，赏罚不明，而能永临民上者也"这段议论，活得都比他们的肉体久长。若无此文字流传，无论如何暴方子这个人我们是不会知道的。语云："纸墨寿于金石。"当然更寿于个人的生命。我们能借得赵国忠君珍藏的原本来编订印行，亦无非想借纸墨来延长一点书生意气（亦即是所谓的士气），就是能让它再不绝如缕些时也好。

据《文史资料选辑》总第一二一辑《暴方子和林屋山民送米图》一文介绍，《送米图卷子》是暴春霆一九四八年拿到胡适、俞平伯、张东荪、徐悲鸿等人家里，请他们观赏后题跋作画，之后和原来卷子上的字画一起，交北平彩华印刷局用珂罗版印成一百部，装订成书册形式，分赠给题跋者人各一册外，只剩下几十本。暴春霆当时在部队里做事，一九四九年起义后即被送去学习，剩下的卷册只得托人保存。至于《送米图卷子》原件，包括一九四八年胡、俞、张、徐诸人的手迹，还有来不及付印的邵力子、章士钊、柳亚子、叶圣陶等人的题记，暴家本谨慎地收藏着。但到无产阶级"文化大革命"中，终于付之一炬，统统灰飞烟灭了。

　　我在退休以前，也算书业中人，却不知道一九四八年北平有印刷局印行过《林屋山民送米图卷子》，而且把它做成了一本书。去年从王稼句先生文章里见到这个书名，表示很想一见。不久之后，就收到了赵国忠君寄来的复印全本。快读一过，立即决定向出版社推荐出版。影印不能据复印件，赵君又慷慨地将他珍藏的彩华印刷局印本提供制版，这真是值得感谢的。

（二零零二年二月）

汉口竹枝词

　　竹枝词（杂事诗）自纪晓岚、厉惕斋而后，多咏地方名物、风俗人情，近代更趋通俗，间或讽嘲时事，如长沙清末的《抢米竹枝词》、抗战初期的《文夕大火竹枝词》，都是极有价值的地方文献，可惜少人注意。

　　近来得见湖北人民出版社重印的《汉口竹枝词》一册，原刊于清道光庚戌（一八五零），去今已一百五十年，专记市井生活，又集中于汉口一地，自然更有意思。

　　此时的汉口，如作者自叙所云，已是"商贾麇至，百货山积，贸易之巨区也"。第二首云：

　　　　廿里长街八码头，陆多车轿水多舟。
　　　　若非江汉能容秽，渣滓倾来可断流。

足见市廛繁盛，而垃圾（渣滓）之多，亦可见城市化带来的问题。第五十四首写城中拜年：

　　　　泛友浮交讲应酬，大红名片教人丢。
　　　　不然压在泥条下，也算登门磕了头。

原注："红纸包泥块置于巷口，客至视其堂名，押名片而去，或于门缝投帖。"的确是生意场中广交朋友的情景，不似乡间走亲戚，年年都是这几家。雇人或派人把名片分送到各巷口，压在标着堂名的泥块下，也是没有邮政以前的好办法，而且可以兼作广告，当为汉口人所独创。第二四九首写消夜小吃：

> 芝麻馓子叫凄凉，巷口敲锣卖小糖。
> 水饺汤圆猪血担，夜深还有满街梆。

读之不禁想起儿时耳鼓中留住的市声。紧接着的二五零、二五一两首都写菜市：

> 几种园蔬美又廉，芹芽逛脆荻芽鲜。
> 幽香配酒蒌蒿梗，清气宜汤豌豆尖。
> *
> 时新小菜出江东，贩子分挑日未红。
> 贱货有时争重价，居人只怕五更风。

此不独诗句清新有味似时蔬，连城里人逢天气不好怕蔬菜涨价的心理也写了出来，一百五十年后也还是差不多。

《汉口竹枝词》原刊本二百九十二首，重印本删去两首，理由是"事涉淫秽，没有多大参考价值"，实在不必。作者叶调元自叙作于道光三十年初，半年之后上帝会在广西起事，不到三年就打到汉口了。这些诗可说是近代大变乱前夜城市居民（非士大夫）风习最后之一瞥，任何一首都是很有参考价值的。这里再抄第一三零、一三三、一三七这几首写妇女生活的看看：

小家妇女学豪门，睡到辰时梦始醒。
且慢梳头先过早，粑粑油饺一齐吞。

原注云："贫家小户日食艰难，而妇女未有不过早者。"按，至今武汉人仍称吃早点为过早。

蜀锦吴绫买上头，阔花边样爱苏州。
寻常一领绸衫子，只见花边不见绸。

原注云："花边阔三四寸者，盘金刺绣，璀璨夺目。"阔花边大概是当时时尚，曾国藩家书嘱妇女衣服"勿大镶大缘，过于煊烂"，就是指的这个。

大方全不避生人，茗碗烟筒笑语亲。
几句寒暄通套话，舌尖透出十分春。

原注："闺阁言谈，胜于男子。"作者不仅对汉口妇女的印象好，还在第一五二首的小注中说："本地儿童打扮可爱，女孩尤为出色，手脚端正，衣服明洁，应对跪拜，无不伶俐，良由母教之娴，匪尽天资之美。"评价极高。诗云：

衣鞋鲜洁粉脂香，解语春莺舌似簧。
此地闺人工打扮，见他儿女想他娘。

实在忍不住,一抄抄了这么多,还想讲几句关于本书校注的话。我觉得竹枝本是通俗的诗,文辞和典故都很普通,似不必多注,而应该尽量把当时当地的名物风俗和方言隐语这类异时异地人搞不明白的东西解释清楚。如第一三八首之注"搭壶""飘壶",第二零四首之注"得罗",都是好例。但如《自叙》所注三十六条,除了"己亥"一条外,我看都可不注。其中末句"识于汉皋孙氏枕流漱石之馆",我想知道的乃是此馆在何处,此孙氏为谁,作者和他是什么关系。注者于此都说"未详",却对"识""汉皋""枕流漱石"一类普通语词大抄其词典,真是鸡婆没抓住,抓了一把鸡婆毛。

不久前编《周作人文类编》,把他的文章全部读过一遍。他在《关于竹枝词》《北京的风俗诗》诸篇中反复讲到,竹枝词、杂事诗等实在是韵文的风土志,假如有人对中国人的过去与将来颇为关心,便想请他们把史学的兴趣放到低的广的方面来,读点这类东西,离开了廊庙朝廷,多注意田野坊巷的事,从事于国民生活史的研究。用他的话说:"此虽是寂寞的学问,却于中国有重大的意义。"

常见学者谈传统文化人文精神头头是道,《周易》的哲学精义,孔孟的政治理想,韩愈的本位文化宣言,曾国藩如何克己复礼,都能讲上几个钟头。若问起一百五十年前汉口扫街人靠什么吃饭,坐划子过大江几个钱过小河几个钱,却瞠目不知所对。其实,研究一个时代的文化,即不能不设法了解那个时代社会上多数人的生活情形。盖人的最大欲求,就是他日常生活需要的满足,而人情的哀乐、民心的向背亦均视其满足的程度如何而转移。哲人的思想可以超越当代几百年几千年，而他们对同时活着的普通人的影响却是微弱的。文化不仅仅属于哲人学者，也应该属于活着的普通人，而且更应该属于他们。我想，这就是这位章太炎学生和孟心史同事强调国民生活史的研究的原因，也就是我不敢看轻这薄薄一本竹枝词的原因吧。

（一九九五年十二月）

道光年间的汉口

偶然翻看清朝道光年间人写的《汉口竹枝词》，得到了许多原来没有的知识。比如说，那时用条石铺砌的街道，不仅灰尘浮土有人扫去肥田，连石头缝也常常被搜刮得干干净净。第十六首写道：

人气薰蒸垢腻沉，
大街尘土比黄金。
操镰执筅谁家子，
石缝扒泥一寸深。

诗下原有小注，云："扒泥者往往得碎银、铁钉。土肥，可以壅田。"道光时距今近两百年，那时的货币还是银两、铜钱并用，散碎银子掉到石头缝里是可能有的事；而工业不发达时，几颗小铁钉也值个把铜钱。"筅"音洗，就是竹刷把，和铁镰同为剔缝寻钱的工具。

从竹枝词看，两百年前汉口的居住条件相当差。第八首写道：

华居陋室密如林，寸地相传值寸金。
堂屋高昂天井小，十家阳宅九家阴。

小注中说："筑室之坏，莫如此地。"因为房屋密，巷道多，外地人初来乍到容易迷路，第十一首告诉了一个好办法：

下路人家屋紧排，生人到此向难猜。
但随水桶空挑者，直到河边是正街。

汉正街自从拍了电视剧，作为小商品市场的名气全国皆闻，那时却是汉口的惟一一条正街；侧街小巷家家户户，从江中取水都要经过它，这恐怕是今天的汉口人无论如何难以想象的。

武汉三镇间交通从来必须渡河，竹枝词第十二首：

五文便许大江过，两个青钱即渡河。
去桨来帆纷似蚁，此间第一渡船多。

再往前两百年，康熙年间刘献廷旅行过武汉，在《广阳杂记》中记汉阳渡船"俗名双飞燕，一人而荡两桨，左右相交，力均势等，最捷而稳。且其值甚寡，一人不过小钱二文，值银不及一厘，即独买一舟亦不过数文。故谚云，行遍天下路，惟有武昌好过渡。信哉！"可见武汉水上交通自古发达，而汉阳渡河的价钱两百年稳定不变，也是物价史的资料。第一百首写码头上的照明：

武汉城门夜不键，黎明犹有往来船。

> 码头到处明如昼，一桶松香桶内燃。

此则不知比如今沿江大道上的路灯为何如耳。

水陆码头是八方商贾云集的地方，第五首所谓"此地从来无土著"，第二十二首所谓"一镇商人各省通"，都说明汉口居民来自各省，这里早已成为"省际商都"。竹枝词对此有生动的描写，如第一百六十二首写山陕帮商人：

> 高底镶鞋跺烂泥，羊皮袍子脚跟齐。
> 冲人一阵葱椒气，不待闻声识老西。

第一百六十三首又说：

> 徽客爱缠红辫线，镇商喜捻旱烟筒。
> 西人不说楚人话，三处从来各土风。

第三十二首更和江西人开玩笑：

> 银钱生意一毫争，钱店先生虱子名。
> 本小利轻偏稳当，江西老表是钱精。

这种地域界限，经过百多年的淘洗，如今应该不再分明了。

城市居民的习俗，随着物质条件、精神状态的改变在改变着。竹枝词写到的事物，有的早已不复存在了，但在人们口头上还残存着痕迹。汉口人在拥挤地方请人让路常呼"左手，左手！"（如北京人喊"借光"）又有这样一句俗语，"笑了狗子要落雨"，我都是在读过《汉口竹枝词》后才明白其来历。第一百七十三首道：

> 舆夫上道便争先，吆喝行人避路边。
> 两轿相逢呼左手，情形恰似两来船。

第二百零六首道：

> 祈雨群儿戴柳条，大街抬着狗儿跑。
> 若逢卖水人经过，水桶掀翻再去挑。

据说昔逢久旱，汉口居民自发"求雨"，将一只狗绑在靠椅上，敲锣打鼓抬着它游街，同时观众不断往狗的身上泼水，恣为笑乐。这也与别处抬着城隍菩萨与龙王爷游行求雨大不相同，可称奇俗。我想这很可能是制台衙门、抚台衙门里抬轿子的伙计们创造出来的，抬着狗儿跑比抬着官儿跑别是一番滋味，汉口人毕竟"有板眼"，会寻开心也。

（一九九六年一月）

验方新编

黄一九君是我的朋友，又是我的医生，他策划出版的《湖湘名医典籍精华》，凡九巨册数百万言，为中医古籍整理一大业绩。其"方剂卷"中收有清道光中善化人鲍相璈"校雠不倦，寝食与俱，二十年于兹"所成的《验方新编》，开卷如见故人，引起我不少的回忆和联想。

从小学到初中这段时间，正值八年抗战，我是在湘北山区的平江度过的。那里本来闭塞，加之内战外战连年，兵凶战危之地，新的图书很少输入。八年之中，老家旧存的一些木刻本线装书，成了我假期中惟一的课外读物。其中留下较深印象的，除了《史记菁华录》《唐宋诗醇》《植物名实图考》《阅微草堂五种》以外，就要算《验方新编》。

《验方新编》并不在藏书之列，而是一部家用卫生保健的"小百科"。我因喜看有关动植物和人事的记载，故其中所述各种病症和药物，很引起我的兴趣。被虎咬伤可用猪肉切成薄片敷贴，青皮橘子百枚九蒸九晒能止气痛，还有"若要小儿安，须带三分饥与寒"的歌谣，至今都还记得。

被虎咬伤的机会难得，青橘子九蒸九晒的实验亦颇难做，但我十一岁时有次久咳不止，却确实是"验方"治好的。那次咳嗽的原因,据说不是受了寒,而是"风火"。老家的长辈们便照《新编》指示,买(?)来一种迥异寻常的大颗粒杏仁,在"擂钵"中研磨成粉屑状,加冰糖放入盖碗,用沸水冲了叫我候水温时喝下。小孩子怕吃药,这一味"单方"却既好吃又好闻,我喝得不亦乐乎。喝了几天,咳嗽便痊愈,又可以放开喉咙大喊大叫了。

日本投降后出外上高中,从此不再回乡,课外书一变而为《契诃夫小说集》《人和山》《方生未死之间》……《验方新编》的印象便逐渐模糊。很快我又染上了左倾幼稚病,一心要把"祖传丸散、秘制膏丹"全都踏倒,听到骂中医"全都是有意无意的骗子"只觉得痛快,不过对于杏仁能治咳嗽这一点,却仍然深信不疑。只可惜商店公私合营以后,市面上便难见到那种杏仁,直到"改革开放"它才重新露面,人称"美国杏仁"。其实在《本草纲目》里,它的名字叫巴旦杏仁。李时珍曰:

巴旦杏出回回旧地,树如杏而叶差小,实亦尖小而肉薄。其核如梅核,壳薄而仁甘美,西人以充方物。止咳下气,消心腹逆闷。

"巴旦"乃波斯文 badam 的音译,这是它原产西亚的证据。但既成《本草纲目》中的一味,则其归化历史亦已悠久,早成"西裔华人"了。由此可见,中医中药也不是在和外界绝缘的状态中存在的,也实行过"拿来主义"。

迨年岁稍长,又读了几本讲世界文明史的书,才知道古时中国医药并不比希腊罗马落后,遑论阿拉伯印第安。又知道在哈维、巴斯德以前,世界各地都是靠传统医药治病救人,维持人种的生生不息。几百年前英国的安妮女王，一生诞育十七胎，竟夭折了十六个，即足以说明当时英国医药卫生的总体水平并不超过中国。

汉族人的生存环境，似乎并不比别人优越好多（当然不能只和雪地里的爱斯基摩人和沙漠中的贝都因人比）。但历经几千年的病疫灾荒战乱，却能不衰不灭，不曾接受同化，也不曾整体逃亡，根本原因就是繁殖力强，耐受力强，人口总量大。这当然和医药有直接的关系。咱们终于成为古文明中种族绵延至今的唯一，成为当今全世界按人数多少排行的老大，追究其原因，以"尝药辨性为人皇"的神农氏为象征的中医中药，实在是最大的功臣。

不能不承认，和所有其他民族的传统医药一样，历史特别悠久的中医中药，也有它不科学的地方，更有它尚待进行科学整理或者需要作出科学诠释的地方。举例来说，万一像上海某司机那样，在野生动物园被虎咬了，当然还得急送创伤外科，不必切了猪肉来贴。但这并不会改变中医中药对中华民族兴旺发达作出过重要贡献的事实，也不会改变中医中药还在为全民卫生保健继续作出贡献的事实。巴旦杏仁的功效，我以为是永恒的。

《本草纲目》收药一千八百九十二种，其中植物及其制品达一千二百种，其余部分也都是自然界所生成，非人工合成物。有蔑视中医的人说："草根树皮，何能治病。"我则以为这正是中医中药的优势。有种治食道反流的新出西药，其价甚昂，我遵医嘱服之，似有疗效；而忽获知美国药物及食品局公告，谓此药服后使人心动过速，可以导致严重的心脏病，已下令制药厂限期停产，不禁大惊，连忙停服。似这类有机化学产品，问世时间大多数不长，它们或者会有的危害性，在中国人吃过千百年的"草根树皮"中是绝对不会有的。即使是乌头附子,也早已"遵古炮制",去毒存性了。

听说中药正在大量出口,发达国家用作原料,精制成药,有不少又返销到中国来,卖得比我们的中成药贵几十倍甚至几百倍。看来,作为传统文化一部分的中医中药,确实面临着一个如何适应现代化,并进一步使本身现代化的问题。中医典籍的刊行,应是为这件大事提供资料的准备,故有其重要的意义。中国地域辽阔,地方医药各具特色,所以地方医药古籍的发掘整理尤当注意。黄一九君有见及此,我很佩服。他策划编成的这部书,即使只为了《验方新编》,我也愿将其放入容量有限的书架。

善化故地在今长沙、望城二县南境,这里在近代出过瞿鸿禨、黄克强等人物,他们在当时即被称为"瞿善化"、"黄善化",长沙市郊至今也还留有"长善垸"等地名。《验方新编》是善化人的作品,百五十年至五十年前曾广泛流行于湘中、湘北城乡,其中多有本地人民生活的史料,我曾向望城的冯天亮君建议他做些研究。我还向他发过牢骚,以为民国初年将长(沙)善(化)二县合并成长沙,解放后析长沙为长(沙)望(城)二县时,放着现成的善化之名不用,偏要把望城坡这个小地名"升"作县名,实在是一大败笔,他亦唯唯。

(二零零零年十一月)

【补记】　曾国藩之女纪芬作《崇德老人自订年谱》,光绪十七年记云:

余以欧阳太夫人晚年多疾,时须斟酌药饵,常阅《验方新编》。是书为中药家用之集大成者,凡延医不便,或服药久不效,得此足为宝筏。近数十年,几家有其书矣。初印本不久即罄,故丙午丁未之间,复镂板于长沙。

儿时读书,未能注意版本,不知老家中的那部《验方新编》是鲍氏初刻本,还是曾氏的重刊本。反正不管是什么版本,都早就和老家一起灰飞烟灭了。

西青散记

教六年级国文的张先生（当时的学校里不叫老师叫先生），本人是因抗战辍学回乡的大学生，家里是平江县的世家大族，故能自己掏钱石印一些文章给我们做"补充阅读教材"。第一篇是叶绍钧的《伊和他》。第二篇是郭沫若的，题目已经忘记了，只记得开头一句是：

楼外的川上江中的溪水不断地奔流。

我被指定站起来朗诵时，读成：

楼外的川上，江中的溪水，不断地奔流。

先生马上说错了，因为"川上江"不能断开，那乃是日本的一条河，在看惯了长江大河的中国人眼里不过是条小溪，所以才说"川上江中的溪水"。先生的这番教诲，至今仍未能忘。

还有篇丰子恺的《忆儿时》，是写他母亲在家里养蚕的，读来很是有味。文末引《西青散记》里一联诗，"自织藕丝衫子嫩，可怜辛苦赦春蚕"，给我的印象很是新鲜，大异于本家长辈教读的"问渠那得清如许,为有源头活水来",一下子便记在心里了,同时也就记住了《西青散记》这个书名。

六十年前的往事,正如川上江中的溪水,不断地奔流过去了。先生教我的好文章,却一辈子也没能学得做出一句半句来。老来幸得离休,薪水不愁,可又不会钓鱼不会打麻将,更不会偷闲学少年去跳交谊舞,于是只好找点本子薄些(厚了卧读时手酸)文字浅些(深了自己看不懂)的旧书,大半是通称为笔记一类的,装装读书的样子。几年来胡乱翻过的,大概也有好几十上百种,早在心里挂了号的《西青散记》却几次拿起又放下了。因为早已对写才子佳人、仙凡遇合、奇闻异事的书失去了兴趣,想知道的只是一点普通人们生活和思想的状况,连文词佳妙与否也并不特别在意。正如老年人的舌头,早被酸咸苦辣弄得麻木,对于儿时垂涎的糖果便不会再如何思念,而宁愿嚼一枚青果,或者啜一口涩茶了。

《西青散记》里的诗词,有些的确写得不坏,但一开头就说是女仙的"乩笔",又都那么脉脉含情,我就不禁要想,难道女仙们都是李冶、鱼玄机修成的么?从卷二出现的"双卿",据说是个农家女,嫁给了仅能"看时宪书,强记月大小"的粗笨男人。还只有一十八岁,却能在芍药和玉兰的叶片上(!)用水粉(!)写出《浣溪纱》"暖雨无情漏几丝……"和《望江南》"人不见,寻过野桥西……"送给《散记》的作者。说什么:"妾生长山家,自分此生无福见书生,幸于《散记》中得识才子,每夜持线香望空稽首,若笼鸟之企翔凤也。"这就不仅使我肉麻,也不禁怀疑起来,难道这会是真的么?

《散记》中的佳人一出场就庆幸"于《散记》中得识才子",这便泄露了才子的心理,也泄露了这位"双卿"和纷纷临坛的众女仙一样，很可能是才子心中想象出来的。可笑古今中外不少文人，却偏要讨论"双卿"是何方人氏，真实姓名云何，史悟冈地下有知，岂不会笑脱牙齿？我之所以提不起对《西青散记》的兴趣，除了厌见女仙和准女仙外，对于这类"研究"觉得心烦也是原因之一。其实此与《散记》本身无关，而是自己太容易迁怒了。

转念一想，自己的阅读兴趣也太偏。如果不把《西青散记》作笔记看，干脆当成一部小说，那么杜撰亦即是创作。女仙和"双卿"既是白日梦中的形象，用笔把她们写出来，而又充分发挥了自己的想象，寄托了自己的感情，便可视为十八世纪前期出现的一部个性化作品，甚至可以说是中国早期的"意识流"小说，这倒真有文学研究的价值了。可惜我于此道全未入门，不能冒充里手说什么话。

《西青散记》的文字本来没得说的，若要欣赏古典美文，其中颇有好材料，如卷一"饮饯于城南之折柳亭"一节：

> 负濠面野，市声已远，兼葭杨柳，新翠蓊然，渔村田舍意也。竹兰外方池为密萍所漫，鱼唼喋呴萍隙，不得见。漉沙者步水中如鹭，亭上人衔杯望之，彼则自顾其业耳。……各道客况，离家几何时，道路几何里，旅游相识几何人，老亲与稚子别至今又益几何齿；身无岁不为客，梦无夜不还家，囊中钱赠何人，笥中衣典何处；发某年白，病某年滋，视某年昏；地所历孰多，游所至孰远，名利心孰淡，倦游欲归意孰深。相告太息，酒寒忘饮。

又如写"先生之自娱也奚为最"：

迩者幼儿学步,见小鸟行啄,鸣声啁啾。引手潜近,欲执其尾。鸟欺其幼也,前跃数武,复鸣啄如故焉。凝睇久立,仍潜行执之,则扈然而飞。鸟去,则仰面哗哗而呕呃,鸟下复然。观此以自娱也。

此种文字传统的古文中绝不可得见,晚明笔记小品中稍有之,亦无此细致,而落拓文人寂寞萧散的心情描写如画,甚难得也。

卷二写段玉函客行中听姑恶鸟:

　　自横山唤渡过樊川,闻姑恶声。入破庵,无僧,累砖坐佛龛前,俯首枕双膝听之。天且晚,题诗龛壁而去。姑恶者,野鸟也,似鸦而小,长颈短尾,足高,巢水旁密箨间,三月末始鸣,鸣自呼,凄急。俗言此鸟不孝妇所化,天使乏食,哀鸣见血,乃得曲蟮水虫食之。鸣常彻夜,烟雨中声尤惨也。

写人物从细小动作中具见性情,写鸣禽出自目击的印象,又特别注意鸟声在人心中引起的感受,这些都值得佩服。

又如记叙自己在田野中的经历:

　　八九岁,独负筐采棉,怀煨饼。邻有儿名中哥,长一岁。呼中哥为伴,坐棉下分煨饼共食之。棉内种芝麻,生绿虫,似蚕而大。拈之相恐吓,中哥作骇态,蹙额缩颈以为笑。后虽长,常采棉也。采棉日宜阴,日炙败叶,屑然而碎,粘于花。天晴,每承露采之,日中乃已。……前岁自西山归湖上,携稚儿采棉于村北。秋末阴凉,黍稷黄茂,早禾既获,晚菜始生。循田四望,远峰一青,碎云千白,蜻蜓交飞,野虫振响,平畴长阜,独树破巢,农者锄镰异业,进退俯仰,望之皆从容自得。稚儿渴,寻得馀瓜于虫叶断蔓之中,大如拳,食之生涩。土蝶飞掷,翅有声激激然,儿捕其一,旋令放去。晚归,稚儿在前,自负棉徐步随之,任意问答。遥见桑枣下夕阳满扉,老母倚门而望矣。

此种描写不知比陶渊明"晨兴理荒秽,带月荷锄归"何如,我看至少要更曲折生动一些,因而也能使人觉得更为亲切。此不仅是散文与诗的区别,时间相去一千三百多年,后来者毕竟也该有些进步罢。

看来看去,觉得上面抄的这几节,即使放在上品的笔记当中,亦堪称佳构,因为它们正是人们生活实相的若干侧面,自具情趣。而写来文情并茂,更能给人以美的享受,即张岱《陶庵梦忆》、龚炜《巢林笔谈》亦无以过之,可惜的只是太少了。但少而佳总比多而不佳好,就凭这一点,这次读《西青散记》也是值得的。

书中游览名胜的记述亦可读,虽然我觉得反不如写普通"平畴长阜"的好。至于关于女仙和"双卿"的部分,自己不能欣赏,不去欣赏也就是了。古人云,开卷有益。各取所需,不亦宜乎。

我的这个态度,在许多《西青散记》读者看来,也许正是所谓买椟还珠也不一定。但我对于这个椟确实是喜欢的,珠则让识货的人去买也好。百年心事归平淡,对人对事皆当力求宽容,于古人亦何必苛求。《西青散记》能给我这些好文章,也就很值得感激,因此又忆及六十年前先生的恩惠,真不能忘。

(二零零一年十一月)

上供和还愿

上海的城隍庙仍然很有名,那里城隍老爷的声名比起过去来不知怎么样。但我知道古时城隍神乃是阴间掌正印的地方官,和阳世上的知府知县一样为民父母,权威是大得很的。老百姓们事神亦犹事官,少不得要供奉,尤其是在需要求福或是避祸的时候。

所供奉的第一当然是钱,烧冥锭纸钞还比较好办,不像对活的老爷们得送硬通货,还得藏着掖着,更得费心费力。

居第二位的便是吃,这也是表现诚意决不可少的。泥塑金身无法上酒店进包厢,只好把猪头三牲供献到香案上去。城隍老爷手下,还有办事的判官,执行的鬼役,都必须打点。小时曾在本县城隍庙附近呆过,每天尤其是初一、十五,总见庙里供桌上堆着各色供品,有整鹅、整鸡、猪头、方肉,还有馒头、包子,以及各色糕点和水果,似乎按神的职位大小各有等差,总是照规矩办的。

供品在神们享用以后如何处理,当时没有想过这个问题。最近看褚人获《坚瓠秘集》,卷四记着一个有趣的故事:明朝末年苏州有个俞胖子食量惊人,把父母遗产吃完了,便用最后四两银子在城隍庙里租下一尊"皂隶"(就是城隍神左右的鬼役,服色同戏台上老爷问案时站在两旁吆喝的"红黑帽子"差不多），每天去取那里的一份供品，代为咀嚼消化。但俞胖子的肚皮太大，一尊皂隶的供品还吃不饱，亲友们只得又集资四两，为他再"包"了一尊，这才能"充然果腹"。这样一直过到明灭清兴，顺治初年俞胖子死后，还是靠将两尊皂隶转租给别人，才置办衣衾棺木安葬。

这下我才明白，原来过去庙里多馀的供品，是可以由人出钱"承包"了拿去吃，而且这承包权还可以转让的。皂隶的地位，不过等于阳世上一名法警，一尊即可收包银四两，以此类推，全庙此项收入必然可观。庙祝们笑纳之馀，恐怕还得上缴一部分也说不定。

中国本土没有产生过正经的宗教，老百姓敬神的行为却非常普及。城隍神之上还有东岳南岳、玉皇大帝，之下则有土地和灶君。土地等于居委会主任，灶君则深入各家各户，简直无处不在，等于家家都有一个治安小组长照顾着。老百姓按时按刻地"敬"这些神，并不是因为对他们有什么好感，而是因为不得不接受他们的统治，就不得不对他进贡，买一个平安。如果不是想要灶君"上天言好事"，那香甜的扯麻糖也是决不会在腊月二十三供到灶头上去的。

到庙里去敬神则更郑重一些。城隍庙属于常规，此外则想发财敬财神，怕起火敬火神，求子孙就敬送子娘娘。至于求雨敬龙王，驱疫敬药王，则知府知县也得斋戒沐浴为民祈福。反正所有敬神的都持实用主义的态度，有所求才来敬。敬时必"许愿"，即承诺给神以比猪头三牲更多的好处，或挂幛上匾，或演戏三天，直至重修庙宇再塑金身，如宋公明对九天玄女娘娘所保证的。当然"还愿"的条件是神得应人之所求，"有求必应"的神便是最灵的神,那神庙的香火必更旺,供品亦必更多。

这种以许愿还愿、有求必应为特征的敬神,也就是人神之间的权钱交易、行贿受贿。人们这样做,或是为了祈求,或是为了报答,总之是出于自己的利益而决非信仰。做之既久,像逢年过节提了礼品往领导家里去一样,也就习惯成自然了。

既然是一种应酬和交易的关系,自然不会有发自内心的敬,更不会有真挚的爱。这便是中国人缺少真正宗教感情的原因,虽然在磕头诵咒时也可以有一时的狂热。城隍庙里香火再旺,鸡豚再多,玄奘所述曲女城会场和梁启超笔下西敏寺中的空气无论如何不会出现。

正因为如此,所以鉴真东渡、达摩面壁一类坚苦卓绝的行为,只能在外来宗教的信徒中才能见到。而白莲教众喝了符水打冲锋,头几个一倒随即作鸟兽散,或做顺民,或当土匪。约翰·巴尔、胡斯和贞德式的殉教者,在神州大地上亦难以出现。

听说现在许多地方的庙宇又修起来了,只要有庙,就会有人烧香,估计上供还愿的也一定不会少,但不知供品都折成人民币没有。如仍为食物,则冰箱易满,保存倒是个问题,还能够再招几个俞胖子来承包么?

(一九九八年十一月)

暮色中的起飞

黄裳称张宗子为"绝代的散文家",胡乔木说聂绀弩诗的特色"也许是过去、现在、将来的诗史上独一无二的"。乍一看,话讲得未免太"绝"了一点。其实,他们的意思未必是说,从此就再不会有如张岱之文笔和绀弩的诗才,不过于世道人情了解较多,于文章与世变相因的道理也了解较多,故知如张岱之写五异人之一的燕客:

在武林,见有金鱼数十头,以三十金易之。畜之小盎,途中泛白则捞弃之,过江不剩一尾。……一灵璧砚山,数百年物也。燕客左右审视,谓山脚块磊尚欠透瘦,以大铁钉搜剔之,砉然两解。燕客恚怒,操铁锤连紫檀座捶碎若粉,弃之西湖,嘱侍童勿向人说……

又如绀弩之咏女乘务员:

长身制服袖尤长,叫卖新刊北大荒。
主席诗词歌宛转,人民日报诵铿锵。
口中白字捎三二,头上黄毛辫一双。

> 两颊通红愁冻破，厢中乘客浴春光。

都是特定条件下才能有的人和事，纵然江山代有才人出，后之作者也是摹想不来的。

我于古人中，最喜张岱的文章。他的风格，可以四字括之，就是"自说自话"，绝不作陈言套语。写人事，他不用心歌颂什么暴露什么，而爱怜哀矜之意自然流露，能感人于百载之后。发感想，他从不想载尧舜禹汤文武周公孔子之道，而家国之忧、无常之痛时见于字里行间，如《西湖梦寻》的序文：

> 余生不辰，阔别西湖二十八载，然西湖无日不入吾梦中，而梦中之西湖实未尝一日别余也。前甲午丁酉两至西湖，如涌金门商氏之楼外楼，祁氏之偶居，钱氏余氏之别墅，及余家之寄园，一带湖庄，仅存瓦砾。则是余梦中所有者，反为西湖所无。……乃急急走避，谓余为西湖而来，今所见若此，反不若保吾梦中之西湖为得计也。……山中人归自海上，盛称海错之美，乡人竞来，共舐其眼。嗟嗟，金韲瑶柱，过舌即空，则舐眼亦何救其馋哉！

张岱的文章美不胜抄，抄多了也怕贻献芹之讥。我只奇怪，如今古人的文集出得滥而又滥，张岱却一直还没有出一个全集善本，也许这和他亡过国却没有死不无关系。

在中国历史上，非名贤大儒的文人和女人一样，总是倒霉的时候多。国家一旦被实际负责政治、经济、军事的人弄到了崩溃的边缘，他们或她们就得出来承担责任。晚明的文人和文章从"左联"时代起一直挨骂，张岱自难例外。

我在"文学青年"阶段，就不是《宇宙风》《人间世》的热心读者，倒是一度颇为信奉"文艺政策"的。读明清诗文，对于"飞去飞来宰相衙"的名士和带着舞女歌童到处贡献色艺的山人素无好感，故并不赞成把晚明的文章和文人一律供到神龛上焚香顶礼。但我更不赞成将他们看成"国之将亡必有"的东西，说什么读了明人小品便有亡党亡国的危险。几篇文章，哪有如此大的力量？而"国之将亡"时文人的命运，忝为同类，准以"五百年犹比髀"的道理，固亦不能不稍具同情。张岱自称：

少为纨袴子弟，极爱繁华，好精舍，好美婢，好娈童，好鲜衣，好美食，好骏马，好华灯，好烟火，好梨园，好鼓吹，好古董，好花鸟。

出身大地主阶级是毫无问题的。但他绝顶聪明，有特别突出的文艺才华和气质，出身于三世藏书三万馀卷的家庭，少时即与画家陈老莲，剧作家阮圆海，园艺家范与兰，名演员彭天锡，说书家柳敬亭，名手工艺人李仲芳、濮仲谦、甘回子，茶艺专家闵汶水，名妓王月生等交游，浸淫于江南士大夫的文化中而尽得其精华。中经世变，"向以韦布而上拟公侯，今以世家而下同乞丐"，像颜黄门那样"一生而三化"，真可说是"备茶苦而蓼辛"了。

他养成了精纯的艺术趣味，天生一颗敏感的心，但又与钱谦益、阮大铖辈不同。他一生不做官，不伺候上司，从来不看别人脸色行事，即使成了穷光蛋时也是如此。我想这就是他能"自说自话"，使我对他有一种特别的好感，愿意不断跟他亲近的缘故吧。黑格尔有言：

> 智慧之鸟的猫头鹰，在文明的暮色中才开始起飞。

如晚明者，岂非以地主庄园经济为基础的现代前文明垂暮之时代乎？虽然和密涅发的猫头鹰同时起飞的，还有病态十足的夜莺和不利小儿的"暗夜"（见宋朱翌《猗觉寮杂记》），但智慧之鸟毕竟不是鸡鹜之流可比的。在世纪末的废墟下，既埋葬着历史文化的遗传病体，也埋葬着提炼精纯了的末代仕女们刹那的悦乐和永恒的悲哀。陈寅恪先生撰《钱柳因缘诗释证》感赋云：

> 推寻衰柳枯兰意，刻画残山剩水痕。

可谓深知此意矣。

（一九九五年九月）

忆妓与忆民

宋蓉塘评香山诗,谓其"忆妓多于忆民",梁晋竹称之为"腐论",见《两般秋雨庵随笔》。腐者,迂腐也,也就是不够开放的意思。

宋氏的话,对香山居士明显怀有贬意。对于只读过《卖炭翁》,还有总想从《长恨歌》中找人民性的人来说,恐怕不易认同。但若将白氏全部诗作二千八百一十二首分类统计,则不能不承认"忆妓多于忆民"确是事实。

白居易诗中所忆之妓,有官妓,也有家妓;有正在走红的妓,也有已经沦落的妓;有十六岁的女道士("绰约小天仙,生来十六年"),也有十四岁的小尼姑("头青眉眼细,十四女沙弥")。唐朝之女冠女尼,许多是变相的妓女,可公开接客,应召侑觞,这是谁都知道的。

至于"忆妓"之诗,则实在太多,不能具录,现在只举《不能忘情吟》一首为例。白居易七十岁时,"既老,又病风",本拟将家养的一匹马和一名妓女(就是被形容为"樱桃樊素口"的樊素)转让。据说此马此妓都眷恋老主人,不肯离去,于是改变主意,继续留供己用,并赋诗言志云:

……吾疾虽作，年虽颓，幸未及项籍之将死，何必一日之内，弃骓而别虞？乃曰：素今，素今，为我歌杨柳枝。我姑酌彼金罍，我与尔归醉乡去来。

七老八十的人，尽可以搞他的黄昏恋。但若凭致仕尚书的权势，或凭二千石的财势，或凭大诗人的声势，像畜犬马一样畜着此"年二十馀"（《不能忘情吟》诗序自云）的家妓，让她们提供性服务。"既老，又病风"，则可以转让给别人；"幸未及项籍之将死"，又可以继续留供自己。这种诗的本事虽真，总难说是美，也难说是善吧。

当然，正如西儒在《道德观念变迁史》中所云，人类的道德观念，社会生活的准则，并不是一成不变的。一九一九年直到一九四九年以前，中国男人狎妓纳妾，既不触犯法律，也不触犯道德。作古正经如贾政，于王夫人之外，也还有一个周姨娘，一个赵姨娘。薄命司中又副册上的袭人、香菱、平儿一干人，也就是白香山的樊素、苏东坡的朝云了。这种家庭中的性奴隶，实在比浔阳江头、秦淮河上做生意的还要可怜。同属买卖行为，既经"买断"，则连不肯的自由也没有，倒不如花魁娘子有时还有选择顾客的权利也。

这里买卖的是性，还有没有情呢？贾政之于赵姨娘，恐难说有情。而人之所以异于禽兽，就是除了性之外，总还需要有情。张爱玲虽是女人，但她从上辈男人们的生活中见惯了海上花开花落，有一段话说得实在对男人们够体谅的：

有产阶级的男子，既没有同本阶级女性平等社交的自由，这种自由就只有到长三堂子里去找了。

精通东西文化的辜汤生说得更不客气却更幽默：

> 中国人之召妓，有如西洋人之求爱；中国人之娶妻，则如西洋人之宿娼。

明乎此，则知何以赠校书、悼亡姬都是中国爱情诗的正宗，杜十娘、李香君、小凤仙则是中国爱情戏的主角，香山居士又岂足深责。

如今大兴古学，大捧古人，古典文学比陈独秀、鲁迅时代更吃香了。我却希望积极学古的青年朋友能看到，在古典文学里有《卖炭翁》，也有《不能忘情吟》。这里无妨套一下公式，也就是所谓精华与糟粕吧。

白乐天自不妨其为伟大诗人，但也要看到伟大的亦有不伟大的一面。硬要把七八十岁老人御女说成是工作需要，说樊素、小蛮、女道士、小尼姑都沾上了伟大的光，硬要请她们来担当什么戏的主角、什么公司的董事长，就更可以不必了。

（一九九六年八月）

改文字

过去说仓颉造字,这当然和鬼夜哭一样不可信。因为文字是悠久文明的产物,不是某个人心血来潮造得出来的,因此也不能由某个人或某些人一时头脑发热来胡乱改。唐人写的《朝野佥载》记武则天"改革"文字,就是一场笑话,内容如下:

  武则天做了皇帝,改了国号改年号,还要改革文字。她又迷信吉凶祸福之说,说好说坏都信,越信越要改。
  幽州有个叫寻如意的人奏称:"国(國)字中间一个或字,大不吉利,好像暗示新国家或者会出事。不如改或为武,囻字使人一看便知是武姓的国家。"则天大喜,下令照改。
  刚刚改成囻,又有人奏称:"武字放在口中,就像关在牢里,太不吉利了。"则天大惊,忙下令将囻再改为圀,意思是八方归于一统。
  也许真是说好不灵说坏灵,后来唐中宗复辟,果然将武则天囚禁在上阳宫。

汉字的形成,已有几千年历史,每个字都有它的形、音、义。按《说文》：

國，邦也。从囗，从或。

或，邦也。从口，从戈以守一。一，地也。

孙海波《卜辞文字小记》：

囗象城形，从戈以守之，國之义也。

话都说得十分明白。人民拿着武器保卫自己的土地，就是国家，岂不一望而知。改國改囻，纯粹是没事找事。统治者得了自大狂妄想症，害他自己小民不会着急，只苦了天下读书写字的人。

囻字随着武氏朝廷的覆灭，就被丢到历史的垃圾堆里去了。圀字则因为在一首敦煌曲子词中留下来了，至今还保存在《汉语大字典》里，作为武氏文字改革失败的标志。

后来天王洪秀全称王有瘾，才几千乌合之众就封王，最后竟封了几千个王。他占了南京以后，又将國字囗中的"或"改成个"王"，自称"太平天囯"。及至解放后人民当了家，不便称王了，才在王旁加一点成了国。

玉字比或字少三画，算是简化。其实打字无须一笔一画打，印字也无须一笔一画印，只简化了手写的工夫。原来何不学英文日文那样，规范出一套简化的手写字体就行了，难道写得出 and 还认不得 AND 么？

(二零零一年五月)

因何读书[*]

我因为寂寞，所以读书。

东坡云："岁行尽矣，风雨凄然，纸窗竹屋，灯火青荧，时于此间，得少佳趣。"如今正是六月天，到岁末还早，住在水泥楼房的二十层上，虽有空调，电灯开着总嫌太热。但读至此节，少年时在油灯下看书的情景立刻重现在眼前。那昏黄但裹着一层蓝青色光焰的冉冉跳动的灯火，灯下那几行刚好看得清的大字，偶尔抬头所见投射在墙壁上的自己摇晃的影子……这些早已成为遥远的东西，一下子又显得亲近起来，于是心情便渐觉清凉，电灯也好像不那么煊人了。

我因为怀疑，所以读书。

从前读书不知选择（亦不许选择），什么"三纲者，君臣义"，"三民主义，吾党所宗"，被灌满了一脑子，后来才知全是废话。二十世纪五十年代接受了苏联"人类征服自然"的宣传，为"开垦处女地"唱过赞歌，后才知此乃灾害的根源，如今又要"退田还湖"了。行年七十，方知六十九年之非，如不想带着个充满谬误的脑子进坟墓，还是找些真正讲科学讲道理的书看看才

---

[*] 以下九篇选自《偶然集》。

好，至少在死后可以做一个明白鬼。

我因为无知，所以读书。

人的一生，读书的时间本就不多，又不幸在听废话念废话上浪费了好多光阴，像我这样，结果便是无知。而求知却是人的本能，不为名不为利，只是为了满足一点好奇心，也得找点书读读。一读，方知对有些事物自以为知的，其实所知甚少。比如宋徽宗当俘虏以后的情形，印象里总是穿着青衣小帽在为金人行酒（不然岳飞怎会拼死命要救他回来）。近读《靖康稗史七种》，始知在五国城的几年之中，他仍和陪伴的女人们生了六个儿子、八个女儿。金人封他为昏德公，昏字虽不太好听，毕竟还是公爵，比爱新觉罗·溥仪当的政协委员，地位可能还高一点。而其性能力之强，后者更是望尘莫及。

我偶思小憩，所以读书。

老实说，读书是用心甚至伤心的事，带来的不一定都是快感，往往是伤感，甚至痛感。但人毕竟是人，不能光喝苦茶，吃苦瓜，有时也得嚼一颗青果什么的，换换口味。所以散文随笔、杂志副刊，有时也要看一点，作为小憩。《中国国家地理》和《文物天地》两个刊物，一本十六块钱、一本十块钱，虽说贵一点，因为有图文并茂的好文章，如《文物天地》第七期上扬之水《宋诗中的几件酒具》，不仅使我增加了古器物的知识，那朴素的文字配着精美的荷叶杯、蕉叶盏的照片，又给了我美的享受，所以每期必看。鲁迅诗云"无聊才读书"，是挖苦租界上的阔人的，虽然他自己也住租界，而且并不穷，仍不失为好句。如今的阔人无聊时未必读书，读书者岂不正当是我辈么？

（二零零二年九月）

说自己的话

　　大半生都在写字,却始终写不出什么纯文学的作品。笔尖画出来的东西,不是属于本身的职业,便是属于本身的学业,实在没有什么文学性,当然更谈不到文章之美。这大半是由于缺乏才情,小半则由于缺乏心情,全是自己的缘故,丝毫也不能怨别人的。

　　外国人说,愤怒出诗人。有人以太史公书为例,以为愤怒亦可以出史家。那么,愤怒能不能出散文呢?这问题散文家怎么回答我不知道,但从《报孙会宗书》《育婴刍议》《为了忘却的记念》等古今中外的例子看,应该说是可以的罢,我却愧无那样的力量和胆量。

　　愤怒的文章不敢写,美的文章又写不出,事实固然如此,但毕竟也有按捺不住和不自量力的时候,偶然也写过一点职业和学业以外的东西。如若说这些东西亦稍有可取,这便是写出来的都是我自己的话。先圣昔贤的话有的的确讲得好,如孟德斯鸠临终所云,"帝力之大正如吾力之为微",我便很是喜欢。但如要引用或发挥,便得先经过咀嚼品尝,把几十年的辛酸苦辣与之相调和,结果就差不多变成自家炉锅里舀出来的了。各种宗教的经律,各门各派的教条,我既不乐诵习,自然也不会传抄,拜上帝会的"讲道理"与义和拳的"张天师传言"更懒得相信。偶有所感,发而为文,一定是心里有话要说,而且这话一定得是我自己的话。尽管它可能说得不美不正确,总归是我自己的话,不是鹦鹉学舌,也不是吠影吠声,这一点是差堪自信的。

当然,说自己的话,只是普通人的极普通的行为,不值得标榜;何况我说的又只是些极普通的道理或常识,并没有什么精义或新奇。比如说,治水需要"疏",就是把河湖中的土挖出来,使河底或湖底加深;而不能"堙",就是把岸上的土堆起来御水,最终土都到了水里,使水位越来越高。这岂不是自从大禹时起即已成为共识,又有什么新奇呢?平民百姓关起门来讲的也都是各人自己的心里话,肚子饿了就会说想吃饭,不能吃糠粑粑或小球藻,更不能靠精神力量硬撑着不吃。此亦即是老实话,只有惯打官腔和宣讲圣谕的人或者才会有所不同。

这些并无精义或新奇之处的文字,在杂志和报纸副刊上发表时,也常被称为散文或杂文。究竟什么算散文,什么算杂文呢,我从来搞不清楚,动笔写时亦从来没想过,只是用笔墨将自己想说的话写出来罢了。别人愿意怎么叫,在我是无关紧要的。如果有人愿意将它们印出来,使之不致澌灭,可以多几个人看看,我当然高兴。因为话本是说给别人听的,自言自语固未尝不可,但那样就未免太寂寞一点了。

也曾有几篇东西,在报刊发表后引起过一点议论,如《忆妓与忆民》便是。既然我是一个自说自话的人,当然也会尊重别人自说自话的权利,只要他不利用阎王爷或判官或牛头马面的权力将我罚作哑巴便好,这在此刻或者还不至于吧。

(一九九九年十一月)

我的第一位老师[*]

因为抗战逃难的关系，我到十一岁才进学校；但很早我就自己开始看书了，图书便是我最早的老师，我记得的第一位老师是《列那狐》。

那时我大约五岁，已经通过"看图识字"认识不少字了。牛字旁边画着一条牛（印象最深的是这条牛身上一块白一块黑，和我所见的黄牛大不相同），食字旁边一碗米饭一双竹筷，但这单调的"看图识字"，我已经不想再看了。

连生表哥比我要大十多岁，他看的《天雨花》我一点也看不懂。可是真应该感激他，不知道从哪里给我找来了一本开明书店出版、郑振铎翻译的《列那狐》。一打开那灰绿色的封面，洁白的洋纸上印着的精致而又生动的钢笔画，立刻深深地将我吸引了。

五十多年后的今天，我还清清楚楚地记得，穿着教堂神父长袍的列那狐，小帽旁伸出一双尖尖的毛耳朵，正在一面教它的兔子学生们拼音："克里独！克里独！"一面伸出爪子去抓一只胖胖的小兔子的咽喉。其他的小兔则吓得缩起脖颈，恭恭敬敬地捧着

---
[*] 前此曾写过一篇《列那狐》。

大大的课本，眼睛却睁得圆圆的，从书页后面紧张注视着这位狐狸老师……

我的心和全身都紧张起来了，仿佛自己也站在诚惶诚恐的小兔子中间，成了它们中的一个。这种紧张，是多么的新鲜，多么的有趣啊！

这本书中的字，我顶多认得一半，可是这又有什么关系呢？我一遍又一遍地看着书上的图画，同时半懂不懂地看着书中的文字。

列那狐跟狼打架，先让婶母把橄榄油擦在自己头上和身上。"橄榄"二字我不认识，去问连生表哥，才知道原来是那种咸不咸甜不甜一点也不好吃的干果，还被表哥奚落了一顿。字虽然认识了，我还是不明白，打架为什么要擦油？干巴巴的橄榄又怎能榨出油来？再去问表哥吗，那可不敢，在他答不出来的时候，他会把书抢走说："看不懂就莫看，真讨嫌！"那时候，当然我不会知道油橄榄和"青果"的区别，更不会知道拳击手在出台前曾经要涂油——听说现在的健美运动员也还是这样的。

于是，我只好半懂不懂地看下去，有的地方慢慢地也就看懂了。有的当时自以为懂了的，其实倒是错了，而且错得很滑稽。列那狐在打架中使出绝招，猛击狼的睾丸。丸字我早认识，是从咳嗽时给我吃的橘红丸纸盒上认识的。橘红丸很好吃，有桂圆大一颗。可睾丸是什么东西呢？冥思苦想了好久，我才恍然大悟，一定是眼珠子啰。平日大人告诫我不准打架，"打坏了眼珠，眼睛就瞎了"。前几天，汪小小拂了我的眼珠一下，不是痛得我眼泪水直流吗，痛了还不敢告诉大人。那么，一定是眼珠子了，不会错。不然的话，怎么一碰那宝贝，狼就痛得大叫，成了列那狐的手下败将呢？

就这样，列那狐把我引进了书的世界，文学的世界。

在这前后，我也曾看过别的有插图的书。孔融让梨，陆绩怀橘，是大人们常让我看的。我也曾想过应该学着做，可是却很少有机会。家里买了梨和橘，总是由大人来分，而且总是把最大的分给我。其时我便只想到吃，没想到要让了；实在也无人可让，哥哥姐姐都出去读书去了。丰子恺的《护生画集》，牛妈妈被牵去杀，牛娃娃眼泪大颗大颗地滴着，也曾使我难过，我想我决不应该杀牛。只有这件事情倒是真的做到了，几十年来我不仅没杀过牛，而且连鸡鸭都没有杀过，也根本不会杀。但是牛羊猪鸡鸭鹅这些肉，有得吃时我还是吃的，而且吃了也并不后悔。因为送《护生画集》给我的汪先生，他家就天天买肉，他家小小也常吃五香牛肉干的。

列那狐很狡猾，常常干坏事，还想方设法逃过惩罚。我却从来没有想到过它是好还是坏这个问题，正如我没有想到过燕子和麻雀是好还是坏，天上的云和风是好还是坏一样。我只知道列那狐是一个有趣的家伙，是一只能使我兴奋和快乐的小野兽；而我却并不是野兽，只不过是一个小孩罢了。列那狐是我在书的森林里游戏时的同伴，它是好是坏都与我无关，我也没有必要在大人们不断对我施加教训的时候，再去从森林中的它那里接受更多的教训。

当然，这些都是五十多年前的事了。今天的小朋友自然比我小时幸运得多，到时候就会上学，学校里有老师，家庭里还有爸爸妈妈，都在关心着他们读书，而可读的好书又是这样的多。随时随地都有人给小朋友以指导，什么是对的，什么是错的，谁是好的，谁是坏的。这当然是今天的小孩子的幸运。但是，我想，一个人最好还是从小孩时起就能够自由地发展自己的头脑和自己的心，培养自己的思想；这才能在长大成人后真正懂得世界上的事物和生活，而这是不能由老师和爸爸妈妈代为做主的。

　　至于我，我在羡慕今天小朋友的同时，还是忘不了我小时候的第一位老师——列那狐。如果没有它，我也许比现在还要平庸，还要少读许多书。虽然我早已老迈，仍然只是个平庸的人，也并没有真正读懂几本书；但如果要我更加平庸，更不懂得读书，更不懂得世界上的事物和生活，我毕竟是不能甘心的。

（一九九六年十一月）

偶然

一九四九年八月考新干班，在我全出于偶然。读书时惟愿进大学学地理或考古，没有想过弄文字，更没有想到会在新闻出版界度过一生。

使我偶然这样做的唯二（不是唯一）原因，是我偶然结识了两个人，梁中夫和尚久骖。

我志不在学文，而喜看课外书。不只是看小说之类的文学书，而更喜欢看《亚洲腹地旅行记》《克鲁泡特金自传》（克氏是地理学家）这样的书。除了书的内容外，亦为它们的文字所吸引，觉得实在比许多小说的文笔还要好。我自己作文的成绩马马虎虎，低班中却有个广东同学谷士钧，常用金驼的笔名在《湖南日报》的"学生版"上发表诗和散文。就是他，有次把我带到中山图书馆附近某处，介绍我认识了编"学生版"的梁中夫（后来才知道他是共产党地下"新闻支部"的书记）。

印象中的梁中夫，在第一次和我见面时，穿一条灰色西装裤，系一副"玻璃"（当时叫尼龙）背带。背带通常是大个子系的，梁的个子比我和谷士钧两个中学生还矮，又瘦，却系了副背带。也许就是这点异常的感觉，使我将一面的印象保存到了今天。

我从小喜交友，但以有共同兴趣共同语言者为限，谷士钧即是其一。随着一天天长大，交友范围逐渐扩大到外校，其中有周南女中的尚久骖。尚又介绍我认识了刘国音（刘音），称之为"周南的萧红"。尚和刘的文学知识都比我多，刘国音和谷士钧一样，已经在长沙和上海的报刊上发表过不少文章。由于他们的影响，我也开始学着在校内的壁报和油印刊物上写点东西。有篇《河之歌》，从壁报上取下来，谷士钧拿去给梁中夫看，几天后便在报上登出来了。

《河之歌》的发表给了我意外的喜悦，这种幼稚的然而却是强烈的激情，居然使得我愿意亲近起文字来。其实班上在"学生版"发表文章多的同学还有位曹修恕，他以如心为笔名，写过不少议论社会政治的杂感。有次梁中夫对我说："其实你也可以试着写点如心那样的文章。"那次他急着要上理发厅去，未及多谈。他说："生活上我一切都不讲究，只有理发是例外，小剃头铺子实在太脏。"

那时我们特喜欢写信。一九四九年上半年，我和尚久骖的通信频率，已经密到两三天一封。我也和别的男女同学通信。刘音来信署名里澄，有几封偶然保存下来，五十年后她自己也见到了。这时除了上课，看书，游行，喊口号，许多时间全用在看信和写信上，写时还带着一个十八岁少年的感伤。梁中夫叫我写稿，我却写得很少。有次学如心的样写了篇杂文《滚向太阳去》，署名天马（刘音有封来信即用此称呼），自己觉得写得还不如《河之歌》，但老梁还是把它登出来了。

我忙于写信时，同班的地下党员宾新城（初中时的好友，是我帮他代考，把他弄到本校来的），批评我"温情主义、自由散漫"。梁中夫也对我说："你的小布尔乔亚情调太浓，这不好。"

他的态度，倒比只大我两岁的宾温和得多。

解放后，父亲是民主人士，兄姊都成了干部，我本可继续读书。但一则受了批评不服气，二则尚久骖来对我说，新华社和报社办了个训练班，她已由周南的组织介绍报了名。于是，谷士钧叫我同去找梁中夫，我立马就起身走。

报名，考试，无须细说。发榜之前，报上先登出一个"代邮"，叫我和宗柏生等四人即去招生处一谈。尚久骖、谷士钧和我猜想是怎么回事，谷说："可能是我和尚久骖已经录取，你却要补考，快去吧！"我匆匆赶到营养餐厅，廖经天同志对我说："报社急于要人，你就去报到，不必来这里了。"他写了个纸条，折成方胜状，上写"经武路二六一号李朱社长"，要我立刻去。我问他尚久骖、谷士钧取录没有，他查了一下，说："尚久骖取了。谷士钧嘛，也取了。"我放了心，随即往报社报到，第二天便跟柏原、柳思、刘见初四人一道下了乡。

后来才知道，尚久骖取录后，家里不让她来。谷士钧榜上无名，老梁安排他到新华分社学译电，他没有去。少年时的好友，就此分散了。

偶然的遇合，就这样决定了人的一生。五十年前的往事，回想起来，真如一梦。

(二零零零年一月)

做挽联

我生于上一个辛未年，按"男算进，女算满"的惯例，已经六十六岁了。六十岁以前，很少考虑死的事情。有如高中一年级的学生想到高考，总还可以安慰自己说，我还早哩。近几年，讣告里慢慢出现了同辈的人，于是开始对死有了亲近感。死者即使是父兄辈，亦不禁产生一种"吾与尔犹彼也"的悲哀，想以文字表示悼念的心情也比过去更为迫切了。文章写不出来，有时便凑几十个字挽联充数，虽然始终做不像样，感情却总是真实的，因为所哀者不仅仅是亡人，其实也包括了自己。

头一回写挽联是为了魏泽颖君。他是解放前的农学士，我哥哥的老同学，对我也很好。这是个真正的老实人，一直兢兢业业在农业院校服务，不知怎的却"含冤去世"了。大学里为他补行追悼仪式时，其遗孀要我代做一副挽联。他们夫妇都是老地下党，是在抗日救亡运动中合唱《流亡三部曲》时相识，进而恋爱结婚的。我代拟的挽联是：

生死两茫茫，可怜谨慎一生，丹心白发年年事；
悲欢何历历，永忆流亡三曲，碧海青天夜夜心。

上联首句是东坡词，下联末句是义山诗，信手掂掇，可见我之腹俭，此为才学所限，没有法子。不过委托人却没说什么，我也算是捎带去了对老魏的一点哀思。

接着是挽杜迈之先生。杜老先生是西南联大时期加入民盟的老盟员，曾在昆明办《民主周刊》，在长沙办《民主报》。一九五七年春，民盟湖南组织曾考虑恢复《民主报》，妻是《民主报》的旧人，有意归队。我当时头脑简单，以为"百花齐放，百家争鸣"真的会允许办非党报纸，也想跟着她一道去，结果成了"同人报右派集团"一分子，而杜先生亦未能幸免。杜的灵堂设在省政协，我送去一副挽联：

遗爱在人间，民主周刊民主报；
道山归岳麓，屈原祠庙屈原魂。

我以为杜先生一生活动，不离追求民主，这和屈原惓惓于君国一样，麻烦是自找的，但其志可哀，其情可悯。所谓"道山归岳麓"，是以岳麓代表整个长沙。岳麓山下本有座屈贾祠，即原湖南大学一舍旧址。

接着是挽"糊涂博士"熊伯鹏。解放前长沙《晚晚报》上，几乎每天都有《糊涂博士弹词》的专栏，记得有一篇题为《春去也》，另一篇题为《别了秦淮》，把南京国民党政府土崩瓦解水流花谢的情形，刻画得淋漓尽致。当时我是个中学生，只和编"学生版"的梁中夫有些接触，不知"糊涂博士"为谁。长沙解放后，我成了新闻工作者，因为妻的关系，慢慢认识了严怪愚、康德、蓝肇祺等老报人，虽然他们这时已是"民主人士"，不算同行了。此时才听说，写《糊涂博士弹词》的熊伯鹏真的糊涂，居然弃文经商，不参加革命。很快，他便在"五反"运动中成了长沙"八大奸商"之一，被判了不短的徒刑，别了湘江，真的是春去也。一眨眼过了三十年，我们夫妇"改正"之后，去看也"改正"了的蓝肇祺，在蓝家才见到这位久已知名的"糊涂博士"。据蓝说，博士从前爱喝酒，常豪饮，劳改多年，无酒可喝，如今既老且病，已经不能喝了。

博士的死讯我是间接听到的，挽联做了一副，却来不及写了送去：

博士不糊涂，刻意伤春复伤别；
弹词今绝响，可堪无酒更无人。

下半截两句七言还是集唐诗，因为自己不能做得更好，只得这样将就。

今年初，少年时的朋友尚久骖八十多岁的母亲去世，我倒是闻讯就和另一位友人杨赞赶去吊唁的。尚老伯是民国初年北京美专学生，陈师曾、姚茫父的弟子，留学法国。尚伯母六十多年前曾习医，后来相夫教子，使十一个子女都学业有成，大儿子是航天工程师，四女儿是西南交通大学教授，久骖也是著名的作家。老人家驾返瑶池，可算是福寿全归了。但在五六十年代，尚老伯因历史受审查，工资待遇上不去，这么多儿女的衣食学费，也够难为她的。儿女大了，又是孙子外孙子，她简直没有一天安闲过；幸而孙辈资质都好，一个个大学毕业，便是她最大的安慰。开追悼会那天，我因血压骤升，未能前去，挽联是由妻送去的：

为儿孙含辛茹苦六十年，早著令名传戚友；

有子女测地航天三万里，应无遗恨在人间。

　　春夏之交，唐荫荪兄又因癌症去世。荫荪只比我大两三岁，建国前参加工作时，他是大学生，我是中学生。当时我少不更事，狂妄得很，荫荪兄学识均优于我，却能宽容我的幼稚无知。一九五七年"同人报右派集团"，他也是一分子，处理时我是"双开"，他则送农场"监督劳动"。一九六一年摘帽后，他从屈原农场（多有意思的名字）来长沙，送了我几条鱼，我则赠以影印冯承素摹本兰亭序帖。荫荪善书法，通英文，多才多艺，而又与人无忤，很好相处。他善饮，我则素不能饮，近十馀年在出版社同事，偶得好酒，必请他和龚绍忍兄来家帮忙"解决"。去年他不幸得病，病情一直是瞒着他的。有次我们到医院看他，他已消瘦得厉害，还笑着对我说："你事多，不要再来了；你那瓶酒，我还是会同老龚来解决的。"住院数月，他自觉稍好，要求出院回家继续治疗。我们同他爱人商量，能不能接他再到我家一次，使他开心。他爱人认为可以，同他说后，他非常高兴，立马要来。于是我们将唐、龚两对夫妇都接来，做了几样荫荪喜欢吃的菜。五粮液当然不敢给他喝，便以优质衡阳"壶子酒"代之，由他爱人掌握，让他略饮了一点。后来他爱人说，这是他病后最开心的一天，可惜那天他举杯时的音容笑貌已不可复见了。

　　荫荪兄的告别仪式是由湖南出版社主持的，我送去的挽联挂在礼堂右壁上：

　　　　生太不逢时，五七年间，何必想办同人报？
　　　　死只是小别，二三载后，好去相寻往者原。

"同人报"的事上面已说过。"往者原"系周启明译卢奇安《宙斯被盘问》中所用译名,那是希腊神话中死者的一处乐土,"在那里没有雪,没有风暴,也没有烦恼人的别的事情,死后的人们可以在那里开怀畅饮"。我想,荫荪兄在生前,一定憧憬过这样一个地方吧。我也很愿意有这样一个地方,在那里,我可以再见到平易近人而又不乏情趣的荫荪兄,我们再也无须担心,再也无须受怕了。这瓶为他留着的五粮液,也可以带到那里去供他开怀畅饮了。"二三载后",这时间,也许会更快一点到来,也许会再慢一点到来,但总归是会到来的,不是吗?

(一九九六年六月)

【补记一】 今春尚老伯又以九十九岁高龄去世,久骖以照护重病丈夫无法回长沙。我去吊唁时,想起五十多年前到尚家门前叫久骖出来玩的情形,那时尚老伯还只有四十多岁,而我和久骖如今已是七十上下年纪的白发翁媪了。逝者如斯,少时朋友,恐亦无多相见时矣。于是又送了一副挽联:

百岁老人星,都道是天上神仙,凡间祥瑞;
满眶从子泪,全为了少时朋友,一世交情。

(二零零零年四月)

【补记二】 今年春节打电话向久骖拜年,发现她声音低哑,大异平时,询知医诊为心衰症,我和朱纯都很担心。而天各一方,在乌鲁木齐又别无熟人,实在帮不上什么忙,心里则确实惦念着。只能想她比我还小两三岁，平素精神又好，总会康复起来的吧。谁知元宵前夜她在长沙的弟弟告知，说她已于前日凌晨去世。两个儿子都远在国外，丈夫又因老年痴呆症早被送入医院，身边无人，够凄惨的了，思之不禁泪下。她弟弟叫我写一副挽联电传到她单位去，一时心乱如麻，眼前只有一幅五十多年前剪着齐耳短发笑嘻嘻说要到新疆去看天山的小姑娘的面影，无暇亦无心多想字句，匆匆写得两行，在电话中念给她弟弟听了以后，在家中供起久骖的照片，当场就焚化了。望着火光熄灭时飘逝的一缕轻烟，心想，就让它代表我的心魂，往西天去寻呼少年时候的朋友吧！挽联是这样写的：

　　当时带笑上天山，何堪五十年雾露风霜，梦想地成埋骨地；

　　此际含悲怀逝水，怎奈三千里关河障隔，寻呼人是痛心人。

语言文字真是最无力的东西，表达不出人心里最深切的悲哀。但是，人只有人的力量，我又能有什么法子呢？

（二零零二年二月）

千年谁与再招魂

几千年前的情诗传世的并不少,有如《诗经·国风》和《旧约·雅歌》里的那些,情书却很罕见,尤其是像"实寄封"那样的原件,就更加罕见了。

我却可以介绍一件出来,先将全文抄录如下(当事人已故去二千馀年,应已无侵犯隐私之嫌了吧):

奉谨以琅玕一致问春君幸毋相忘

作者乃是汉朝的一位征人,原来的字是写在竹简上的。那时还没通用纸,字写在竹木削成的薄片上,叫做简牍,后世研究书法的人称之为汉简。这一枚汉简,系民国十九年在西北沙漠中汉代居延境内出土,最初摄影发表在《流沙坠简》书中,原件现藏台湾中央研究院历史语言研究所。

当时出土的"居延汉简"有一万多枚,七十年代又继续发掘采集到近二万枚,都是汉武帝末年(公元前一世纪)到东汉中期(公元二世纪初)的军政公文、钱粮簿籍、法律文书、买卖契约等,也杂有一些私人的信件。这些都是研究汉代历史的第一手资料,十分珍贵。但绝大多数的文字简古,内容繁琐雷同,各有固定格式，普通人看起来会觉得枯燥。

《致问春君》这一件却异乎寻常，它具有强烈的个人感情色彩，字也写得特别好。春君显然是女性的名字，琅玕则是用青色玉石雕琢成的饰物（曹植《美女篇》句云"腰佩翠琅玕"），据说产于昆仑也就是西北地方。此简是因赠琅玕而写，中心意思则是"幸毋相忘"，所以是一通情书。

这位戍守在居延烽燧中的征人，苦苦思念着万里外的春君，特地为她觅得珍贵的饰物，想托付返回内地的信使带给她，写下了这件简牍也就是书信，衷心希望她不要淡忘了对自己的感情。不知为何写好的书信却未能发出，就此流落在荒寒大漠中了……

时光流逝了二十个世纪，两千年前的烽燧早已夷为沙土。当时那位在如霜的月光下倚着雉堞，默望着似雪的沙原，静听着悲凉的芦管，为了情人而深夜不眠的男子，他的身子骨已经在大自然中不知轮回转化了多少回。可是这一片用十四个字（是墨写的还是血写的呢）热烈恳求"春君幸毋相忘"的情书，历经两千年的烈日严霜、飞沙走石，却仍能以美的形态和内涵，表现出那番血纷纷白刃也割断不了、如刀的风头也无法吹冷的感情，使得百世之后的我们的心仍不能不为之悸动，从中领受到一份伟大的美和庄严。

有实物为证，这枚汉简，真可以称之为不朽的情书了。

周作人六十年前翻阅《流沙坠简》时，见到这件摄影，有诗云：

　　琅玕珍重付春君，
　　绝塞荒寒寄此身。
　　竹简未枯心未烂，

千年谁与再招魂。

　　我觉得，在他的七绝中，这是写得最好的一首，因为它传达出了超越时空的感情，也就是永恒的人性。

　　长沙近年新出土了一批吴简，因为偶然的机会也看到过一些，却绝未发现有像《致问春君》这样有意思的。看来那时候我们长沙人即已鄙视浪漫注重实际，懒得隔上万把里路来说什么"幸毋相忘"之类的空话，心思和笔墨都用在问候长官或者记明细账上了。

（一九九九年五月）

西关古仔

有一套小书，是杨向群君寄来给我养病时看的，书名《广州西关古仔》。我不熟悉广州，更不懂广东话，粗粗一看，不知所云。迨稍事翻阅，才知西关是广州的一处地名，指旧时广州城西门和太平门外的一片地方。它北接流花湖，南滨珠江白鹅潭，西至大坦尾，东至旧城墙（即今人民路），大约相当于现在荔湾区这个范围。这处地方，旧时城墙根下是从二铺（广州人写作"甫"）、三铺直至十铺的繁华商业区，迤南是十三行、沙面等华洋交会的码头，西边有荔枝湾、泮溪诸名胜，羊城私家园林、富人别墅多建筑于此，北部和中部还有许多地方种菜种花养鱼，颇有乡村风味。这乃是一处在广州保存土风民俗最丰富，地方特色最鲜明的地方，"西关"差不多成了老广州的代表。

至于古仔，我想大约是指喜欢"讲古"的人。这书讲的是辛亥年推翻皇帝以后，"大跃进"除旧布新以前的事物，也就是一代两代人以前的东西，应该说算不得怎样古。不过今之少男少女，大概不讲便不会知道；就是我这六十多岁的人，因为少走四方，又孤陋寡闻，所以不讲也同样不知道。有人愿意来讲一讲，自然是十分欢迎的。

这套书共四本，次序为《西关武林旧事》《西关风味趣闻》

《西关七十二行》《西关童谣儿戏》，均署梁达编著。编著者的文笔并不好，所记录的上述四方面的"古"却大有可观。如《七十二行》中《街头挑卖》一节，即介绍了卖白榄、卖鸡公榄、卖不倒翁、卖蜩蟟、卖捏粉公仔五行，现在除卖蜩蟟的还存在，其馀恐怕都消失了。卖白榄的叫卖云：

　　沙榄啵，茶窖货。
　　一分钱，买两个。
　　唔好食，咪逗货。
　　食落爽甜无渣啵！
　　食过好食呢，
　　再嚟（不来）就卖过啦！

所云茶窖货，是指广州近郊茶窖乡所出白榄，绿皮上带黑沙点，据说口感最好。书中详叙卖榄人"通常肩挑两箩，下铺青蕉叶，上堆白榄，另外以一个小罐装水，叫卖的时候，不时地在白榄上洒水，用以保鲜"。这些都是我这个湖南人从未见过的。

　　尤其有趣的是卖鸡公榄的：

　　　　他们用竹和纸制成一只七彩公鸡，大小依本人身材而定，腹背通空；然后将自己套在里面，用一条过肩带把彩鸡提起来，人行"鸡"亦行。所卖的榄，有甜，有咸，有辣。甜的是和顺榄，咸的是甘草榄，辣的是辣椒榄，都放在鸡腔里。一分钱买两个，味道任选。

他在卖时，先用大笛（唢呐）吹一个鸡叫，然后再喊。由于有彩鸡和大笛，对小孩的吸引力就更强了。

我颇好吃，故于《风味趣闻》一本看得最多。看后不仅对艇仔粥、白灼虾、鸡仔饼、王老吉凉茶等一一得知其来历，而且还能闻所未闻，增加些人文方面的知识。如"南乳肉"原来不是肉，而是炒花生。"取花生肉，在南乳（腐乳）酱水中先浸泡一夜，使之入味，然后风干；再取一口大铁锅，内装大粒黄砂，与花生一齐炒脆"，即可上街叫卖南乳肉了。又如"瓦罉礼云饭"，"礼云子"乃是蟛蜞（珠江三角洲小溪流中所产一种小蟹）的卵子，放在米饭中，用瓦罉（罐）一焗而成。还有"礼云黄布蛋""礼云扒鲜笋（茭白）""礼云扒冬菇"等西关名菜，都是用礼云子做的，据说现今也已绝迹。

第四本介绍了六十九种过去西关儿童的游戏，绝大部分游戏都伴有歌谣，一部分歌谣又出于民间的故事传说，这也是我所喜欢的。每个人都有自己的童年，我们固不必说什么不失赤子之心的大话，但也不应该做了公公就忘记了做孙子的时候。何况童戏童谣（当然得是真正的童谣，不是新编的教材）是民间礼俗的根源，欲了解研究普通城乡老百姓的生活，往往得从此入手呢。如"点虫虫"歌云：

> 点虫虫，虫虫飞。
> 飞到荔枝基（种荔枝的园地）。
> 荔枝熟，摘满屋。
> 屋满红，伴住个细蚊公（婴儿）。

这明显是广东地方的歌，而玩"猜呈沉"时所唱的：

呈沉剪，呈沉包，
呈沉糯米叉烧包。
老鼠唔食香口胶，
要食豆沙包。

虽也带广东色彩，但"呈沉、剪、包"即长沙儿童所玩"铜锤、剪刀、布"，自己六十多年前也玩过。可见各地儿童游戏，异中仍有相同之处，这也是很有意思的。

从事物原始看，书中也有一些错讹。如萨奇玛本是满语，见富察敦崇《燕京岁时记》（北京古籍出版社曾出版过）。这种满族的甜点心，民国以后才遍及各地。书中却说是西关一个卖点心老汉被骑马的官人辱骂，为了泄愤，才取了"杀其马"作点心的名字。但这种错讹也是语词流变的一种现象，特别是如果只把它当作民间故事听，则和别的故事并无不同。若于此等处胶柱鼓瑟，强作解人，则难免笨伯之讥矣。

总之，我是很喜欢这样的书的。论天下国家大事固然很好，只讲西关地方的鸡公榄、粉公仔亦未尝不可，正所谓贤者识大不贤识小，贤人还是让给别人去做吧。

（一九九七年五月）

李鸿章的诗

李鸿章被蒋廷黻称为中国十九世纪最大的政治家，他曾以"年家子"身份到曾国藩门下受业（其父文安与国藩同年进士），一生事业皆发轫于曾氏幕中。故国藩逝世，鸿章的挽联有云：

师事近三十年，薪尽火传，筑室忝为门生长……

表明了师弟之谊，并以接班人自居。

这个班接得怎么样？从职位、名分看是接稳了的。不仅曾的军事指挥权和两江、直隶两处总督印信都移交给了李，而且二人一封侯一封伯，一做到武英殿大学士一做到文华殿大学士（清朝不设宰相，大学士即居相位），死后一谥文正一谥文忠，也差堪步武。若从立德立功立言的标准看，则在德行上历来皆褒曾贬李，此与曾能标榜不要钱而李颇"好货"不无关系；论功绩则时势既殊，标准亦异，只能由历史学家评说（蒋廷黻自然也算一家）；这里想谈的，不过是"立言"方面的一点点。

十多年前在京西参加古籍整理出版规划小组会，国务院正式批准的规划是影印曾、李诸人原刻全集，再另行编印其集外文。我当时不很赞成这个主张，其实它也不无道理。因为全集本来不是要普及的书，原刻本的编者都是高手名家（黎庶昌、吴汝纶等），并不陋劣。如果影印，可以大大降低书价，缩短出版时间，特别是可以避免排印无法避免的文字错误（不管编辑如何能干负责，也无法包办校对、排字、拼版一切事务）。这些当然都是题外的话。

当时为了准备讨论，我专门赴北图检阅过原刻本《曾文正公全集》和《李文忠公全集》，即发现二者有一绝大不同。曾集一百四十卷中，有七十卷是创作和编辑的诗文，用现在的话说就是文艺作品和学术著作，另一半才是奏稿、书札和批牍。李集一百六十五卷，则全是奏稿、函稿和电稿，其中当然不少蒋廷黻所谓"最具历史价值的文章"，抒写个人情怀的诗文却一篇也没有。难道真如有的人所说，曾国藩有学有术，张之洞有学无术，李鸿章有术无学么？

假如由现在的人事部门来考核，李鸿章的文化程度和学历都不亚于曾国藩。他也是学而优则仕的正途出身，成进士时年龄比曾还小四岁，殿试后同样进了翰林院（点翰林对书法和词赋有特殊要求，须写作俱佳）。看来他不是不能诗文，只是他的全集没有收诗文。五十年前读"国文"，读过曾的散文《原才》和《欧阳生文集序》、韵文《五箴》，李的诗文则在多如牛毛的近人选本中也不得一见，岂非全集不收，流传不广的缘故么？

去年张爱玲逝世，闲中忽发兴趣，想考查一下这位才女的家族文学史。找来她祖父张佩纶的诗集看后，又想找她外曾祖父李鸿章的诗集看，图书馆电脑中却总也找不到。乱翻清末民初的笔记闲书，在李伯元的《庄谐诗话》中发现了几首，又觉得南亭亭长的东西不好作为依据。好不容易才得张白影君之助，借到了几册旧刻本，乍见大喜欲狂，因为全是踏破铁鞋无觅处的李鸿章的诗赋文章；但书已残破，没有封面题签，没有扉页书牌，也没有序跋。于是又到北京图书馆咨询，由于张英安和李森两位女士热心帮助，才弄清楚原来在光绪末年《李文忠公全集》在金陵付梓之前，鸿章之孙国杰曾经以曾孙、孙子、儿子的身份，编印过一部《合肥李氏三世遗集》，收入其曾祖文安、祖父鸿章、父亲经述三人的诗文，分送戚友。《遗集》共十二册，前有"门下士秦际唐"和"外孙张士珩"两序，一作于光绪甲辰，一作于光绪乙巳。张白影君借给我的，正是其中属于鸿章的一部分。此系"家乘"，故刊刻比全集为精，刷印则似较少，后来又一直没有重印过，孤陋寡闻如我者自然无从见到。

《遗集》收有鸿章所作赋十四首（曾氏全集收赋两首），文五十二首，诗一百三十九首，数量虽不及国藩，也不算很少了。最早的诗作于鸿章二十岁时，如《入都》之一：

> 丈夫只手把吴钩，意气高于百尺楼。
> 一万年来谁著史，三千里外欲封侯。
> 定须捷足随途骥，那得闲情逐野鸥。
> 笑指芦沟桥畔路，有人从此到瀛洲。

因是"少作"，自然难免浅露，但诗律是合格的，"意气"也很轩昂，强烈地表现出一位入京应试的青年人对事业和功名的渴望。

这样的诗，曾国藩是不会作的，即使作了，也不会留着入集的。他于道光二十四年十二月十八日写给老弟的信中道：

> 四弟之诗，又有长进，第命意不甚高超，声调不甚响亮。命意之高，须要透过一层，如说考试，则须说科名是身

外物，不足介怀，则诗意高矣；若说必以得科名为荣，则意浅矣。举此一端，馀可类推。

其实曾李同为功名中人并无二致，曾氏论诗"命意"固较高，矫情之处也就显露出来了。

鸿章三十五岁入曾军幕，有《随曾帅西征示家人》四首，其二云：

> 谁表中原再出师，东川士马尽如貔。
> 丈夫重义轻离别，历惯风波不险峨。

豪情依旧，却显得老练些。第二年他在《感事呈涤生师》的一组诗中，写下了"风高劲草犹披拂，岁晚乔松待护培"，"往事悠悠同逝水，诸公衮衮共扶轮，杜陵流落江湖久，老向人间逐后尘"和"春蚕吐丝终自缚，冻蝇钻纸总难通"这样的句子。据鸿章年谱：

> 文正以公少年科甲，志高气盛，难于驾驭，必有以折之，使之就范。

诗中仿佛透露了一些这方面的信息。曾于驾驭人才富有经验，李则桀骜不驯，不免牢骚。他的这些诗句比较真实地抒发了自己当时内心的感受，也就是所谓诗言志吧。

据我这个不懂诗的人看，鸿章有些诗是写得比较好的，如《龙潭阻风怀彭雪琴》：

秋风纵酒浔阳郭，夜月联吟赤壁舟。
往事隔年如昨日，故人击楫又中流。
万篙烟雨楼船静，六代江山画角愁。
不见元龙湖海气，卧闻凉吹撼汀洲。

《抚州晚霞楼宴集》六章之三：

二十学书剑，北登黄金台。
三十负弓弩，弃官归去来。
蚍蜉妄拟撼大树，奋张直起蛟螭怒。
濡坞沙堤云列屯，巢湖战舰月横渡。
矛头盾鼻作生涯，一椎不中再椎误。
流光瞥眼倏惊电，青春不回绿鬓变。
送尽茫茫几辈人，中夜起舞泪如霰。
灞陵猎马着短衣，昨梦封侯今已非。
南浮富春下彭蠡，山川辽绝音问稀。
任人呼牛或呼马，长醉不醒胡为者。

这些似不比曾国藩的诗为差，虽然二人学诗的门径不同，诗体诗格都不同。

后来李鸿章办洋务，练海陆军，还去过欧美各国，有些诗的题材也是曾国藩所不能有的，如《寄越南王》《伦敦火车道中》《荷兰海口》《随醇邸巡海》《南苑海淀阅操》之类。《寄越南王》末联写自己的态度是，"垂老伏波犹矍铄，五溪南去不胜情"，表现的大国沙文主义虽然并不对，汉奸帽子总戴不上。又如《阅操》中一联云，"破阵兰陵盖世雄，赋诗横槊两难工"，和行伍出身的老帅诗词一比,也可以看出做过翰林公的"丞相"毕竟不同。

英国诗人布莱克(William Blake,一七五七年至一八二七年,比李鸿章早生六十六年)说,没有男女之间的情爱,便没有诗。咱们中国自《国风》《楚辞》至唐诗宋词,亦莫不如此,只有曾国藩集似是例外。鸿章集中则有《七夕咏牛女》等篇,其《江上曲》应该说是一首较好的情诗:

> 春尽怨流水,花娇怜晓寒。
> 握手不忍别,况复行路难。
> 赠我连环玉,报君同心结。
> 同心不同住,江涛为呜咽。
> 思君若春潮,昼夜来无时。
> 潮来借雨添,君来待风吹。
> 江草碧如带,江树绿如油。
> 心随檐燕去,拍水双双浮。

在李鸿章的"遗集"中,还有八首题为《追悼侍姬冬梅》的绝句,诗多不具录。在十九世纪以前,中国士大夫纳妾狎妓属于常规。看过《红楼梦》的都知道,连贾政于王夫人之外,也还有一个赵姨娘一个周姨娘。精通东西文化的辜鸿铭,甚至说中国人之召妓,如西洋人之求爱;中国人之娶妻,如西洋人之宿娼。故赠校书、悼亡姬是中国爱情诗的正宗,杨玉环、李香君、小凤仙是中国爱情戏的主角。李国杰将他祖父大人"追悼侍姬"的诗收入《遗集》,自无不妥。不过由曾门四大弟子之一所编的《李文忠公全集》不收诗文,是不是与此多少有关?

曾国藩也置过姬妾,第一个妾买来一年多便死了,却没有在他的诗作中留下任何痕迹。最有意思的是,他讨小老婆,却说是为了挠痒痒。咸丰十一年十月十四日与澄弟书云:

> 癣疾如常,夜间彻晓不寐,手不停爬,人多劝买一妾代为爬搔。

此其所以为"文正"欤!李鸿章"忝为门生长",在这方面却比老师差远了。

(一九九六年七月)

狗咬人

常说狗咬人不是新闻，但讲狗咬人讲得好的，也可以有些意思。《战国策·魏策四》所述白圭对新城君讲的话，便属于这样的，其大意是：

新城君在魏国位高权重，怕遭忌刻，对于别人在魏王面前议论自己非常敏感。因为白圭常见魏王，身边人提醒他，得防着白圭一点。

白圭知道以后，便对新城君说：

"夜里在外面走的人，不一定非奸即盗；他能够保证自己没做坏事，却不能保证人家的狗不对着他叫。同样的，我能够保证自己不在大王面前说你，却不能保证别的人不在您面前说我啊！"

现在养狗看家的比较少了。五十多年前，不要说在乡下，就是在城里到陌生人家去，或走其旁经过，总得提防被狗咬。抗战时期疏散到山村中的学生，对此尤其印象深刻。其实真正被咬的也不多，不过那露出白牙咆哮着猛冲上来的恶形恶气，胆小如我者确实有些害怕。

据说狗对你咆哮时,最好的办法是朝它作揖。荷马史诗写英雄俄底修斯回家,牧场的狗狂吠奔来,他立即蹲下身子,放下行杖,狗便走开了。亚里士多德说得好,对于卑屈的人怒气自息,狗也不咬屈身的人,这可以作为作揖之说的注解。但也有人说,狗停止进攻是怕人弯腰捡石头,未知孰是。

如今的狗都成了宠物,见生人就狂吠的很少了。咬自家人的倒是见到过一两回,此盖是狗的变性,谁遇上了只能自认倒霉。

(二零零二年二月)

太行山的笑话[*]

中国山多,人也多。若问全国多少亿人最熟知的是哪座山,那一定是太行山。因为"天天读"过"老三篇",都知道有一座太行山挡路,自己的任务就是"每天挖山不止",以期"感动上帝"来把山搬走。虽然太行山至今仍巍然不动,山名却早已"深入人心",加之《我们在太行山上》一唱好多年,谁还能说太行山的知名度不高呢。

现在我再锦上添花,来讲一个太行山的笑话,却是从前人笔记中看来的。为了讲它,先还得讲一讲汉字。汉字的特点之一便是多音多义。比如说"大"字,它既可以读"瘩"(大小),又可以读"代"(大夫),又可以读"泰"(大极)。又比如说"行"字,它既可以读"形"(进行),又可以读"杏"(品行),又可以读"杭"(银行)。这在口头上谁都分得清,望文生义时却不免夹缠。尤其是读"泰"的"大",后来都写成"太"了,在古时却"大太不分",更容易混淆。于是便引出了这个太行山的笑话。

说的是有主仆二人出外旅行,行至大山前,见一座石碑,上

---

[*] 以下七篇选自《天窗》。

面刻着"大行山"三个字。主人十分高兴,大声道:

"今天见到太行(杭)山啦!"

"老爷您认白字了。"仆人说:"这碑上刻的明明是大行(形)山,您怎么认成太行(杭)山了啊?"

主人见仆人无知,便告诉他,这里本来是太行(杭)山,碑上的"大行"二字应该读"泰杭"。仆人却坚持说是"大行"(形),认为主人认了白字不服输。后来主人有点生气了,仆人便说:

"何不干脆找个本地人问一问,如果真是太行(杭)山,我宁愿老爷扣掉我一吊钱工钱,算是认罚;如果是大行(形)山呢,您便奖给我一吊钱去喝酒,好不好?"

主人见仆人又蠢又倔到了这样的程度,反而转怒为笑,便答应了他。正好路边有一处学堂,主人心想找读书人问问更好,便带了仆人进去,见到一位教书的老先生,便要求在学堂里稍事休息,随即向老先生说明原委,请他裁判。老先生听后,笑呵呵地指着仆人,对主人说:

"您就赏一吊钱给他吧。"

"如何,我说的不错吧!"仆人快活地叫了起来,立刻向主人讨了一吊钱,兴致冲冲地买酒喝去了。仆人一走,主人便埋怨老先生道:

"您是读书识字的人,怎么也跟着蠢奴才说话呢?"老先生一直在笑着,听主人这样一说,笑得更厉害了,回答道:

"您也真是的,输一吊钱算什么,让这蠢东西一世不认得太行山,岂不好么。"

这则笑话,我所见最早的文本,在宋人李之彦《东谷所见》

中。明人赵梦白《笑赞》，清人金埴《不下带编》，梁绍壬《两般秋雨庵随笔》均有记述。清人重考据，对笑话也要来认真，《不下带编》引《资暇录》云：

> 太行（杭）本俗称，当以太行（形）为正。《山海经》："太行（形）山，一名五行（形）山。"《列子》直作"太形"，则形乃本音也，知之者鲜矣。

《两般秋雨庵随笔》文笔颇佳，也举《山海经》《列子》为证，说："此仆之考核，胜乃主多多矣。"

此类考据文字，读来均不免有买椟还珠之感。到底是行还是形，专门家也许可以去讨论。使我这种不搞学问的普通人觉得有趣味的，却是学堂老先生最后说的那句话，而以赵梦白的文本最为隽永：

> 你输他一次东道不要紧，让他一世不识太行山。

梁绍壬的按语也很妙：

> 老儒之言，甚有意味；盖有真是非遇无识者，正不必与辨也。

在我们一生中，硬要将太行山叫做大形山的情形，恐怕也见到过不少回吧。将遍地碉堡的小叫化国称为"社会主义明灯"，将考场交白卷的考生称为"学习模范"，如今拍了去夺奥斯卡奖的影片，又将焚书坑儒杀人万千的暴君称为"护国护民"的"英雄"了。当一阵风压倒一切时,吾侪小民还敢"与之辨"吗,也只能"让他一世不识太行山",去他妈的算了。

好在太行山仍巍然不动地屹立在中国大地上,上帝却如尼采说的那样"死掉了"。山本来是移不开挖不动的,移山填海,无非梦呓,何况并没有什么愚公真去挖过一锄头。

(二零零三年八月)

买旧书

鲁迅从百草园到三味书屋，是在光绪年间。湖南三味堂刻魏源《元史新编》，也在光绪年间。一九四八年寒假中某一天，我在南阳街旧书店中随意乱翻，偶尔在书牌上发现了三味堂，从而知道了"三味"乃是一个典故，并非只在绍兴才有用作名字的。寻求这种发现的快乐，便是我从小喜进旧书店的一个理由，虽然那时读不懂现在也读不懂元史。

五十多年前，长沙的旧书店差不多占满了整个一条南阳街。那时习惯将刻本线装书叫做旧书，以别于铅印洋装的新书。学生当然以读新书为主，但有时看看旧书的亦不罕见，教本和讲义也常有线装的。四八年冬我正耽读巴金译的克鲁泡特金和罗稷南译的狄更斯，但仍常去旧书店。叶德辉在长沙刻的《四唐人集》十分精美，其中的《李贺歌诗编》尤为我所最爱，却无力购买。有次侥幸碰到了一部也是"长沙叶氏"刻的《双梅影闇丛书》，因为卷首残破，四本的售价只有银圆二角（一碗寒菌面的价钱），便立刻将其买下了。

二十世纪五十年代开头几年，是旧书最不值钱的时候。土改中农民分"胜利果实"，最没有人要的便是地主家的书，只能集中起来用人力车或木船送到长沙城里卖给纸厂做原料。街头小贩担头挂一本线装书,一页页撕下来给顾客包油条或葱油粑粑,成了早晨出门习见的风景。这真是有心人搜求旧书的大好时机,可惜我那时正因为爱看旧书不积极学习猴子变人受批评,年年鉴定都背上一个大包袱,正所谓有这个贼心没这个贼胆,眼睁睁错过了机会。

一九五七年后被赶出报社"自谋生活",反而又有了逛旧书店的"自由",当然这得在干完劳动挣得日食之后。这时的古旧书店,经过"全行业改造",已经成为新华书店下属的门市部,全长沙市只剩下黄兴南路一处,而且线装刻本是一年比一年少了。但民国时期以至晚清的石印、铅印本还相当多,我所读的胡适和周作人的书,便差不多全是从这里的架子上找得的,平均人民币二角到三角钱一本。我初到街道工厂拖板车时,月工资只有二十八元,一家数口,拿出两三角钱并不容易。后来学会了绘图做模型,收入逐步增加,两元四角钱十本的《四部丛刊》连史纸本《高太史大全集》才能买得。

最值得一说的是"民国二十五年八月初版"的饶述一译《查泰莱夫人的情人》。时为一九六一年秋天,正在"苦日子"里。当我在古旧书店架上发现了这本久闻其名的书时,却被旁边另一位顾客先伸手拿着。一时急中生智,也顾不得许多,便一把从他手中将书夺了过来。他勃然变色,欲和我理论,我却以和颜悦色对之曰:"莫急,莫急,我只拿这本书问一个小小的问题。"一面迅速走向柜台向店员道:

"你们收购旧书,不看证件的么?"

"怎么不看,大人凭工作证,居民凭户口本,学生凭学生证。"(其实店堂里贴有告示,乃是明知故问。)

"学生怎么能拿书来卖,还不是偷了自己家里的书。这本书便是我儿子偷出来卖的，我要收回。"

"这不行。对店里有意见可以提，书不能带走。"

"好罢，意见请你向店领导转达。这本书就按你们的标价，一块钱，由我买回去，算是没有教育儿子的报应好了。不过你们也确实不该收购小学生拿出来的书，是吗？"

店员原以为我要强行拿走书，作好了应战的准备；结果却是我按标价买走这本书，店里无丝毫损失，自然毫无异议表示赞成，立刻收款开发票，《查泰莱夫人的情人》便属于我了。

先伸手拿书的那位顾客站在一旁，居然未插一言（也许他本来无意购买，只是随便看看；也许他比我还穷，口袋里连一块钱也拿不出来），到这时便废然离去了。

这件事我一直在友人中夸口，以为是自己买旧书的一次奇遇和"战绩"。二十多年之后，我在岳麓书社工作时，因为岳麓是古籍出版社不便重印译本，便将此书拿给湖南人民出版社去出（索要的"报酬"是给我一百本书送人），结果酿成滔天大祸，连累人家受处分。有位从旁听过我夸口的老同事，便写材料举报我，标题是"如此总编辑，如此巧取豪夺的专家"，以为可以把我推到枪口上去，结果却失算了。因为《查泰莱夫人的情人》毕竟是公认的世界文学名著，并非淫秽读物，出版社错只错在"不听招呼"，扩大了发行范围。而买书时的我也不过是街道工厂一搬运工，并非甚么总编辑和专家，"巧取"则有之，"豪夺"则根本谈不上也。

如今我仍然不是甚么专家，总编辑更早就被选掉了，不过旧书有时还是要去看一看，翻一翻的。古旧书店早已名存实亡，古旧书便散到了清水塘、宝南街等处的地摊上。二十多年来陆续翻得的，有《梅欧阁诗录》，是张謇在南通开更俗剧场，建梅欧阁，请梅兰芳欧阳予倩前往演出的纪念诗集，线装白棉纸本，卷首有照片十九帧，非卖品，以一元五角购得。有《杜氏家祠落成纪念册》，是民国二十年杜月笙在浦东高桥修家祠举行盛大庆典时，由上海中国仿古印书局承印，赠给来宾作纪念的，线装上下二册，由杨度编辑（名义是"文书处主任"），章士钊为作后记（题作《杜祠观礼记》），有蒋中正、于右任等多人题词，价三元。还有一册"光绪十一年乙酉八月刊刻"的《杨忠愍公集》，我为张宜人"请代夫死"的奏疏感动，以为这是从另一角度对专制政治残酷黑暗的揭露，花二元四角钱买了下来。本亦只以普通旧书视之，可是今年五月十三日报纸上登出了准备申报《世界记忆名录》的"首批中国档案文献遗产名单"，上列第十项"明代谏臣杨继盛遗书及后人题词"，正是区区此本。虽然那该是真迹，此只是刻本，但一百一十八年前的刻本，在今天也弥足珍贵了。

  我所拣得的旧书都很便宜，但也有贵的，而且是越来越贵了。一月前在清水塘地摊上，见有《新湖南报反右斗争专刊》合订本一册，第一期便是蓝岗揭露唐荫荪、锺叔河"同人报右派集团"的材料，薄薄十几页索价高达五十元，几经讨价还价，才以二十五元得之。假如没有自己这三个字还有朱纯的两个字在上头，我还真的舍不得当这一回"二百五"呢！

（二零零三年八月）

望过年

"细人子望过年",是一句湖南话。回想儿时,觉得这句话说得真不错。

儿时望过年,先是渴望年节的吃食。平江人家过年炸"发肉",用鸡蛋将灰面调成糊,酌加胡椒、香葱和盐,搅匀后用调羹舀起,再加入肥肉丝数根,下油锅炸熟(须用茶油),成为金黄色不规则形的块子,趁热吃比九如斋的点心还香。

"发肉"制作不难,材料也易得,不知怎的家里却一年只炸这一回。好在过年解除了细人子不得入厨房的禁令,允许我站在油锅旁看,哪一块色最老(我喜欢吃炸得老的)或者样子最有趣,起锅后便吃哪一块。这样的吃法,比从桌上碗中夹起来吃,更加有味得多。此时母亲对我也特别宽大,顶多喊应一下不要烫了手和嘴巴,不要吃得太多等下吃不进饭,再不像平时斥责我贪吃那样疾言厉色。

和母亲在厨房里的态度一样,整个家庭对我的督责和拘管,从腊月二十四过"小年"以后,也都大大放宽甚至暂时取消了,因为要过年啊。这才是我最大的快乐,真正的快乐。

因此,望过年的我,最渴望的恐怕还不只是吃食,不只是玩具,不只是儿童图画书,而是家庭中这种平时没有的气氛。这种气氛充满了一切空间，笼罩着一切事物。上街买年货呀，收拾房子迎客呀，试穿新衣新鞋准备去亲戚家拜年呀，都给这些添上了一层神秘的色彩，在我幼稚的心中引起了深深的好奇和无穷的想象。

平凡的屋顶下平凡的日常生活是单调的。如果寒来暑往一十二个月三百六十五天不过一个年，童年的我真不知会如何的寂寞，如何的不知道快乐。我的心智可能会变得不健全，甚至会成为一个对社会更加无用的人也说不定罢。

所以，我望过年。做细人子时望过年，尝过成人的甘苦做了父亲以后，还是望过年，——为了自己的孩子。如今须发都已花白，成了退休老人，也还是望过年，——为了孩子的孩子。

从前年到去年，在美国女儿家闲住。美国人很礼貌地保持着人与人之间的距离。他们很爱儿童，孩子们在自己家里玩得天翻地覆，却绝不会踏入别人家（包括没有遮拦的草地空坪）半步。可是到了过"鬼节"（万圣节）的晚上，每家的孩子都化装成"鬼怪"，一面喊着"呸！呸！"一面来叫开别人家的门，索要糖果。前后两三个小时，女儿家的门铃响了好几十次，当然每次都得立刻去开门并"打发"。我看见不少小孩都是父母开车送来的。太幼小的孩子，父母还得陪着他下车，甚至抱起他来按门铃。孩子们的鬼怪服和鬼怪帽也各出心裁，看得出父母付出的心力。

现代最发达的国家为什么还要过"鬼节"，还不是出于风俗习惯，为了使孩子们快乐吗？美国的孩子们望过圣诞节、万圣节，还不是和咱们中国的孩子们望过年（现在该叫春节了）一样的迫切吗？

春节是我们自己的节日。《七月》诗中写农夫一年劳作，最后"为此春酒，以介眉寿"，三千年前的风俗即已如此。两千多年前的杨恽写道:"田家作苦,岁时伏腊,烹羊炮羔,斗酒自劳。"描写更加生动具体(炮字原来包下四点,就是油炸,想必和炸"发肉"差不多)。可见春节本是农业社会的产物,为"田家"劳逸结合调剂生活所必需。美国的感恩节、万圣节,也是从早期移民新英格兰的农民中兴起来的,和我们的春节正是一样,无所谓哪一个土哪一个洋。

(二零零四年一月)

润泉纪念

一种风流吾最爱　南朝人物晚唐诗
　　　　　　　　　——大沼枕山

润泉走了半年多了。一位可与谈艺论文的老友的逝世，像一本翻熟了的旧书突然被从手中夺走投入焚炉，转眼化作青烟，再也无法摩挲重读了。时间过去得越久，书中那些美好的、能吸引人的篇页，在记忆中便越是鲜明。

这一部分，便是润泉的才情。

我企羡润泉的才情，是五十年一贯的，即使在我们生气吵架的时候（亲兄弟也有生气吵架的时候哩），亦是如此。这种企羡，可以用一个日本人写的两句汉诗来形容："一种风流吾最爱，南朝人物晚唐诗"，真是说得恰好，质之润泉，想必也会点头含笑的吧。

润泉的才情，在他印成的《堇葵词》和别的书中，看不大出；倒是在他写给我和别个朋友的书信中，却多有流露。为了纪念他，现在便来摘抄一点，也好作上面两句汉诗的注脚。一九九九年九月十九日信云：

购得新居一所，已经迁入。记得九二年由十二中迁河西，作《祝英台近》有句云："谷深沉，迁乔木，不慕高鹫。长年只是低飞，浅水平平处。"蒙兄称好，评为性情中人。其实性早没了，情亦随去矣。……新干班文集，以刘音致兄书最为压卷。以前我略有所知，睡在狱中乒乓球桌上你也说过，居然见到实物，倘写儿女英雄传，可入新编矣。

此时润泉因切去声带失语已近二十年，"长年只是低飞"，但心境还是高旷的。信的文字简洁，仍不忘调侃，此即"南朝人物"之风格。二千年三月二十九日信云：

　　近日春笋不贵，十分好吃。李渔列笋为食品之冠，但要及时。现在是阴历二月末，是吃春笋的最佳季节。择其一公斤以下一匹者，尚未分节，鲜嫩无比。到了三月就开始分节，五月始硬，六月就变卦了。我现在已为无齿之徒，只能取其尖端烧肉啖之。朱正的母亲很会制春笋，与雪菜同炒，这又是四十多年前的事了。笋子旧称"刮油"，与今之减肥正合。但所含草酸钙，易为泌尿系统结石之患。我于九六年体检发现肾结石，尚无症状。现仍"拼死吃河豚"，图一快耳。

叙谈名物，娓娓道来，不避琐屑，而委婉有致，这实在是一则绝妙的短文。同年十一月二十日信云：

　　胡坚学长来我家，要我为他的咏物诗集写读后，说你给他写了一首诗，写得真好。但他不能背诵，请你抄给我作参考。胡与我同班。当时班上写诗的只有熊兆飞，我偶尔也写一点情诗，全班五十人再无第三者。不料到了晚年，健在者无人不成诗人了。……一中二十三日开校友会，我决定出席，因行动困难，估计很难前来看你，比邻如隔天涯也。

淡淡的幽默，不细心便体会不出来，也是很高明的手法。润泉大学毕业于西大，高中则毕业一中，校舍就在我隔壁。润泉住教育学院，相距二十公里，只能同院中校友集体乘车来去，故所言如此。

二千零一年一月二十四日（辛巳春节）寄来《庚辰除夕九歌（录八）》，其五云：

> 避席文章本不多　　老妻常怨太蹉跎
> 江山何必庸人说　　梦里生涯梦里波

注云："朱、钟两兄为余好友，著作累累。某某常曰：你只抵得朱、钟一小脚趾吧，给他们提夜壶也不配的。按：新式便壶不须提携，只好下岗待业。"这仿佛是在自嘲，其实乃是自尊。从诗中可以看出，润泉从来没有看轻他自己，真正的老朋友也从来没有看轻过他。生而不能尽其才者，时也，命也，蹉跎云乎哉！二月十七日信云：

> 小诗蒙赞许，感谢。……我自己也认为，在才能上我与两兄并没有很大差距，但我性格上的缺点是太脆弱，这是从小养成的。……我这一生，教了三年书，中学一年，大学二年，胡言乱语，误人子弟。如辛词"踏青挑菜"，释为小菜

贩子，现在才知是用竹片、小锄去撬野菜，我们湖南人只知手拔，支离破碎。北方则用"挑子"，甚是也。

润泉的性格的确比较脆弱，这也应该由打击他的势力负主要的责任。其实他于学问文章还是认真的，看他对"挑菜"一词的辨证可知。七月二十日信云：

> 我精读你的文章，佩服之至。但也有个别地方可以商榷，如《黄鸭叫》一文，……"黄鸭叫"你的考证完全正确，即"黄颡鱼"，长江流域中下游皆产。我看到一篇文章，说鄂西神农架盛产此鱼，也是白煮，路边小摊极廉；下游贵一些，蒸熟煮稀饭或下面条均可。但你讲的"白鸭叫"，却决非你所定的"黄鲷鱼"，只能是与黄颡鱼同科的"骨鱼"。骨鱼不产于湖南，要用飞机运来，摆个样子，开价六十元一斤。现剪呈两图，请予评审。……兄虽受挫折，仍重视科学，终为当代学人。我则萎弱不堪，只能捐献遗尸，以期对科学稍作贡献，已蒙批准矣。

这里表现了考证名物的兴趣，也就是对世界对生活的兴趣。此信写得颇长，惜不能多引。信末谈到捐赠遗体，身后果然这样做了。二十八日信云：

> 谢谢你的回信，看来不去橘子洲头一次不行，只有眼见方知也。我寄你的两图，是图不好。你看黄颡鱼就不像"黄鸭叫"，因此骨鱼也不会像"白鸭叫"了。我估计是骨鱼，否则卖不到五十元一斤。……捐遗尸是我久蓄之志，因为人

死后已失去痛觉。倘有痛觉，火烧也总比五马分尸更痛些吧。李锐同志也参加了毛泽东发起的捐尸，毛泽东自己却未能实践，被制成木乃伊了。周总理决心焚骨扬灰遍洒中华大地，现在平民也可仿效，但包一架专机扬骨灰据说需人民币一十七万五千元，我们付得起吗？

像平时谈话一样，坦然地谈到捐遗体的事，说自己不怕"五马分尸"，顺便捎带一点冷嘲，这也是《世说新语》里才看得到的笔墨。八月五日信云：

> 正如你所言，我的烹饪作业，耳食也。如与你相比，你在教育街炸的肉丸子，我就远不能及。你在涞江的泡菜坛子，也比我好十倍。但我残废以后，确实写了三百多篇谈吃的文章。……现在也有一折八扣书，《曾国藩》三卷合《伟哥手册》每份一元五角，《毛泽东选集》一至五卷每卷一元。我用一元买了一本《全国小吃三百例》，长沙臭干子等不足道，但有一样十分有趣，名叫"怀石馒头"，是选些比鹌鹑蛋稍大的石头，洗净涂油做包子馅。包子蒸熟后，热气腾腾地掰开让石头脱出，中心空洞填入热的冰糖红烧肉，啖之真是妙不可言。此间美食家，除使君外，唯我而已，但尚不如汪曾祺。他的油条塞肉，确是一大发明。距我居五十米校门口有油条摊，我请保姆清晨买二三根来（很粗大，也不知放了尿素没有）。事先准备一点肉泥，趁油条尚热，用大竹筷扩大其孔，将肉泥塞入。到九点多钟，油条摊快收摊时，我亲临摊前，请其回锅，每根再付钱三角，慢火炸成深棕色，外酥肉嫩……

调羹烹鲜,是润泉晚年唯一的乐事。他发表的《饮食从谈》,虽然受了限制,未能充分表现他的才情,但整个内容仍富有价值,所谈也有实际体验作为依据。说他全凭"耳食",是我又一次口不择言了。这次润泉却没有介怀,来信仍然大谈食经,而且越谈越妙。为恐篇幅过长,兹不赘录。

八月间朱纯种的昙花开放,她写了篇小文发表在十五日的《三湘都市报》上。润泉见后,写了诗寄来,我们却没有收到。九月初又接到了下面这封信:

前呈贺贵宅昙花盛开四首,想入尊览,请裁夺以便缮正抄呈,留一纪念。八月二十三日接到我高中同学黄美之寄来她的散文集《欢喜》,其中亦有她家(台湾)昙花开放一文,兹剪下寄呈。佛说"众生有相",台湾之昙花与展览馆路或亦不尽同也。黄美之曾在台湾以间谍罪入狱十年,著《伤痕》一书,是台湾的"伤派"。由于她又是基督教徒,主张爱敌人,所以其言温婉,与大陆"伤派"不同。……

润泉近年给我的信,就抄到这里。零二年我和朱纯到美国去了,零三年五月回来,志浩兄告诉我,润泉元月六日还给他写过信,但几天后便发了病,当时似不太严重,住院八天就回家过春节。又过了一个多月,在三月五日又收到润泉一封信,看得出情况已经变坏。此信似乎并未写完,署名、日期都没有,在最后只说要赶快寄安眠药去。接着病就大发,送进医院再也没有出来了。元月六日给志浩的信云:

承贺新年，今已大雪封山，不能回拜也。空调暖气微微，而且十分耗电，因以烘篮煨炭丸子一枚补充之，兼以薄酒老姜御寒，尚能苟活。叔河兄嫂去美国，行前一月即告诉我了。朱正兄嫂之公子在北京，接两老去住，我是听别人说的。五十年代湖南报社的"小四人帮"，唯兄与我尚在长沙。去年六月江西龙虎山张天师六十三代传人张光前先生云游长沙，为我算命，算定我将于二零零四年九月二十四日白日升天。张孝雍则能活到二零二零年六月十六日，到期再乘鸾与我会合，所以她待我十分宽厚。我已向湘雅医科大学捐献遗体，死后六小时通知收尸，火葬费八百元发给遗属，并发证书，我以为极好。如张天师算命准确，零三年一月到零四年九月我们书信相通，九月以后就梦里相逢算了吧！

张天师算命当然是鬼话，润泉以玩笑的口吻叙说出来，还阳阳如平时。接着便谈捐献遗体，尤其是最后"梦里相逢"几句，感情充沛，却全是悲凉。现在看来，竟是不祥之兆。

志浩三月五日收到的最后一封信，前半的字迹、风格尚如常，在报告春节前入院出院经过后，还谈到五十年前在报社同读唐诗各有所喜的往事，又一次表白了晚唐诗人李义山是他的最爱。这里需要谈谈润泉的旧诗，他学李义山，延续下来又学郁达夫，都能神似。六十年代初我们"小四人帮"在长沙以缮写、挑土维生，志浩弄到一部郁达夫诗词抄本，润泉通晚不眠，复写四份，装订成册，一人一册，并于卷首题诗一首：

　　　　赏心乐事人人有　数我抄书事最奇
　　　　隔宿有粮先换纸　每朝无梦不亲诗

> 只缘偏爱元温句　却是伤心屈宋辞
> 写罢富春才一卷　晓风凉雾入窗时

"元温句"指晚唐诗，没有提李义山是为了合平仄。不然的话，"温李"本是现成，何必以元代李呢。信中云：

> 在报社那个小天地里，诗那时不成气候。我们这"小四人帮"，你喜杜，叔河喜李贺，朱正学李白太高，杜牧对他来说又低了些。我算什么呢？我喜欢义山，他是现代朦胧诗的鼻祖。特别是他的卑弱、屈辱，与我相似。……钟挽尚久骖的诗，也寄了一份给我，拟和之尚未成。其挽联则一般化，毕竟只是精神恋爱，没有上过床。……我不知如何给朱正写信，你如有便告诉他一下，俞某死在旦夕，只有脑子还有一点微弱的波动。周艾从身体到底怎样？比我好一点？差一点？自己能吃饭吗？尚能饮否？

信写到这里似乎停顿了些时，下面又重新开头，字迹也大小不匀，潦草起来了，但风格依然是润泉的：

> 志浩兄：从现在情况看，我达不到张天师传人预告之期了。……我写了篇小文《长开眼》，从元稹的诗说起，说到古代的"凌迟"。刽子手从后面以利刃从受刑人眉上划两刀，撕下眼睑遮住双目，使之见不到刽子手。刽子手们然后坐下来，吃花生米下酒，慢慢地一刀一刀将一片一片肌肉割下，割三天，再剜出心脏。……现在提倡救死扶伤，救死可以不必，发几粒舒乐安定片，一片可睡一小时，总是人道主义

吧。我要求你买几片（估计每片人民币一角钱），报社医务室有，要十片八片，直寄张孝雍转我，使我能睡几小时。不是自杀（一千片一次服下可以致死）……

至此戛然而止，既未署名，也没写日期。但看得出他最后的神识仍然是清楚的，而且风度依然，虽不想多受痛苦，却能坦然不惧，以幽默的态度对待死亡，真算得上是嵇阮一流了。志浩附片云："我当即复信，并寄去安定十片，亦不知他收到否。两次信中，他都谈到你和朱正，亦可见五十年祸福相依之不能忘怀也。特送上一阅，这很可能便是俞兄最后的遗墨了。"

于是我们夫妇便和志浩（还有黎维新同志）赶往医院去看润泉。此时他已极度虚弱，仰卧在床，赖以传言的右手已全瘫，左手也只能微动，但目光急切地望着我们，好像有话要说。我便将他扶着坐起，再把一支圆珠笔塞在他左手中，复以一臂支着他的左手，一手托住个白纸本子，要他写出来。润泉也努力想写，手却全不听使唤，抖了许久，才"写"出两张任何人都无法辨认的"字"。

两张都是直行"书写"的，每张上从左至右写两行，第一行四字，第二行三字。四加三等于七，每张纸上都是七个字。因此我想，润泉想写给我看的，并不是普通的遗言，而是两句七言诗。他耗尽了最后的心力，我却终于看不懂。悲哉悲哉，临死仍不得一吐胸臆，留两句绝命诗于天地之间，天何以厄润泉至于斯极耶？

润泉富于才，深于情，这从摘抄的这些信上可以看得出来。他生而有诗人的天赋，一身具诗人的气质；当世却不能用其才，使其情志压抑不舒，终不能不郁郁以卒，这对润泉真是太不公平了。

　　我摘抄了这十一封信，以为润泉的纪念。一面摘抄，一面忍不住心中难过。但抄到末了，又忽然觉得，先死者也许还是幸运的，因为还有后死者在纪念他。如果死在最后，可与谈艺论文又曾经祸福相依的老朋友都先走了，又还有谁来检点旧信遗文，来追忆昔时的人物、昔时的诗和昔时的风流呢？

（二零零四年二月）

天窗

从前住砖墙瓦屋,除了有天井内院的大户人家,内室往往得靠开天窗采光。儿时所见的天窗,是在人字形屋架两面坡屋顶的背风坡上开一豁口,另支小屋顶以遮雨,对外的口子以平板遮蔽;板可活动,上系一绳,需要采光时拉开,冬天或雨雪时则可关上。

后来到了长沙,有两年住在开天窗的屋子里。这天窗却已简化为两排玻璃瓦,只能采光,不能打开出气了。少年多绮思,梦中乍醒,望着天窗洒下来的光越来越明亮,总有好梦难留的一种怅惘塞在心中,苦于无法排遣。假日遇大雨不能出门,又常常仰卧着看雨水从明瓦上迅速地流过,联想到韶华易逝,人生无常,不禁生发出少年人常有的感伤。

有一个冬夜,一觉醒来,满屋漆黑,连屋顶上原来总有的一点微光也消失了,真是伸手不见五指,本来熟悉的上下四周忽然变成遥远而不可知,不由得害怕起来,有点觉得窒息,钻进被窝再也睡不着。好不容易捱到外屋的人起床,一开门觉得特别明亮,原来夜里下了几寸深的雪,看来晶莹洁白的雪其实并不透光,竟将天窗完全遮死。

我想，人类学会开天窗，给闭塞黑暗的洞穴引进光明和生气，实在是一种技术的创造和文明的进步，是猴子变人重要的一步。而历史变迁，"开天窗"到后世却有了另外的意义。明郎瑛《七修类稿》：

今之敛人财而为首者克减其物，谚谓开天窗。

清末夏仁虎《旧京琐记》：

朝殿试卷忌错落，应试者多习打补子，以极薄之刀将错处轻轻刮去，复于本卷闲处刮取纸绒匀铺于上，以水润湿，使之粘连，殊有天衣无缝之妙。但艺稍生疏，或下手微重，穿纸成洞，又谓之开天窗，虽有佳卷，势难前列。

黑吃黑吞财和弥缝考试卷，这就不好说是文明进步不是了。

民国时期言论不自由，有所谓新闻检查，报纸和刊物常常整篇整段被删掉。普通的做法是"删掉的地方还不许留下空隙，要接起来，使作者自己来负吞吞吐吐不知所云的责任"（鲁迅《花边文学·序言》）。但也有检查者疏忽、被检查者躲懒或有意消极抵抗的情形。于是版面上便会出现成块的空白，这也叫做"开天窗"。关于这种"开天窗"，有一个有趣的故事。大约在蒋介石四九年元旦引退前不久，某报曾辟一专栏，评论每日时事，读者颇为欢迎，每天都争着看报上花边围着的这一块。某日出报前检查官严令：专栏本期太不像话，必须撤掉。当时正值白色恐怖高潮，谁都不愿意碰在枪口上，当然得撤。报纸印出来后，花边围着的一块果然成了"天窗"，只在原该是标题的地方仍有一行不大不小的字：

今日无话可说。

(二零零四年五月)

古人写书房

古埃及和巴比伦五千年前就有了书，但那时的纸莎草书卷和黏土书板，模样和现代的书很不相同。中国的简策（册）起源于西周，去今也差不多三千年，那用皮条或麻绳"编"起来的，近时在长沙、江陵、临沂还出土过，虽然皮和麻都已腐朽，只剩下一支支的竹简了。

一支竹简上最多写十多个字。《老子》五千言，两面印不过几张纸，竹书却有一大堆好多斤。庄子说"惠施多方，其书五车"，试想五车书得有多大的房子来装。因此古人读书放书，也必有专用的书房，写书就更不用说了。但就我所知，"书房"一词（包括其别称）却出现较晚。"秘阁书房次第开""仰眠书屋中"和"书斋望晓开"，都是唐人的诗句。我读古书少，不知博雅者能告知更早的例句不。

查《古今图书集成·考工典》第七十五至第一百十六卷宅、堂、斋诸部，有关于卧室、药室、佛室的叙述，而独无书室。唯"椅榻屏架"条中有云：

> 书架及橱俱列，以置图史，然亦不宜太杂如书肆中。

这些"图史"即书看来主要是为了陈设,而不是为了读的。

明清之际,江南士人的读书趣味和生活情调,精致化到了最高程度。李笠翁《闲情偶寄·居室部》只有一节论"书房壁",却颇多精义:

> 书房之壁,最宜潇洒;欲其潇洒,切忌油漆。石灰垩壁,磨使极平,上着也;其次则用纸糊,可使屋柱窗棂共为一色。

这种四白落地的装修法,本来最适宜书房,不仅采光好,朴素处也与读书的氛围正合。

张宗子的《陶庵梦忆》是我最佩服的文章。书中说"余家三世积书三万馀卷",又说"大父至老手不释卷,每至于夜分不以为疲",写到他自家亭园楼阁的篇目也不少。有《梅花书屋》一篇云,"陔萼楼后老屋倾圮,余筑基四尺,造书屋一大间",之后却只记叙前后的花木,言不及书。又《悬杪亭》云,"余六岁随先君子读书于悬杪亭",也只介绍其建筑的奇巧。只有《天镜园》写到了读书生活,算是唯一的例外:

> 天镜园浴凫堂,高槐深竹,樾暗千层。坐对兰荡,一泓漾之,水木明瑟。鱼鸟藻荇,类若乘空。余读书其中,扑面临头,受用一绿,幽窗开卷,字俱碧鲜。

这种境界,在六面钢筋混凝土中的我辈心目中,恐怕连想象都想象不出来,因为从来没有体会过。如今很有权或很有钱或既很有权又很有钱的人,当然营造得出"受用一绿"的环境,再加上高科技设施，享受肯定要超过张岱的水平。但他们身心俱忙，"幽窗开卷，字俱碧鲜"的味道只怕也难领略。

但张岱也只写了这一小段，接下去写的便是春老时运笋过园：

> 择顶大笋一株掷水面，呼园中人曰："捞笋！"鼓桨飞去。园丁划小舟拾之，形如象牙，白如雪，嫩如花藕，甜如蔗霜。煮食之，无可名言，但有惭愧。

一百多字的文章便写完了。

我猜想古人会读书，会写文章，何以却不多写自己的书房呢？大约他们把读书只看作个人私生活的一部分，未必都有曾国藩那样修齐治平的志向，也不会个个像刘禹锡似的想作秀出风头，所以写不出也不想写《求阙斋记》和《陋室铭》那样虽以书房为题而意实不在书房的"古文"来。亦犹人人都要"居室"，写"大乐赋"的究竟只有白行简等少数几个人吧。

（二零零四年十月）

时务学堂何处寻

四九年八月五日解放军入城以前长沙城里既有围墙又有庭院的私家住宅,原样保存至今并由原主人住着的,恐怕只剩下这一处——三贵街十七号陈宅了。

风雨苍黄五十年,人和宅子能岿然至今,必有其不平常之处。第一是人须活得久,老先生今年已九十四岁;第二是还须有来头,他抗战前大学毕业后即"下海"经营工商业,不到四十岁便成了长沙市工业联合会理事长,建国后当过全国政协委员,留下这栋私宅也是最高领导过问的结果;第三是房子建得好,而且还是"时务学堂故址",有梁启超的题字。

旧中国也曾尝试走现代化道路,最像模像样的一次,就是以"戊戌"为年代标志的清末维新变法运动。运动的思想领袖是康有为,其大弟子和助手即梁启超(任公)。运动的中心在北京,惟一的"实验省"却是湖南。

湖南当时的抚台陈宝箴,臬台黄遵宪,学台江标、徐仁铸都是维新党。他们推行的新政,重要的一项便是开办时务学堂。这比京师大学堂(北大)的建校还早一年,比北洋大学堂(天津大学)则晚一年,但北洋只设理工科,这里却以"时务"为名。梁启超后来回忆道:

> 秉三（熊希龄）与陈、黄、徐诸公设时务学堂于长沙，而启超与唐君绂丞（才常）等同承乏讲席。……除上堂讲授外，最主要者为令诸生作札记，师长则批答而指导之。发还札记时，师生相与坐论。时吾侪方醉心民权革命论，日夕以此相鼓吹……

这样的教学内容和教学方法显示着人文的色彩，充满了改革的精神，与只培养技术人材的理工科大学迥然不同。这是因为，办学和执教者除上述诸人外，还有陈三立（宝箴之子，任职吏部，此时在长沙助父）和谭嗣同，也都是积极主张维新变法的。在这些人的鼓吹教导下，短短时间内，便培养出了蔡艮寅（锷）、范源濂（民国教育总长、北师大创办者）、杨树达（汉语学家、前中央研究院院士）等优秀学生，在教育史上留下了灿烂的一页。

先父昌言公（字佩箴）为时务学堂第二班外课（不在学堂寄宿）生，六十年前和我谈及学堂的事时，犹神采飞动。盖学堂实为湖南维新运动之中心，亦因此而受到了以岳麓书院为中心的守旧派"王叶二麻子"的猛烈攻击。这种攻击首先指向学堂的教法和教材，却完全着眼于政治，采用的手段也完全是政治的。据梁氏好友狄平子的记载：

> 任公于丁酉冬月将往湖南任时务学堂时，与同人等商进行之宗旨：一渐进法，二急进法，三以立宪为本位，四以彻底改革，洞开民智，以种族革命为本位。当时，任公极力主张第二第四两种宗旨。……其改定之课本，遂不无急进之

语。于时王先谦叶德辉辈，乃以课本为叛逆之据，谓时务学堂为革命造反之巢穴，力请于南皮（湖广总督张之洞）。赖陈右铭中丞早已风闻，派人午夜告任公，嘱速将课本改换。不然，不待戊戌政变，诸人已遭祸矣。

戊戌政变发生，谭嗣同、唐才常先后被杀，陈氏父子和江、徐均革职永不叙用，黄遵宪也被"放归"。时务学堂则由旧派接管，改为湖南大学堂，校址也从此处迁往落星田了。

三贵街南出小东街（后拓修成中山西路），学堂故址在两街交会处，系清朝大学士刘权之故宅。刘权之亦文化名人，《四库全书》在事诸臣，正总裁皇六子、皇八子等，副总裁梁国治、刘墉等，总阅官德保等，都只挂名不做事。排名其后的总纂官、总校官和总目协勘官，才是实际的工作班子。总目协勘官负责各书校勘编辑，事最繁，任最重；刘权之为其首席，是《四库全书》的"第一责任编辑"。

入民国后，刘氏后人衰败。学堂迁走，这里卖给商家，成了"泰豫旅馆"。一九二二年梁启超来长沙讲学，在这里留下了如下题记：

> 时务学堂故址
> 二十六年前讲学处，民国壬戌八月重游沨记，梁启超

现在的屋主人陈先生抗战胜利后在长沙从事营造业，买下"泰豫"这片地产，建楼成立"中原公司"，并在三贵街一侧为自己盖了这栋私宅。最使他得意的是，还以重金购得了这件梁启超墨宝，后来并刻石立碑，嵌在院内北墙上。

四九年八月以后的事无法详谈，只说三点：（一）中原公司的楼早成了市粮食局用房，如今又成了职工宿舍；（二）题记原件已为湖南大学收藏，偏偏展示在戊戌时反对"时务"最力的岳麓书院里；（三）几经周折，屋主人对房屋的所有权终于得到了承认，遗憾的是"时务学堂故址"的地位却一直"妾身未分明"，陈家"文革"中被抄走的两大箱文物，最后被送到了省图书馆，至今也尚未归还。

如今到处造假"古建"，湖南修炎帝陵、舜帝墓尤其热心，而有案可稽有字为证，在中国现代化历史上有纪念碑意义的这一处故址，却一直不被重视，真不能不使人叹息。

我总希望有谁能拿出修三皇五帝陵墓的百分之一千分之一的钱，为"时务学堂故址"留一纪念。为当局诸君计，能借梁启超、谭嗣同、黄遵宪、陈氏父子和蔡锷诸人的大名，岂不可以大大提高湖南和长沙的知名度，也不必再和庐山去争朱熹，和成都去争杜甫了。此事曾与屋主人陈先生谈及，他亦首肯。

陈先生名云章，字思默，长我二十岁。数月前曾往访，并摄影留念，我自己还在梁启超题碑前单独照了一张。

（二零零四年七月）

依然有味是青灯[*]

几年前写过篇小文《青灯》，开头抄了一首东坡尺牍，当然是照自己的"读"法"抄"的。文章连同所"抄"总共不到六百字，却居然改过好几回，越改越不行，所以如今存的依然是初稿：

"年将尽时，天气越来越冷，加上刮风下雨，无法出门，即使没有什么特别不顺心的事，也不免会无端地觉得凄凉。只有到夜深人静时，在竹屋纸窗下点上一盏油灯，让那青荧的灯光照亮摊开的书页，随意读几行自己喜爱的文字，心情才会慢慢好起来。渐渐便会觉得寂居的生活也有它的趣味，可惜无人与共，只能由我独自享受。——你知道了，也会为我开颜一笑罢。"

上面是东坡尺牍《与毛维瞻》（照我的读法）。

文人写自己的读书生活，如宋濂之自叙苦读，顾炎武之展示博学，都很可佩服，却不容易使人感到亲切，"纯文学"作品"绿满窗前草不除"之类又嫌作态，总不如东坡之寥寥数语，写得出夜读之能破岑寂也。

---

[*] 以下十一篇选自《青灯集》。

东坡说"灯火青荧"，后来陆放翁又有诗云"青灯有味似儿时"，如今在电灯光下很难想象这种境界。抗战八年中，我一直在平江乡下，夜读全靠油灯。如果用的是清油（茶籽油或菜籽油），外焰便会出现一层青蓝色，正如炉火纯青时。三根灯芯的亮度略等于十支烛光，读木刻大字本正好。可惜那时不够格看东坡全集，只在《唐宋文醇》中读过他的几篇"古文"，印象反不如尺牍小品深。有光纸石印本的旧小说倒在灯下偷着看了不少，比七号字还细的牛毛小字把一双眼睛害苦了，弄得抗战胜利后进城读高中，就不得不戴上一副近视眼镜。

"青灯有味似儿时"的上句为"白发无情侵老境"，乃是放翁《秋夜读书每以二鼓尽为节》诗中的一联。诗句写出了一位老者深切的忆念，他觉得儿时的一切都是有味的，哪怕是夜读。其实古人儿时未必能够点起灯来看自己想看的东西，父师督责着不能不做的夜课则未必有味，放翁自己在另一首诗中，不是也承认"忆昔年少时，把卷惟引睡"吗？

周作人《苦茶庵打油诗》续作之八有两句："未必花钱逾黑饭，依然有味是青灯。"后来又在《灯下读书论》中引申道："我曾说以看书代吸烟，……书价现在已经很贵，但比起土膏来当然还便宜得不少。"所谓"土膏"即鸦片烟，亦即是句中的"黑饭"，这也是无可奈何中的一种消遣。周氏接着又道，消遣"以读书为最适宜"，但读书"既无什么利益，也没有多大快乐，所得到的只是一点知识，而知识也就是苦，至少知识总是有点苦味的"，但"无论如何，（要读书则）寂寞总是难免的，惟有能耐寂寞者乃能率由此道耳"。

我喜欢青灯，也就是喜欢它映照出来的一点寂寞。对此描写得最好的当然还是东坡的原文，"岁行尽矣，风雨凄然，纸窗竹屋，灯火青荧，时于此间，得少佳趣"。《灯下读书论》引此语后说，"这样的情景实在是很有意思的，大抵这灯当是读书灯，用清油注瓦盏中令满，灯芯作炷，点之光甚清寒，有青荧之意，宜于读书，消遣世虑"，真是深得此中三昧之言。大约总须在饱尝人生的苦辛，经历人世的风雨之后，才能领略此种情境，才能从寂寞中寻得佳趣，但寂寞还是寂寞的，因为这佳趣"无由持献"，只能独享也。

如今连煤油灯都成为收藏品，古老的油灯早已绝迹，水泥楼房玻璃窗户代替了纸窗竹屋，住在里边跟大自然差不多完全隔绝，风雨时也感受不到一点凄然之美，青荧的灯火更只能存在于记忆之中了。

但是，青灯并不仅仅是一盏"有青荧之意"的灯，正如我在《青灯》中说过的那样，它是真实的，我曾经见识过。八年抗战期间，我一直生活在湘北的大山中，那里本来没有电灯，乡绅家用过的"洋油"这时也断了来路，山民们还在以"枞槁"（饱含松脂的松材片段）照明，学校晚自习和家里夜读书全凭一盏油灯。如果用的是当地盛产的茶籽油，点上两三根肥白的灯芯，结了灯花随时剪去，冉冉摇曳的灯焰上部便会显出一层青蓝色的光辉。平时我们在暗室中用木炭取暖，燃烧极旺时，火焰的蓝青色也会极鲜亮，这"炉火纯青"的颜色便是青灯的颜色了。

学校里课桌相邻的两个学生共一盏灯，灯座是竹制的，上置贮油瓦盏。每班十多二十盏灯做一排挂在和黑板相对的墙壁上，晚自习开始时自去取来点着，放在两张课桌中间。灯低亮少，坐在灯右的还好一点，坐左边的就苦了。为了争光发生口角的情形，在学生中是常会发生的。

瓦盏中贮的本该是纯净的茶油，庶务主任怕学生将它倒去炒冷饭吃，叫人在里面掺了桐油，甚至掺桐油的"油脚子"，于是烟炱特多，灯火昏黄，不再青荧，而且发出一股难闻的气味，这时便没有什么"佳趣"了。加上训育员时来巡查，不准看功课之外的闲书，尤其是还要强迫背诵"知耻为勇敢之本"之类狗屁胡说，下自习的铃声又迟迟不响，更是难熬。

只有到满十四岁那年，因为第三次湘北会战辍了学，这时文言文稍能看懂了，在老屋楼上偶然寻得一堆巾箱本笔记小说，夜夜在自家的清油灯下看。书本小字也小，倦时眼睛自然会转向面前那盏灯，只见裹着一层美丽蓝青色的灯焰不停地跳动着，像一件有生命的活物。望着望着，不知不觉便会陷入沉思，一颗心上穷碧落下黄泉到处乱窜，特别是在看了婴宁和黄英这些美丽的故事以后。直到风吹动门前竹木，或者下起了雨加雪，或者窗外有人走动，一阵簌簌声才将我唤回书上，那边的漫游中止，这边的故事又接上了。

笔记小说中的故事，也有使人紧张甚至觉得恐怖的。这时青荧的灯光会增加诡异的色彩，如果有微风入室，身后墙壁上自己巨大的身影摇摇欲动，恍惚成了书中描写的异物，便不禁汗毛竖起，心跳加速。但大多数故事给我的总是新奇和快乐，还有初知人事时自然会有的绮思遐想。应该说，我的心理和生理的启蒙和觉醒，都是在老家的青灯下开始的，虽然当时幼稚的我还远远谈不上进入夜读的境界，书中的苦味更体会不到。

总而言之，青灯给我的感觉，虽然有一些寒意，大半时候还是温郁的，它使我开始领略到读书的"佳趣"，开始接受了人生的光和热。时间虽然过去了六十多年，青灯下的生活依然有味，在我的心中，这盏灯永远不会熄灭。

（二零零六年八月）

蓑衣饼

儿时看小说，先注意所写的吃食。梁山好汉熟牛肉下酒，一吃好几斤，无从效仿；贾府上的茄鲞炮制为难，又可望而不可即；只有《儒林外史》写的云片糕呀，肉心大烧卖呀，这类普通的吃食对我才最有吸引力。

马二先生游西湖，一路上吃个不停，"橘饼、芝麻糖、粽子、烧卖、处片、黑枣、煮栗子，每样买几个钱的，不论好歹，吃了个饱"。当时不懂得这样描写的用心，因为自己老是觉得零食吃不够，于是对马二先生的口福十分艳羡。第二天他在吴山的茶室里，"见有卖蓑衣饼的，叫打了十二个钱的饼吃了，略觉有些意思"，这蓑衣饼更加引起了我的兴趣。

饼的形状，通常总是扁平而圆，跟我这个以米为主食的人更为熟悉的粑粑一样，无论如何不会像蓑衣。那么，这究竟是一种什么样子的饼，又是怎样"打"出来的呢？想来想去总不得其解，去问大人吧，又无法启齿……

成年人往往不会知道，儿童的好奇心若不得满足，其失望盖不下于游戏与零食之短缺，于身心都会有负面的影响。这蓑衣饼之于我便是一例，幸亏时间能冲淡一切，心中的疑惑慢慢也就淡化了。

十多年前离休后，陪从未到过下江的仲哥去游杭州，在吴山高处久坐时，脑子里忽然"沉渣泛起"，这里不正是马二先生吃蓑衣饼的地方吗？便到路旁一家"饼屋"去问讯，店员却一脸茫然。其实，马二先生吃饼是在茶室，本该去茶室问；但这里的茶室和长沙一样，大白天也双扉紧闭，一副只许"前度刘郎今又来"的样子，老哥俩实在没有勇气去敲门，虽然那门上挂的小小牌子写明了正是"服务时间"。

于是，人虽然上了吴山，仍未能打听出蓑衣饼的究竟，未能解决五十多年前的疑问。

近来无事乱翻书，关于蓑衣饼才略有所知。徐仲可《云尔编》引《元和志》云，"蓑衣饼以脂油和面，一饼数层，惟虎丘制之"。施闰章诗云，"虎丘茶试蓑衣饼"。汤传楹《虎丘往还记》云，"予与尤子啖蓑饼二枚，啜清茗数瓯，酣适之味，有过于酒"。于是徐氏遂谓，此饼"苏州早有之"。

范祖述的《杭俗遗风》，则专门介绍了吴山上的蓑衣饼，这正是马二先生吃过的。《龙灯开光》篇谓"城隍庙居吴山之中，其左右约里许，开设茶店甚多……茶则本山为最，饼则蓑衣著名"。《年市喧哗》篇引新年竹枝词之六云，"约伴同行各自忙，城隍山上闹攘攘，茶坊开水休思滚，一饼尝来便罄囊"。案云，"茶肆中均售蓑衣饼，其价不等，竟有每饼价值千文者，食主若不问价，即受其欺，尝闻有一乡老，见蓑衣饼，食之而甘，连食数枚，及结算，须钱五六千文，乡老瞠目结舌，倾囊中钱与之，不足，质以衣，乃出，其欺生客如此"。

《杭俗遗风》范序署同治二年著，去《儒林外史》成书不到百五十年。马二先生当时"戴一顶高方巾，一副乌黑的脸，腆着个肚子，穿着一双厚底破靴"，模样亦去"乡老"不远，打饼吃了,却只收他十二个钱。百五十年间古风消失之快,可以想见。

蓑衣饼的"打"法,也是细看袁子才《随园食单》后知道的,乃是"干面用冷水调,不可多揉;擀薄后卷拢,再擀薄了,用猪油、白糖铺匀;再卷拢擀成薄饼,用猪油煤黄;如要盐的,用葱、椒盐亦可"。这才恍然大悟,这岂不是我们长沙也有的酥油饼么?难怪苏州也"早有之"了。江浙话说"酥油",外地人听来便成了"蓑衣"。那时出门旅游者大都读过几句书,作诗文不愿用市井俗语,"青箬笠,绿蓑衣"却是烂熟于胸中的,于是"酥油饼"成了"蓑衣饼"。口头语上升为书面语言,也就取得了合法的地位,弄来弄去,杭州人自己笔下写的也是蓑衣饼,《杭俗遗风》便是一例,甚至还附会出苏东坡和南宋朝廷的故事来。

自己的推测毕竟不敢当真,只好打电话向杭州的友人请教。赵相如君转问几处西湖名店以后,证实了"蓑衣饼"就是"酥油饼"。姚振发君更为热心,不仅为我拍摄照片,详述制作过程,证明《随园食单》所说不差,还抄寄来清朝人丁立诚的四句诗,"吴山楼上江湖景,饮茶更食酥油饼;酥油音转为蓑衣,雅人高兴争品题"。诗不见佳,我却只要有"酥油音转为蓑衣"一句就够了。

儿时的念想,在生活经验丰富的人看来,不过是幼稚的梦呓;但在我心中,蓑衣饼的疑问不解决,偶尔想起来,总不免遗憾。现在好了,五十多年的疑问总算是解决了。

(二零零五年十二月)

童心和童趣

写童年，写儿童，若能写出童心和童趣，读来便会觉得温馨，会自然而然地发出微笑，虽然对于饱尝世味的成年人来说，这微笑有时也不免带上一丝苦辛。

古人笔记很少记述儿童生活，能特别注意童心和童趣的更少。所见者如史悟冈《西青散记》："幼儿学步，见小鸟行啄，鸣声啁啾，引手潜近，欲执其尾。鸟欺其幼也，前跃数武，复鸣啄如故焉。凝睇久立，仍潜行执之，则扈然而飞。鸟去，则仰面谰哗而呕呢，鸟下复然。"要算最为生动。

还有舒白香《游山日记》所述："予三五岁时最愚，夜中见星斗阑干，去人不远，辄欲以竹竿击落一星代灯烛。于是叠几而乘屋，手长竿撞星不得，则反仆于屋，折二齿焉。"沈三白在《闲情记趣》中，则说他儿时喜欢凭空想象，"夏蚊成雷，私拟作群鹤舞空，心之所向，则或千或百，果然鹤也，昂首观之，项为之强"，只可惜此外就再难见到。

史书和其他正经书中的儿童，则不是神童，便是孝子，从娘胎里一落下来便看得出他后来的成就，反正个个都是"小大人"，根本不见童心和童趣。如《宋史》写周岁的曹彬，"父母以百玩之物罗于席，观其所取，彬左手持干戈，右手持俎豆，斯须取一印,他无所视"。一手执干戈以卫社稷,一手持俎豆行礼庙堂,"鲁国公"的模样俨然,印把子早抓到手里了。

《唐书》写三岁的谢法慎,"母病,不饮乳,惨惨有忧色,或以珍饵诡悦之,辄不食"。其实索乳乃是幼儿的本能,常见有母死后幼儿还在索乳的记载,得珍饵不食尤其不合三岁孩子的情理,却偏要这样写,无非是为了说明他生而非常罢了。三岁的谢法慎如此,四岁的孔融亦是如此。融"与诸兄共食梨,引小者,人问其故,答曰我小儿法当取小,由此宗族奇之"。这让梨的故事从汉末流传下来,事情真相究竟如何且不说,记述的目的只在于取得"宗族奇之"的效果也就是宣传,这一点却是十分清楚的。

为了宣传,即难免作伪。和"孔融让梨"比美的另一故事是"陆绩怀橘",《吴志》说六岁的陆绩在袁术拿出橘子来招待时,偷偷将三枚橘子藏在怀中,辞别时不小心坠落地上,"术谓曰,陆郎作宾客而怀橘乎,绩跪答曰欲归遗母,术大奇之"。既然"欲归遗母"是行孝的好事,便可以光明正大地做,何必偷着藏之怀中呢?即使在今天,小孩子这样做,也是要受家长和老师批评的,不是什么光彩的事。露了马脚再"跪答曰欲归遗母",虽可称机智,却不够诚实,天真的童心早被主流意识形态的"孝道"异化了。

有人说,欧洲到十五世纪才发现人,十八世纪才发现妇女,十九世纪才发现儿童。在中国,从儿童本位出发来看儿童,写儿童,恐怕更是德赛两先生来了以后才有的事。放翁诗"白发无情侵老境,青灯有味似儿时"的意境的确很好,却只能是"已入老境"痛感到"白发无情"的人才有的体会,被父师督责着在"青灯"下课读的儿童是不会觉得"有味"的。因为他们所读的书,并不会是《阿丽斯漫游奇境记》，就连《老虎外婆》之类的民间故事，也没有格林兄弟那样的学者来收集整理，编成书来提供给他们。摊在灯盏前面的，不过是三味书屋中要背的"上九潜龙勿用"和"厥土下上上错"一类东西，读来又怎么会有味呢。

（二零零六年三月）

平江和平江人

祖父家和外婆家，两家都是土生土长的平江人。我虽出生在外地，只从七岁到十五岁在平江生活过八年，但这八年却是我的"形成期"，是一生中最难忘怀的少年时代。所以，我一直认为平江是我的故乡，我真正的故乡。

五六岁时在长沙，听陌生的长沙人问父亲"贵县"，如果答道"piang，gang"，对方脸上便常露出一丝异样。因为"江"读作 gang（缸）他还能懂，"平"读作 piang 则长沙话里根本没有这个音节，他就不知所云了。

"县到县，一百二；府到府，二百五。"平江是长沙的邻县，相距比"一百二"远不了多少，但人们的感觉却一点也不近。长沙周边各县，除了平江，从前都属于长沙府。有一首关于"长郡十二属"的歌诀："长（沙）善（化）（湘）阴浏（阳）醴（陵），（湘）潭（湘）乡宁（乡）益（阳）攸（县），安化茶陵州。"长郡中学便只收这十二属的学生，远在安化、茶陵的亦可负笈来游，相邻的平江人反而无此资格。

造成这种现象的原因，我以为和水系分布有关。长郡十二属的湘、资、浏、渌、涟、沩、洣等水都是相通的，平江却只有条从东到西横贯全境的汨罗江，它来自江西修水，到磊石山入洞庭，不属湘江水系。从前交通不发达，两地若不通舟楫，徒步翻山越岭，往来自然不便。抗战胜利后，我跟着一队挑夫，头天清早从平江县城出发，第二天傍晚才进长沙小吴门。挑夫们挑着重担一路小跑，我的两只脚都跑起了泡。

汨罗江是平江的血脉，平江话是汨罗江带来的赣方言，长沙话却属于湘方言。平江（尤其是东乡）的风俗，也多同于江西修水和铜鼓。共产党搞"湘赣边界的割据"时，曾建立过"平修铜县"，可见这里确实可以自成一域。四五年春节前，我随学校播迁到一处名叫"木瓜"的山村，亲见各户杀鸡宰羊，都将鲜血涂洒在自家门楣上，这是只存在于这个区域的古老习惯，跟古犹太人过逾越节的仪式很是相像。

旧方志说，"平邑民多劲悍，俗尚古朴，性耐劳苦，俭啬力耕"。这也许是一般山民的共性，但平江人的"俭啬"和"劲悍"也许更为突出。读高小时我寄食某家，主人的祖父当过学官（县学教谕），家有恒产，他一件士林蓝布的长衫却极为珍重，通年难得穿上两三回，他家每日三顿吃的也大半是茴丝（红薯刨丝晒干，还要洗出薯粉来卖钱，然后再吃)，只给我另蒸一碗白米饭。当地男丁除贫富两极外，大都学过一点"打"（技击），平江不肖生笔下的"王拳棍"并非虚语。省城的妙高峰中学多收平江旅省子弟，校中流传过两句话："长沙里手湘潭票，平江人的拳头箍捏得叫。"这第一句本是习语，意谓长沙人爱逞能，湘潭人好显摆；第二句则是说，长沙湘潭籍的学生嘴巴子厉害，动起手来却不是平江伢子的对手。

但在故乡生活的八年中，感受得更多的却是这些"俭啬"和"劲悍"中的温情。寄食时主人家睡得早，我夜里无处可玩，又无书可看。隔壁曾家有位六十多岁的"浣干娘"（"干"读如

"官"），见我呆坐灯前或推窗望月，常来送给我一杯茶，当然是用极粗的"老妈叶"泡在大壶里，再从挨着火塘的壶中倒出来的，不是什么香茗，有时还搭上点炒豆子或红薯片，我都默默地接受了。父母亲来后我不再孤独，她便没有再继续送。父亲摆读书人的"格"，不允许随便接受别人的食物，我也羞于告诉父母，于是忘恩负义地连谢谢都没有对"浣干娘"说一声，直到我们全家离开这个山村。

读初一时，有个星期天母亲叫我到集上去买油豆腐。卖者是个彪形大汉，挑副大箩筐，一头装着三角形金黄色的油豆腐，另一头是一杆秤，几束稻草，和收得的钞票。此时我正废寝忘食地在看刚借到的《三国演义》，一边走，一边看。付钱秤了一斤油豆腐，请其用稻草穿成两串，一只手提着它，另一只手还举书看着。回程走了一大半，猛然想起还没找回钱，这一惊非同小可，立马回头又往集上跑。幸亏油豆腐还没卖完，于是上气不接下气地向那大汉说，还得找钱啊。大汉开始有点犹疑，"没找钱？不会吧？"又问我是张什么票子，一看，箩筐里确实有这样一张。此时生意还在做着，看热闹的人也拢来了好些，说话好像都偏向着卖者。这位彪形大汉却不仗势欺人，他说："一箩筐快卖完了，你才来说没有找给你钱，老实说找没找我也记不清了。这样吧，我今天是三十五斤油豆腐出的门，现在来对对钱数，如果多出了钱，那就真的是没有找钱给你了。"于是过秤，数钱，结果果然多出了钱，虽然并不正好"如数"，他却仍然将钱找给了我。

这个卖油豆腐的彪形大汉，和梳着巴巴头的"浣干娘"一样，都是记忆中平江人的代表。但当时找回了钱，喜出望外，急着赶回家，也连谢谢都没有说一声。

我怀念故乡，大半是怀念故乡的人事。当然，在故乡也遇见过不好的人，不好的事。但百年心事归平淡，回顾前尘，还是宁愿多想一想善的和美的，忘掉那些恶的和丑的。这倒不一定是害怕抚摸旧的创痛，或者有意为自家或别人隐讳甚么，只是不想破坏垂暮之年难得的平静，死时也不想咬牙切齿地说什么"一个也不宽恕"了。

忆及"浣干娘"和卖油豆腐的人时，昔日十二三岁的少年已经满了七十五岁，得到通知可以领离休干部的"护理费"了。而他们两位，恐怕半个世纪前即已投胎转世了罢。我祈愿他们仍然在故乡生活着，俭啬而又仁慈、劲悍而又正直地生活着。我更祈愿在这块由汨罗江哺育着的土地上，还能多有六十馀年前那样的好人，却不知道可能不可能。

(二零零六年十月)

神鼎山

神鼎山在平江西南境，西距湘阴（今汨罗）界十里，南距长沙界六里。山顶三石鼎立，传说古时道士于此炼丹，丹成白日飞升，成了神仙。神仙当然是虚构的，那三块大石头的样子却实在有些奇特，也很好看。可惜"大跃进"时要用它烧石灰，弄来炸药炸得稀烂，一处好好的景观从此消失了。

从山中流出一条小河，流向一处叫鹅食盆的低地，最终汇入汨罗江。河水潆洄处有座斑石庙，供奉着"斑石神"，不知是否与山上那几块石头有关。但本地的石头确实多带斑纹，整体呈青灰色，斑纹却是黄的。小河中的卵石亦多黄斑，扁圆而长，叫黄皮石；还有种游鱼，形状和颜色跟黄皮石差不多，也叫"黄皮石"。据说这种鱼不好吃，人们很少捕它。"三年自然灾害"在当地留下的记忆之一，便是连河里的"黄皮石"也全被捉光，一条也没留下。

小河和神庙都在神鼎山左边，山前田畴平衍，称为田坪，历来为钟姓聚居之处。五百年前明朝弘治年间，有一户钟姓人家始于山麓造屋，自耕自食。过了好几代，这屋里才有人外出营生，家境渐好，便开始要子弟读书。可能是因为遗传因子的关系吧，读书的成绩却一直不好，不仅无人中举，连进学成秀才的都没有。直到清乾隆后期,才出过两位太学生也就是监生,都是捐得的"例监",犹如现在花钱买来的文凭,不必去京城进国子监读书的。

监生要有钱才能买,可见神鼎山终于"发"起来了,人口也繁衍了。曾祖父生了七个儿子,伯祖父参加后期的湘军,不断升官,在左宗棠征西、李光久抗日(甲午之战)时,都当了营务处总办(后勤部长),也带过作战部队,以"军功"使曾祖父得到正三品封赠,并提挈我祖父(他二弟)成了湖南协标(军区直属部队)的一名"蓝翎俟先补用都司",算五品武官,祖母向氏也得称"宜人"了。

祖父不如伯祖父能干,却喜欢"玩",他后来干脆出钱在省城开了家旅馆,宜人和少爷放在老家,自己只年终回去一次,平时则住在长沙城中自己投资的旅馆里,夜夜看戏,吃花酒。祖母比祖父小十六岁,却早死二十九年,她去世时大儿子(即我父亲)才十岁,亏得曾祖母还在,给照顾着。祖父也不再续娶,两年后将儿子接到长沙来读书,自己仍很少管,照样"玩",一直"玩"到老。他老人家的福气也真好,大儿子破例很会读书,等旅馆"玩"完,我父亲又大学毕业能挣钱了。民国五年他寿终正寝时,神鼎山的一份祖业居然还"敬守弗失",这和"有子成材"同为他平生得意的两件事。父亲后来告诉我,祖父的遗言就是这么说的。

三十九岁的父亲从祖父继承了神鼎山的一厢房屋,还有年收五十石租谷的水田。此时他本人的收入已远过于此,当然不会回去当地主,于是将屋借给族人居住,租谷亦请其代收代卖,将钱送来长沙。如是者近二十年,直到"七七卢沟桥事变一声炮响",民国二十七年秋日军逼近湖南,父亲才将我送回老家。

来到神鼎山，我才第一次见到生长在田土里的禾和菜，活动在屋场前的鸡和狗，游弋在池塘中的鸭和鹅，才第一次早晨醒来便听到鸟儿鸣叫，夜里开窗便望见明月当头。这一切，对于我都是多么的新鲜而有趣。

六七岁不知道耳目所不及的事情，更不会为之烦恼，这真是人一生中最幸福最快乐的时候。按年龄本该要上学了，神鼎山附近却没有学校。父亲此时年过六十，不时还得去长沙料理事务，又潜心学佛，常读佛经，虽然口口声声说要课子（教我和二姐，大姐和哥哥则离家上中学去了），大部分时间却是叫我们"自己用功"。二姐须帮母亲做些家务，还真能自己用功，我则素性贪玩，屋前屋后新鲜事物又多，书房里便坐不住，"自己用功"便成了自己游戏。

游戏需要伴侣，神鼎山屋场很大，居住的人却很少，儿童更少。曾祖父名下七房，有四房人财两旺，已经另行择屋（或建屋）搬开。留下三房，我们算一房，另一房是堂兄念兹，其子女多已长成，只有个小女儿和我同岁，却非常怯弱，见到我一口一个三叔，不好同玩。还有一房因贫乏不能自存，将屋子卖给了几户不共宗祠的远房本家（卖给外姓是不许可的），其中一户做"纸扎"的，却有个比我小一两岁的女孩，很是伶俐活泼。我常常跑去看她家做纸扎，先用竹篾扎成屋架，再用各色纸张糊成屋宇，还有纸轿纸马，玉女金童，都是准备烧化给死人的。看过一会后，便常常带着那女孩到门外去看白鹅划水，农夫犁田，或者捉蜻蜓，摘野花。

外面的路边和田塍上，秋天最美丽的花是雏菊，浅紫的花瓣，深黄的花心，细弱的枝条经得起揉搓，连枝带叶摘下一把来，可以随意编成花环或花束，这是我们最喜欢的游戏。

摘花须得趁早晨露水未干时，才能玩上小半天，若在中午或下午大太阳下摘，则很快会萎凋，一点也不好看了。秋深露重，早晨到草丛中去会打湿衣衫，走近田边尤易弄脏鞋袜，花若长在高墈上，还须使劲攀扯，穿鞋尤其不便，所以常脱下来让她拿着，干脆打赤脚。倒是她整天光着脚跑进跑出，便无须采取这种措施了。

"文化大革命"中坐班房，无法排解寂寞，写过若干首七绝，题云《惜往日》，第一首便是写雏菊的：

薄紫浓黄小小枝，
露啼风笑总娇痴。
田边屋后同攀摘，
赤脚侵凉久不知。

到如今这已是七十年前的事情，那小女孩即使还在这世间，也早已"白头短发垂过耳"了罢。

这样过了一年多，也不知是不是经过一次"走兵"（第一次湘北会战），长了些见识的缘故，慢慢又不大想跟女孩子玩了，而渴望走远点去从牧牛儿游。这在我家本是悬为厉禁的，尤其在母亲那里。但走兵以后，禁令也稍稍松弛了。开头和野孩子之间还存在着情绪上的障碍，因为刚下乡时很受过他们的讥笑。一次是初见麦苗大呼"这么多韭菜"，刚好被他们听到；另一次是跟母亲到农家买菜，看到大碗蒸熟的红薯掺着晒干了的红薯藤（一种十分难吃的黑黑的东西），以为是霉干菜蒸肉，又大出洋相。但我确实从心里羡慕他们，口袋中又常有从"斑石神"庙旁小店买来的粗点心，条子糕、小花片、麻占之类，可以拿出来与他们同享，于是很快就彼此融洽了。他们对我也很慷慨，常饷我以各自从家中"偷"出来的红薯片或炒豆子。印象最深的一次盛宴，则是将钓得的小鲫鱼，用不知从哪里弄来的黄草纸包好，然后打湿草纸，在一处坟台后生起火来，将纸包的鱼烤熟，那个香和鲜啊，居然给了我两条。

（二零零六年十一月）

谈书话[*]

听人说起"藏书纪事诗",虽然"耳熟",实未"能详",因为缘督庐读书楼的诗半首都记不得;徐明祥君把"诗"字去掉,将"藏书纪事"拿来做一本书话的书名,我却以为合适,且能副其实。

关于书话,有人说是一种新的文体,而始于唐弢,理由是《晦庵书话》一九六二年出版之后,世间才有名叫书话的书。记得清朝有位古文家的文集里收有一篇寿序,开头一句便是"寿序非古也",《花月痕》小说里韩荷生也写过这一句,不知道谁是原创。如果唐弢始作书话之说属实,那么我们也可以依样画葫芦来一句"书话非古也",过一过做古文的瘾——只可惜这句话恐怕不大好说。

事实上,书话之名出现虽晚,书话却是早已有之的,这和诗话、词话差不多。第一部以诗话为名的书,是欧阳修的《六一诗话》,清人编《历代诗话》却以前于欧公五百多年的钟嵘《诗品》冠首。周作人《夜读抄·颜氏家训》文中,极赏颜之推对王籍《过若耶溪》诗句"蝉噪林逾静,鸟鸣山更幽"的评论。颜氏曰:

---

[*] 即《徐明祥〈潜庐藏书纪事〉序》。

199

《诗》云"萧萧马鸣，悠悠旆旌"，《毛传》云"言不喧哗也"，吾每叹此解有情致，籍诗生于此意也。

周作人指出：

此是很古的诗话之一，可谓要言不烦，抑又何其有情致耶。后来作者卷册益多，言辞愈富，而妙语更不易得，岂真今不如古，亦因人情物理难能会解，故不免常有所蔽也。

这里明明将颜之推的话称为"很古的诗话之一"，既是之一，即非唯一了。

诗话有"很古的"，那么书话呢？几年前抄短篇古文，分类存之，用以课孙，抄稿中归于书话一类的便有二三十篇，现只选出陆放翁所作数篇如下，请看看能不能算是书话：

《历代陵名》，三荣守送来。近世士大夫，所至喜刻书版，而略不校雠，错本书散满天下，更误学者，不如不刻之愈也，可以一叹。

吾年十三四时，侍先少傅居城南小隐，偶见藤床上有《渊明诗》，因取读之，欣然会心。日且暮，家人呼食，读诗方乐，至夜，卒不就食。今思之，如数日前事也。

承平无事之日，故都节物及中州风俗，人人知之，若不必记。自丧乱来七十年，遗老凋落无在者，然后知此书

（《岁时杂记》）之不可阙。吕公论著，实崇宁大观间，岂前辈达识，固已知有后日耶？然年运而往，士大夫安于江左，求新亭对泣者正未易得，抚卷屡欷。

《花间集》皆唐末五代时人作，方斯时，天下岌岌，生民救死不暇，士大夫乃流宕如此，可叹也哉，或者亦出于无聊故耶？

以上作品，不知比唐弢的如何？我并不薄唐弢之文，也相信他无意以自己的《书话》"为天下法"，但即以"一点事实，一点掌故，一点观点，一点抒情的气息"定范围，一千四百多年前颜之推和八百八十年前陆游的这些文字，至少总是可以入围的吧。当然，如果有人硬要说，颜陆当时并未自称为书话的呀，那我也没办法，因为我从来就是没有勇气也没有兴趣与人争辩的。

好像有这么一个记述清末民初文化名人的故事，是夏曾佑还是谁呢，在编本国古代史讲义时拟过一道题，问男女私通始于何时，答案是女歧，结果大为钱玄同们所笑。因为有男女便会有"通"的，公通私通都是那么回事，只有"私通"这个词语始于何时也许还能成为一个问题，但答案也不一定就是女歧吧。

济南徐明祥君命我为他的《潜庐藏书纪事》作序，我却谈到男女私通始于何时上头去了，所谓东扯葫芦西扯叶，其是之谓乎。

（二零零六年十二月）

今夜谁家月最明[*]

五十多年前在报社，志浩兄作文曾署名"张千弩"，俞润泉、朱正和我跟他开玩笑，简称为"张弓"。后来扩散到大伙中间，也没经过什么"约定"，便"俗成"为"张公"，积重难返，就这样喊下来了。

张公同我们几个，本来也只是一般的同事，仅仅因为都喜欢看些《联共党史》和《政治经济学》以外的书，有一点共同爱好，见面时不免多谈几句。一九五五年反胡风，便把这四个人"整"成了"反革命小集团"，随后改为"反动小集团"，随后又改为"落后小集团"，最后才说本来并没有什么小集团，二三十岁的人却都七老八十了。但这样"整"也"整"出了一点副产品，就是我们之间不寻常的交情，既同为涸辙之鲋，自不能不相濡以沫也。

十多年前我写了篇小文，题曰《卅五年前两首诗》，这两首诗便是志浩兄的《中秋对月同叔河作二首》，如今收在他这部诗集里。此诗和此文，即可以证明我们交情的久远了。如今志浩叫我为诗集作序，我想即以此旧文充数。杜诗云"庾信文章老更

---

[*] 即《张志浩诗集序》。

成"，我的文章却是越老越不成，而朋友交情则总还是越老越值得珍重的吧。文章头段与志浩无关，即予略去，以下照录——

一九六一年中秋节的晚上，张公提了一斤月饼来我家，他住南门外侯家塘，我住北城教育街，相距约八九里。两人都刚摘掉右派帽子，没有正式工作，靠刻钢板维生，刻一张蜡纸六到八毛，能将计划供应的食物买回就不错，月饼理所当然成了稀罕之物，很快便被孩子们分吃完了。

喝完一杯茶，闲话片刻，张公便起身告辞，我照例送他回去。出门时还不到九点，从又一村到南门口，历来繁华热闹的街道，因为"大办城市人民公社"，撤并了商业网点，"三年自然灾害"又带来了商品匮乏，店铺都已经关门，时逢佳节却行人特少。只有天上还未受到"人间正道"的影响，依旧是月到中秋分外明，电压不足而黯淡的路灯为月色所掩，行道树下黑暗得简直怕人，张公和我便在这黑暗中走着，一路伴随着我们的，只有树梢摇落的秋声……

张公一直不做声，我偶而说句把话，他也只以哼哈回答，于是我也沉默了。出了南门口，路更宽，人更少，法国梧桐的飒飒声也更响，寂静中我的心只觉得一阵阵紧缩，张公却忽然低声吟咏起来，是一首七言绝句：

今夜谁家月最明，城南城北满秋声。
长街灯尽归何处，萧瑟人间两步兵。

"刚作的吧？"我问道。
"是的，送给你的。"

"是首好诗",我说,"不过这里只有一步兵,没有两步兵,我是既不能酒,又不能诗呀。"

张公不答话,却低声吟出了他的第二首来:

　　艰难生计费营谋,日刻金钢懒计酬。
　　未必此生长碌碌,作诗相慰解君愁。

"也写得好,只是太乐观了。"我说,心中不禁凄然。

他勉强一笑,听得出,笑声也是凄凉的。

这时已经走到侯家塘的十字路口,为了不打扰住在路旁菜土中矮屋里的张公的妻儿,我们便在路口分手了。

一个人踏着月色回家,夜深了,更冷清,我的心头却泛起了一股温暖。

从那晚起,时间已经过去了三十五年,这两首诗却一直存在我心头,无论在月黑风高的长夜中,还是在阳光灿烂的日子里,它们都是这样的温暖,这样的鲜明。

——文章是抄完了,但还须说明一点,志浩兄这两首诗,集中自注作于一九六二年,我在文章中写的却是一九六一年。错的是谁呢?也许是我吧,但白纸黑字十年前就已写成,题目也不想从《卅五年前两首诗》改成《卅四年前两首诗》,于是只好像易子明同志给我作"小集团分子"结论时宣布的那样,再一次的"知错不改"了。

(二零零七年一月)

《艽野尘梦》

《艽野尘梦》是沈从文笔下"湘西王"陈渠珍写的一册自述性质的笔记,述其于清朝覆亡前夕进出西藏的经过。"艽野"词出《小雅》,《毛传》释为"远荒之地",正指西藏。"尘梦"的意境,则像是在说"往事并不如烟"(这是冰心《追忆吴雷川校长》文中的句子,不久前传诵一时,人们却未必知道它原出于冰心),颇含惜往伤逝的悲怆,因为有一位藏族女子,为了帮助作者逃出西藏,付出了她年轻的生命。

此书四十年前曾从陈氏后人借阅一过,为民国初年自印本,十分难得。因其内容有趣,如今我还想再读,但不知有人翻印了没有。如果有人翻印,附录的"藏苗二姬"合葬墓志是否还保留着呢?

《艽野尘梦》用的虽是文言,记叙却能委曲周到,描写也很注意细节。有些精彩片段,我读时即深深为之吸引,读后又久久不能忘记,还不止一次在茶馀饭后当故事讲过。以下便来复述几节,多凭记忆,难免出入,还可能有我故意添减之处,请读者观其大略可也。

宣统元年(一九零九年)清军进藏,陈氏时任某部三营管带(营长)。过金沙江后,天气奇冷,宿营的牛皮帐篷夜间冻得硬如铁板，每日晨起，须先在帐中生火，待牛皮烤软，才能拆卸捆载到牦牛背上。官兵们站在帐篷外的空地上忍受严寒，有时还要冒着风雪，陈氏写道，"约须一小时半之久，手足僵冻，战栗呻吟，其痛苦诚非言语所能形容也"。

在行军中，军官都有马骑，却不能一上路就骑马，而要步行好几里，待双脚走得发热，然后上马。骑行数里后，脚趾便会发冷，而且越来越冷，决不能等到冷得发痛的程度，即须下马步行。如此走几里，骑几里，骑行的时间顶多一半，还得与步行士兵保持同样的速度，故骑行的路程也顶多一半而已。

营中各队（排），也为每棚（班）士兵备有一两匹马，怕有人冻坏了脚走不得路。爱占便宜的兵，见马少人多，便抢先报告队长请求骑马。上马以后，有经验的人骑不多时就会下马；没经验又贪心不足的人，总怕马被别人骑去，先是装脚痛不下马，结果脚真的冻痛冻僵，真的下不得马了。营里最后被冻伤冻残了的，便是最先争着骑马的这些士兵。

进驻拉萨以后，藏官笑脸相迎，还送了个年轻丫头给陈管带做小老婆（陈氏称之为"藏姬"）。但没舒服多久，辛亥革命一爆发，笑脸就变成凶神恶煞相，要杀汉人了。关键时候"藏姬"西原却站在自己男人一边，帮助陈氏和亲随士兵逃出了拉萨。这时由原路东归已不可能，只好走藏北无人区，经过青海往西安。在无人区几度断粮，陈氏虽有武器，对天上飞的老鹰、地下跑的羚羊却毫无办法，幸亏西原的枪法更准，猎得肉食，才不至于饿死。

最后到了西安，那里正流行麻疹，西藏地方从无此病，西原没有病过，没有免疫力，很快被传染。陈氏却对此毫无所知，以为成年人不会再"出麻子"，耽误了治疗，西原遂不幸病死，年仅一十九岁。陈氏对她还算有情义，妥善收殓了，后来又托人将灵柩运回湘西，建了墓，还留下了这册《艽野尘梦》。

《艽野尘梦》中最精彩的故事，也是在无人区中发生的。某次陈氏一行遇上了几个从青海回藏的喇嘛，他们备有骆驼，带的食物也多，态度却很友善，应允以一头骆驼和两袋糌粑相赠。有几个居心不良的士兵见喇嘛有油水，又未见其带有武器，便想尽杀其人，尽取其物，决定翌日出发时动手，以为这样对方不会防备，事后也无须收拾，最为妥当。陈氏虽觉得不可，但寡难阻众，只得听之。

第二天准备上路时，士兵们就开了枪，谁知喇嘛们反应极快，迅速从宽大的藏袍中出枪还击，而且都是可以连发的快枪。士兵六人应声倒地，喇嘛们却绝尘而去，驼马跟着跑了，两袋即将到口的糌粑也跟着"跑"掉了。中枪的六名士兵，正是起心杀人抢夺者，两名死者很快便被狼群吃掉，两个也已垂死，一个能勉强跛行，首谋之人则"宛转地上"，哀求补他一枪，免被狼吞鹰啄。报应如此之快，真令人惊骇。但作者根本来不及惊骇，因为在无人区中没了食物，很快便会饿死，如不赶快和西原同行，结果就只能是黄沙中又多些白骨了。

复述的这些故事，略可见清末民（国）初"艽野"情况之一斑，也是边疆史上有价值的资料。此种私人记述本可补正史之不足，笔墨又能生动传神，更有文学上的趣味。所以我总喜欢读这类通常称为"笔记"的书，人们却多以为笔记都是古人作品，是一种陈死的体裁。殊不知笔记名家黄秋岳、徐一士、刘禺生等都是近几十年中人物，陈渠珍则一九五二年才死去，当时他还是湖南省人民政府的委员呢。

书如今越印越多，古旧书被炒来炒去，能"发掘"的好像都发掘出来了，而《艽野尘梦》这样原来无名的书，因为是私人记述私家印本，又无关帝王将相才子佳人，却多被湮没，甚至图书馆的目录里也查不到。十多年前我笺释印行过一册《儿童杂事诗》，几年前又整理印行过一册《林屋山民送米图卷子》，二书体裁虽不相同，性质却大略相近，难道这类著述的命运总是寂寞的么？

公元二千零七年四月十一日，朱纯去世后八十日，始恢复执笔，而偃蹇特甚，至十四日始勉成此篇。

（二零零七年四月）

谈毛笔

朱纯走后，她生前常用的毛笔挂在那里，我觉得不该太冷落它们，前几天磨了墨来试写了几个字，却总不顺手，究竟是自己手劣，还是笔头干久了的缘故呢？由此便想起了几十年来我和毛笔的因缘。

五岁时初习字，就是用毛笔在毛边纸上写"人、口、刀、尺"，之后才用石笔在石板上写1、2、3、4，再后才用钢笔在洋纸上写a、b、c、d。这钢笔并非派克式的自来水笔，而是长木笔杆带短钢笔尖，蘸上蓝墨水只能写洋纸，也就是现在通用的机制纸。毛边纸宣纸则不属于"洋"，而是国造，造来专供墨笔写汉字的，绝对碰不得钢笔蓝墨水。这本是两股道上跑的车，两种文化也。

我从来就不是国粹主义者，但总觉得毛笔写毛边纸的感觉，比起石笔写石板和钢笔写洋纸好得多。石笔和钢笔用过几年之后，一丢开就再也不曾拿起；自来水笔相随甚久，它拼命与时俱进，但如今亦已少用；只有老模样不变的毛笔，倒一直和我不离不弃。想起来，这也是很有意思的一件事。

抗战八年是我的小学初中阶段。小学全用毛笔，只算术课用石笔进行过演算。初中亦以用毛笔为主，钢笔则写写英文。小县城里不少同学无法购置玻璃瓶装的蓝墨水，只能将钢笔尖插入铜墨盒蘸取墨汁，大家亦视为固然。我没这样寒酸，习字课必交的大楷两张，用的笔是中号"横扫千军"，临的帖是旧拓《玄秘塔》，楷法却不争气，三十二个大字常常得不到一个双圈。国文成绩马马虎虎，但规定"小楷誊正"的作文，总是懒得另起草稿，拿起本子写两页便匆匆交卷，以致批语常带"惜字迹潦草"之类"老鼠屎"，无法带回家去。

离开学校后当编辑，改稿也用毛笔，五十年代的规定是，改稿用蓝笔，审稿用红笔，终审用绿笔，七八年中三种笔都用过。这种类似文字检查官的工作本就令人厌烦，毛笔蘸红绿水亦远不如从砚池舔墨舒服，牢骚一多，成了右派，笔杆儿也弄丢了。为了免祸消灾，家中一度不蓄纸笔，但终究还是憋不住，拉板车时写信给周作人，又不得不弄来一支一毛二分钱的毛笔，外带一小瓶墨汁和几张"材料纸"。此信居然在八道湾保存下来，"文革"中进了鲁迅博物馆，物归原主后，周丰一又将其复印寄我了。我"文革"劳改九年，亦居然未离开毛笔，奉命写标语口号，照样子鬼画符，仍可大笔挥洒，只是得当心别写错了字。有位难友就是一不小心，将"万寿无疆"写成"无寿无疆"，险些儿被枪毙，好在这些事情终于过去了。

"人生识字忧患始"，此话如果当真，则我与毛笔同忧患已七十馀年，不可谓不久长。惭愧的是至今仍写不好毛笔字，此盖限于天资，非人力所能强。但是对于毛笔，我总是怀着一份情意的，承认它是汉字文化的要素之一，不忍见其破败凋零。几年前，香港鲍耀明先生来信，托买"长沙名笔鸡狼毫"，记忆中六十年前自己用来写作文的正是"彭三和"此种出品，便四处去打听，方知彭氏公私合营之初还保留了招牌，"大跃进"中即归澌灭，鸡狼毫早已降为普通品牌，经营户因利薄早不愿制作供应了。后来总算托人买来几支，还是"加料"的，试试却根本不行，只因笔杆上还刻有"鸡狼毫"三字，勉强寄往香港，鲍先生自不免失望，我亦为之歉然。

鸡狼毫不行了，是否毛笔的前途就没希望了呢，我看也未必。毛笔是书写汉字的专用工具，只要汉字不灭，它就会有用场。全世界所有文字中，只有汉字的书法成为独立的艺术，电脑技术再发达，书法总不能不用毛笔和宣纸。东亚和南洋用筷子吃米饭的人，差不多占了世界人口四分之一，这些人能用筷子即能用毛笔，即不用毛笔亦能接受汉字。汉字书法艺术的生命力植根于世界人口四分之一，自不必悲观，那么毛笔也不必悲观了。

"笔"和"筷"都是"竹头字"，笔筷都取材于竹，竹子和水稻又都是禾本科植物，其产地范围正好涵盖了汉字文化圈。在文化地理学和文化历史上，这一现象似乎也值得研究，从人与自然的角度来研究。

（二零零七年五月）

洗马

中国重礼仪，重称谓，离退休人员聚会，"老局长""老书记"之类招呼声不绝于耳，极少听到喊名字。儿时见父辈宾朋交往，多以使用古称为敬。林纾写信给蔡元培反对北大改革，本来该称蔡校长，偏要称"鹤卿先生太史足下"。鹤卿是蔡元培的号，不直呼其名还算通例，但因蔡是前清翰林，有修史之职，便用汉以前的官衔"太史"来称呼他，就有点可笑了。而当时的风气确是如此，不如此反而要被认为失礼。

现在电视屏幕上多演"历史剧"，摹拟古人口吻常常出错，称谓甚至错得十分可笑。如乾隆皇帝叫太监"给和大人搬把椅子"，曾国藩夫人喊"国藩呀"……当然，笑过之后，又觉得不必计较这些，反正鲁迅《故事新编》也是这样编的，人家学鲁迅难道可以指责吗？

且说汉朝太子太傅的属官中，有太子先马十六人。古时"先""洗"相通，读音亦同，有时便写成太子洗马。《后汉书·百官志》旧注云，先马"职如谒者，太子出，当值者在前导威仪"。"在前"就是在太子马前，就是"太子洗（先）马"。当时洗马的地位并不高，仅为七品。从晋代起，人数减少，职责变为"司经"（管理书籍），得用文人，梁、陈时"尤为精选，皆取甲族有才名者为之"，品级于是逐渐提高，到明朝已为从五品，比状元特授的翰林院修撰还高两品，算是高级文官了。清康熙后不立太子，仍于詹事府设司经局洗马，以备翰林升转，属于士大夫心目中的"清华之职"。

明朝弘治年间，杨守陈原任吏部右侍郎，却请求解除部务，到詹事府当洗马修纂史书。耿向定《先进遗风》说，杨有次请假回乡省亲，途中以"洗马"身份入住驿馆。驿丞无知，以为"洗马"是在宫中洗御马的芝麻绿豆官，便大大咧咧地问杨："你负责洗马，一天要洗多少匹马呀？"

听了驿丞的话，杨守陈并不生气，反而想开开玩笑，回答道："这没有规定，想洗就多洗几匹，不想洗就少洗几匹。"这时又听说有位御史要来住，驿丞对七品御史奉若神明，便要杨守陈让房间。杨说："让是理所当然，但等老爷来时再让，岂不更加显得恭敬。"驿丞也表示同意。

御史进门，见了杨守陈，立即行礼，因为既是他的学生，又做过他的下属。驿丞也顾不得向御史老爷请安了，慌忙跪下磕头如捣蒜，求杨大人原谅。

关于洗马的笑话，还有陆釴《病逸漫记》所云："兵部尚书陈公汝言退朝，遇太子洗马刘公定之，戏曰：'君职在洗马，所洗几何？'刘公应声曰：'厩马皆洗过矣，独大司马（兵部尚书古称大司马）洗不得也。'闻者为之绝倒。"这是两位大人彼此寻开心，与驿丞无知而又势利的表演不属同一层次；至于今之编剧、导演和演员属于什么层次，那就不好说了。

昨夜偶看电视剧《云南铜案》，一心想给"左都御史"（一品）钱沣做小妾的丫头片子，也在大庭广众中一口一个"钱沣"。这位钱大人写的字，是六十多年前当小学生时临过的，所以特别觉得好笑，想了想，又笑不出来了。

（二零零六年六月）

梨花与海棠

古人咏"二八佳人八二郎"云"一树梨花压海棠",看似逗趣,实含讥讽。从前富骄贫屡,男尊女卑,多妻和买淫事属平常,但男女年龄如果太过悬殊,仍不免使人觉得不近情理,也不合乎自然之道,这才会引起议论,形诸笔墨。王士禛《古夫于亭杂录》有一则云:

> 吾乡胶西张编修复我,举于顺治戊子,乙酉秋送其孙赴试济南,过余,信宿大椿轩,神气不衰;今又三年,戊子闻又送其孙来济,年八十二矣,八十时游吴纳一小姬,年才十六。

寥寥数语,只写出老翁"年八十二矣",而所纳小姬则"年才十六"(二八一十六,正是二八佳人)就够了。意在言外,婉而多讽,渔洋山人真可谓文章妙手。

沈德符《万历野获编》卷十二也有"老人渔色"一则:"山西阳城王太宰国光,休致时已七十馀,尚健饮啖,御女如少壮时。"休致后九年,王早年过八旬,仍谋取新寡少妇为妾,将其逼死。结语云:

夫逾八之年，或嗜仕进、营财贿者，世亦有之。至于渔色宣淫，作少年伎俩，则未之前闻。或云王善房中术，故老而不衰。

直斥这位退休大老"渔色宣淫，作少年伎俩"，态度比王渔洋更为严正。

或曰，男女关系，主要看双方是否自由结合，只要自由自愿，也就合理合法了。上述八十多岁的张编修和王太宰，既有名，又有银，还可以靠房中术保持"不衰"，在男女关系上当然是"自由"的；至于十六岁的"小姬"和被逼自杀的寡妇，前者乃是买来的，后者则宁死不从，肯定都没有自由，更不会自愿。那么，世上究竟有不有自由自愿让"梨花"来压的"海棠"呢？

余德水编《熙朝新语》刊行于清嘉庆二十三年，卷十记"涪州周大司马煌"自述其祖父之事。此老九十九岁尚未娶妻，但身体健旺，仍能上山打柴，有天意外从山中得到不少金银，便告诉一位姓吴的穷朋友，说想结婚成家，"愿以万金为聘，但非处子不可"。九十九岁还要娶处女，吴某将这当成笑话讲给自己家人听，不料十九岁的女儿听后，当即跪下请求双亲将自己嫁去，说："父母贫且老，生女不生男何恃？今周叟高年骤获多金，天将福之，未必遽终于此；女愿嫁之，父母得万金之聘，可以娱老矣。"于是这对年龄相差八十岁的男女，便成了明媒正娶的合法夫妻，"后年馀，生一子，时叟年百岁矣，及见其子游庠食饩，抱孙后乃卒，寿一百四十岁。女先一岁卒，年五十九"。

人能不能活到一百四十岁，百岁老翁能不能娶妻生子，没查吉尼斯世界纪录，不好确认。大司马即兵部尚书，等于今之国防部长，讲自己的祖父，则大概不会说谎。这位十九岁的姑娘，嫁给九十九岁的丈夫，自己活到五十九岁还死在丈夫前头，并不曾当寡妇，看来她当初下的决心并没有错，自己下跪求嫁，"自愿"亦无问题。这对梨花与海棠，一个愿打，一个愿挨，结局又如此美满，儿子游庠食饩（成秀才后又成了廪生），孙子做到兵部尚书，三代都得了一品封赠，旁人还有什么说三道四的馀地。

我想说的只有一点，即吴氏之"自愿"是愿在"得万金之聘"，使贫穷的父母"可以娱老"，自愿虽是自愿，自由却在家庭沦于绝对贫困时便已经失去了。据说也有不是为了谋财而是为了慕名的，柳如是、顾横波"愿为夫子妾"，也不曾计较钱牧斋、龚芝麓的年龄。但仍想斗胆再问一句，难道在自愿给"一树梨花"压过之后，这些秦淮河畔的"海棠"就得到了自由，终于能够逃脱残花败柳的命运么？

报载某八十多岁名人新得年少美妻，自诩为"上帝给的礼物"，这当然也是在自愿条件下行使他的自由，无他人置喙的馀地。但媒体纷纷报道，传为佳话，则不禁使我产生和王渔洋、沈德符差不多的感觉，即是有点肉麻。但最近又听说巴西有位八十多岁富婆跟二十几岁男子结婚，结果在蜜月中便"寿终内寝"，则可见天地之大，无奇不有，自己的思想恐怕还是太不解放了。

（二零零六年六月）

笼中鸟*

今年春节特别热闹,电视节目里出现了几十年没演过的《四郎探母》,果然是升平气象,不再怕杨延辉发牢骚了,但也别有一番感想。

"我好比,笼中鸟,有翅难展……"这位木易先生的牢骚,其实是大可不发的。他已经在番邦招了驸马,后台特硬,入籍是不必说,出身和历史没有谁再来查,铁镜公主的脸蛋儿和身段又确实不差,干吗还要哭丧着脸自思自叹呢?

人是人,鸟是鸟。子非鸟,又安知笼中鸟是苦还是乐呢?我们生长在城市的人,日常见到的鸟类,一半是鸡鸭之属,经过人类长期训练,已完全合乎饲养要求,有翅也不会想到要"展"的了。一半是燕鸽之属,虽未完全归化,也早成了"熟番",最多展翅在左邻右舍房前屋后转一转,自会老老实实飞回来的。尤其是那些麻雀,简直赶都赶不走,"除四害"也除不完,白白地糟践了粮食,真希望对它们赶快实行计划生育才好。总而言之,在以上各种鸟类的身上,我实在看不出什么"有翅难展"的悲哀。

就是比较罕见的画眉、八哥、相思鸟,看它们在笼中,也无

---

* 以下十五篇选自《笼中鸟集》。

不载跳载鸣，各得其所，没有一个像杨四郎那样闷闷不乐的。小时候读英文，有"二鸟在林不如一鸟在手"之句，过去总以为这纯粹是人类的想法，即多看不如少得之意。后来笼中鸟见得多了，才悟出这些鸟儿很可能也会有在林不如在手的心理。本来嘛，鸟儿和人一样，从来就不可能有绝对的自由，在林中归自然统治，那种力量也是严厉、粗暴而不可测的，迅雷风烈，雪刃霜刀，枭隼的利爪，蛇虺的毒牙，时时处处都有危险。如果稍微露脸一点当了出头鸟，还会成为猎枪和走狗的目标，那就更危险了。而一入人手，即得笼居，不仅安全有了保障，自来食也从此不愁。听说有的人为了养鸟，除了预备小米、蛋黄，还要到郊外捕虫子，找活食。由是观之，夫鸟笼者，固鸟儿安身立命之乐土也，幸而托体其中，当然只会欢欣踊跃，引吭高歌，又何来"有翅难展"的悲哀耶？

所以我认为，"笼中鸟"云云，既不符合当时当地杨四郎的心情，也不符合各时各地鸟儿们的本性。我于"国剧"素无情分，既不懂，也没有资格来捧，听了《四郎探母》，高兴之馀，于唱词此句略感未能尽善尽美，写此谨供爱好皮黄的朋友们参考。

　　文章写好以后，忽然又在报上见到"鸟笼经济"一词，据说还很有来头。大约是说市场经济虽然要开放，要自由，但开放和自由都得有限制，得守规矩，得有个鸟笼子装着，不然就鸡飞蛋打了。经济既然如此，社会、文化当然亦是如此，尤其是政治和意识形态，恐怕更不得不如此，看来我们这一辈子只能在笼中度过了，但愿这笼子能够稍微做大一点才好。

（一九九零年四月）

溃堤以后

从广播中听到，领导一再强调要保证大江大河安全度汛，"哪个地方出问题，由那个地方党政主要领导负责"。这时我正在病床上打吊针，枕旁只放一册《清稗类钞》，里面正好有一则《高家堰河决案》，说的是一百七十年前发生在江苏的一件事。原来那时候哪里溃堤成灾，那里的"主要领导"也是要负政治、法律责任，不能换上夹克便装，到灾民中去走一转，拍几个电视镜头，便可以完事的。《清稗类钞》原文为文言，现译述如下，算是讲个故事吧。

道光四年（一八二四年）十一月，苏北发大水。在一次风暴中，高家堰十三堡的大堤决口，洪泽湖水泛滥成灾，淮安、扬州两地区几乎全部被淹。皇上得知后，极为震怒，派大学士汪廷珍、尚书文孚前往查办。

第二年正月间，汪、文一行经过一段时间调查取证之后，到达了清江浦（今江苏淮阴市）南河总督衙门。当时黄河不入山东，由此东流入海。在黄河北岸万柳园河督衙门辕门外站班等候的人员有：两江总督（江苏、安徽、江西三省最高军政长官）孙玉庭、漕运总督（负责从南方向北方粮食运输的行政长官）魏元煜、南河总督（负责江苏、安徽境内黄河水利工程的行政长官）

张文浩以及他们属下的文武官员。

官员们站立了一些时候,只见一人骑马奔来,高声喊:"中堂(大学士的称呼)请漕台魏大人准备恭请皇上圣安!"听到只招呼漕督一人,孙玉庭和张文浩便知道自己已经被撤职,得准备接受查办了。

汪、文一行进了衙门,魏元煜跟着入内请过圣安,仍复退出。接着,便传呼孙、魏、张三人接旨。这时中门大开,有四位办事人员捧护着皇上朱笔写的谕旨出来,肃立在专门设立的香案前,孙、魏、张三人跪下听宣。当听到:"孙玉庭辜负国恩,疏忽职守,犯有不可原谅的罪错,皇上问孙玉庭知罪否?"孙玉庭连忙摘下自己的官帽,口称"孙玉庭昏聩糊涂,辜负天恩,只求皇上从重治罪",同时不住地往地上碰头。谕旨随即宣布:"孙玉庭革去大学士、两江总督职务,听候处理。两江总督一职,由魏元煜代理。"魏元煜叩首谢恩。

钦差继续宣旨:"张文浩于防汛时不接受正确意见,刚愎自用,处置失宜,以致造成此次洪灾,使人民蒙受巨大损失,其罪行尤为严重,皇上问张文浩知罪否?"这时张文浩已经换下官帽官服,听后伏地痛哭,自称祸国殃民,罪该万死,求皇上明正典刑。上谕:"张文浩革职后立即拘禁,先加刑具在当地示众两月,再从严究办。"执法人员早已将刑具准备好,乃是用木板做成的一副枷,长宽各尺馀,上用黄绸覆盖(因是皇上特命,用于枷系大臣,故加黄绸),拿来枷在张文浩的颈上,便将他带到河堤上示众去了。

接着便召集道、厅、营级官员齐跪庭中,宣布旨意:"钦差临行时,皇上当面交代,自古刑不上大夫,何况张文浩官居总督,为什么还要戴枷示众?乃是因为,国家最重人民生命,设官行政都是为了保护人民。堤防决口,人民生命不保,百姓家园被毁,被迫漂荡流离,实是朝廷的耻辱。故不能不严惩负有直接责任和领导责任的官员,以示国家对民命的重视。两淮官民,务须体会皇上的用意。"

然后,汪、文一行回京复命。张文浩最后定罪,被充军发配伊犁。

这则故事是讲完了,有人也许会说,大水大风都是天灾,河督大人戴枷充军,总督大人撤职查办,未免过当。为此我特别查了《清实录》,原来在高家堰决口之前,张文浩已因办理河工不善,迭经上谕切责,还被"拔去花翎,降为三品顶戴";孙玉庭也因未能"早为参奏"张文浩,受过降级处分。高家堰决口后,派汪、文南下察看,又先查问过有关道厅官员,知道在黄汛来时,各道厅曾禀请堵闭御黄闸,放泄洪泽湖水,而张文浩固执己见,不肯听信,应闭不闭,应开不开,以致湖水过高,掣塌口门二处,坍卸石堤一万一千馀丈,故此张文浩确实应负主要责任。道光四年十二月己未,即汪、文到达清江浦之前,皇上还批阅过孙玉庭一道奏章,孙奏称堤防决口,"实由暴风狂猛,人力难防,张文浩但为节省启闭钱粮,迟堵御黄坝,蓄清过旺(黄汛到来前所蓄清水水位过高),转致棘手",竭力为张文浩也就是为自己开脱。皇上批云:"风暴由天,蓄清过旺亦由天乎?……误国溺职之人,朕断不能姑息也。"

"风暴由天,蓄清过旺亦由天乎?"这一问问得好,我们不能因为它是皇帝的批语便以人废言。堤垮了,垸子倒了,当然是因为水太大,是天灾。但人在天老爷面前从来就不是无能为力的,不然,又何必要修水利?何必要设官施治,花费百姓的钱粮?自古国家皆以社稷生民为重,农田(社)、作物(稷)和老百姓受了巨大损失,享俸禄的地方长官即不能不负其该负之责。看来,专制君主所施行的虽是人治而非法治,但当关系"人命至重"的时候,亦不得不依法办事,办几个负责任的封疆大吏。要讲历史的话,这也算是一种历史吧。

《清稗类钞》提到的"大学士汪廷珍、尚书文孚",中华书局印本将文孚错印成"文学"。查《清实录》道光四年十一月辛亥,"命吏部尚书文孚、礼部尚书汪廷珍驰往江南查办事件",文孚列名在前。又查萧一山《清代通史》所附《清代宰辅表》和《清代军机大臣表》,汪廷珍于道光五年以礼部尚书协办大学士,则其充协揆尚在命往江南之后(可能在其到达清江浦之前已授协揆,故能称中堂)。文孚则嘉庆二十四年即入军机,四年又加太子少保,位望实在汪前。而被查办的孙玉庭,却在道光元年就以两江总督协办大学士,四年闰七月授体仁阁大学士,仍督两江,资格比文、汪更老。孙是两朝重臣,政声一直很好,这次也是因张文浩牵连受过;只因为他是地方上的一把手,"守土有责",即不能不负其责。其时他已七十二岁,第二年就以"编修"退休,降了一十二级(大学士为正一品,编修为正七品)。又过了十年,他"重赴鹿鸣",才赏了个四品顶戴,旋即故去,到死也没能官复原职。

一百七十年前,对防汛疏忽,溃了堤,死了人,负有直接责任和领导责任的地方主官,其处理经过情形就是如此。史云,"以古为鉴,可知兴替",也不知这话现在是否已经过了时。

(一九九七年三月)

陈后主和晋惠帝

十月六日《新民晚报·夜光杯》载季羡林先生《漫谈皇帝》文中云：

> 生长于高墙宫院之内，养于宫女宦竖之手，对外面的社会和老百姓的情况，有的根本不知道，或者知之甚少，因此才能产生陈叔宝"何不食肉糜"的笑话。

季先生在这里弄错人了。

老百姓断了粮，饿死了，却怪他们为什么不吃清蒸狮子头，的确荒唐得可笑。这笑衬托着一层专制统治阴森的背景，简直有点近似今之黑色幽默。但笑话的主角却是晋惠帝司马衷而非陈后主陈叔宝，这两个皇帝的年纪相差二百九十多岁，中间还隔了东晋、宋、齐、梁四个朝代哩！

司马衷是个弱智者，父亲司马炎派了位宫嫔去教他"房帏之事"，怀上了愍怀太子，生出来长到三四岁，他居然不知道有这个儿子。他的皇后（贾氏）用宫车将"城南少年"载进宫来淫乱，"见留数夕，共寝欢宴"，他也不知道。后来他的第二个皇后（羊氏）被刘曜抢去做了老婆，刘曜问她："我何如司马家儿？"

羊氏回答道:"自奉巾栉(译成现代语就是'和你上床')以来,始知天下有丈夫耳。"一句话便可见他是一个怎样的窝囊废。

除了"何不食肉糜",这位司马家儿还有个流传得很广的笑话,在华林园听到青蛙叫时问左右:"这样起劲地叫着,是为了官家,还是为了它们自己啊?"周作人有诗咏曰:

　　满野蛙声叫咯吱,累他郑重问官私;
　　童心自有天真处,莫道官家便是痴。

案云:"惠帝已非幼年,兹但取其孩子气耳。"

司马衷做皇帝从三十一岁做到四十八岁,早已成年,连蛤蟆叫都不知是怎么回事,当然不是什么孩子气,也不止是一般的痴,知堂在这里不过是我田引水罢了。

至于后主陈叔宝,则不仅不弱智,还很有一点小聪明,决不会闹出"何不食肉糜"这样的笑话来的。《汉魏六朝百三名家集》中有《陈后主集》,收诗文一百多首。诗如:

　　留人不留人,不留人也去。
　　此处不留人,自有留人处。

　　午醉醒来晚,无人梦自惊。
　　夕阳如有意,偏傍小窗明。

文如《护军孙玚铭》:

　　秋风动竹,烟水惊波。几人樵径,何处山阿。

今时日月，凤昔绮罗。天长路远，地久云多。

功臣未勒，此意如何。

放在同时文人作品中总还过得去，就是和后来皇帝的诗比亦未见逊色。

《陈书·后主本纪》的结论即"史臣曰"由魏征执笔。魏征不是会讨好的人，何况对于已经亡国之君更用不着讨好，但论陈后主仍谓其"昔在储宫，早标令德，及南面继业，实允天人之望"。他的毛病就是只热心文学而荒废政务，"贵臣虽有识治者，皆以文学相处，罕关庶务"，"宾礼诸公，惟寄情于文酒"。后来又沉湎女色，昵近群小，以致朝政日益紊乱，面对着积极要统一南方的强大的隋朝，自然只有亡国的份儿了。这正如魏征所说："非唯人事不昌，盖天意然也。"

"生深宫之中，长妇人之手"，也是魏征评后主的话，即季先生"生长于高墙宫院之内，养于宫女宦竖之手"的原本。其实，所有王朝自"二世祖"以下，除了帮着父亲一同打天下的曹丕和李世民，哪一位嗣皇帝不是"生深宫之中，长妇人之手"的呢？但作为生物的人，他们之中仍会有优秀和庸愚的区别，这一点和平民百姓是一样的。优秀者如康熙，不仅能自学三角几何，还能亲自耕田布谷，知道一些稼穑的艰难；庸愚者如司马衷，便只会问"何不食肉糜"了。陈叔宝虽难称上智，亦绝非下愚，不过是一个更不争气的李后主和宋徽宗，"一江春水向东流"和瘦金书他写不出，禽虫鸣叫系自然非关人事总还晓得，不然的话又何能作出"丝调听鱼出，吹响间蝉声"的诗句？

隋兵灭陈，后主抱着孔、张二妃躲在胭脂井里，没有以身殉社稷。被俘献长安后成了杨坚的统战对象，列席筵宴时照样饮酒赋诗,还表示"愿得一官号",被讥为"全无心肝",这便是他的名声历来不好的原因。其实这亦不过把性命看得重,和刘禅、李煜一样,是人性软弱的表现。比之隋炀帝那样残民以逞,玩完自家天下,斫去自家头颅倒还罢了,再搭上千万小民性命也毫不顾惜,这种软弱总还比较无害。

写随笔未必查书,误记一二人名是难怪的,我自己在《看成都》文中,即曾将刘长卿的一首诗误为刘禹锡作。写这则小文,只是对陈叔宝、司马衷的事感到兴趣,借此谈上几句,凑凑热闹。陈叔宝无论矣,司马衷以开国雄主之后成了现世宝,如果不相信是报应,从遗传变异的角度来看也许更值得研究,当代不是也还有这样的活例子吗?

(一九九八年十一月)

文人之苛

"苛"本是统治者的一种性格,指其对下诛求无度,督责过严,例如《礼记》说"苛政猛于虎",《诗序》说"哀刑政之苛"。谈起专制时代的文禁和文网,便少不得用上这个字,因此它也是明洪武、清雍正一类好兴文字狱的帝王统治的特征。

历史上的文人,大多数不是统治者,而是被统治者,是文化专制的受害者,是"苛"的对象。当然也有例外,比如李斯,在毁害韩非、建议焚书时,也显得那样的"苛",那样心狠手辣。但他早已削尖脑袋钻进"核心",成为了统治者,不复是文人身份了。但即使是当上丞相的李斯,最终还是斗不过厮役出身的赵高,被夷了三族,他在全家被杀时对儿子说的话:

欲与若复牵黄犬,出上蔡东门逐狡兔,岂可得乎?

这话很有形象思维色彩,仍是文人当行本色,但紧接着挨的拦腰一刀,却比韩非吞毒药还要痛苦得多。

李斯为名利所驱,紧跟秦皇帝,不得不身体力行,虽可恨,犹有可说。令人不解的是,历史上竟还有这样的文人,他一不是当朝一品,二不是文化班头,并未挤入统治者的行列,为君为师的责任全都没有，吃着自家的老米饭，偏要以文化监察御史自居，对文人和文事的态度甚至比统治者更"苛"，清朝山阳（今江苏淮安）人潘德舆便是一个妙不可言的例子。

潘德舆，字四农，是一位举人，著有《养一斋集》，其中诗话十卷，有云：

> 予欲世人选诗读诗者，如曹操、阮籍、陆机、潘岳、谢灵运、沈约、范云、陈子昂、宋之问、沈佺期诸乱臣逆党之诗，一概不选不读，以端初学之趋向，而立诗教之纲维。盖人品小疵，宜宽而不论，此诸人非小疵也。

说他妙不可言，妙就妙在他要将曹操阮籍等人的作品一律枪毙，而在力主严办的同时，却又说"人品小疵，宜宽而不论"，仿佛执行的政策仍然是"从宽"。看来，曹操在铜雀台上玩几个女人，阮籍跟酒家老板娘吊吊膀子，宋之问和沈佺期受一点贿，这类问题本来可以"不论"。那么，为什么"对酒当歌，人生几何"，"薄帷鉴明月，清风吹我襟"，"前不见古人，后不见来者"……这些千百年流传不朽的名作，却必须"一概不选不读"呢？唯一的理由，便因为这十个人是他所说的"乱臣逆党"。

在《中国大百科全书·中国文学》卷里，这十个人都有专条，除了对宋之问、沈佺期二人的"人品"（这却是养一斋认为"宜宽而不论"的）略有微辞外，并未作任何否定的评价，更无一人被戴上"乱臣逆党"的帽子。陆机、潘岳、谢灵运、陈子昂、宋之问五人确实是被杀的，但或死于政局纷争，或死于仇敌告讦，或死于冤狱陷害。且不说他们没有举兵造过反，即使在专制统治下造过反的，如黄巢、牛金星，恐怕也不能永远说成是乱臣逆党吧。阮籍、沈约和范云等人，不过在统治者倒台后没有为之"殉节"，用春秋笔法来说就是事过二主或身历两朝（沈约则身历宋、齐、梁三朝）。如果这算是"逆"，又该如何评价一九四九年成群结队的起义将领？何况阮籍他们只是逆来顺受，并未举旗起义或弃械投诚呢。至于曹孟德，他倒没有身历两朝，只因他儿子在他死后取代不中用的刘协做了皇帝，他就成了名单上的头一名，这里真用得着聂绀弩的警句，"奸臣曹操是篡贼曹丕的儿子"了。

民国前期军阀混战时，一边称讨贼军，一边称靖逆军，"贼"和"逆"都是打击对方的口号。你可以这样叫我，我也可以这样叫你，究竟谁是贼谁是逆，老百姓是弄不明白也无须弄明白的，只求能在炮火连天中草间偷活就不错。文人如不想学"可怜跑死阮忠枢"，到某一边去领薪水，也大可不必操这份心。

这里说的有点离题了，其实我的意思不过是，所谓乱臣逆党奸臣篡贼的帽子太大，当时压得死人，过后看来却往往并不那么合式。正如过去国民党说共产党领苏俄卢布，领导人要"国际"指定，代表大会也要到莫斯科去开，就是"赤色帝国主义的走狗"……一九四九年后这些说法又成了反革命的毁谤和污蔑，是非岂不是颠倒过来了么？

尤其是在只论诗文，而不是帮古人写档案作结论的时候，似乎不必一定要把当时就未必很对头的政治帽子从历史灰土里捡起来，双手捧着硬往已经不能做声了的古人头上戴，也就是说，不必那么"苛"。

潘德舆做八股只考上一个举人，其文章《养一斋集》也没几个人看，偏要替汉献帝、司马昭来出气，讨伐他们的"乱臣逆党"，欲令天下人都"不选不读"曹孟德、阮嗣宗的诗文。究竟他是不甘寂寞，还是心理失衡呢，不便妄加揣测，但不管怎样，明洪武、清雍正都没有禁止，顶讲究"诗教"的朱文公亦未加指摘的这些文字，他却要如此气愤填膺地反对，一副悻悻然不共戴天的样子，称之曰"苛"，总不至于十分冤枉。

中国的文人（再往前叫儒生）有一种遗传病，对于暴政从来俯首帖耳，日常生活中遇横逆之来亦退让唯恐不及，唯独对于同类却"气"特别盛。文网稍宽时，生怕大家呼吸轻松，总想制造一点能够锻炼成文字狱的材料出来才甘心，好像统治者不"苛"他反而不好过似的，这可以称之为想"苛"的瘾，不知道几时才能根除。

历史上文人吃"苛"的苦头太多了。如果文人还要帮统治者拨草寻蛇，不断地从活着和死去的同类中找"乱臣逆党"，不断地把禁书的单子开出来，那么，文人作为一个整体，挨整只会挨得更加厉害。

二千二百年前，秦始皇坑了四百六十多个儒，文人谈起来至今痛心疾首。但《史记》明明写着，四百六十多人中的大多数，也是在"案问"时"互相告引"攀扯出来的，大约是最初被"案问"的人觉得别个没有被"案问"，自己心理不平衡，也就是犯了"苛"的瘾吧。

统治者的事不好说，我只希望被统治的文人们对于同是文人的人和文不要太"苛"了。为世间多留下几篇"月明星稀"之类的文字总不是什么坏事，因为我们和我们的后人不能只读《养一斋集》。

（一九九九年四月）

学与商

传统读书人多轻商，《儒林外史》里的牛玉圃，只能算读书人中的败类，在新认的侄孙面前，也要装出一副看不起盐商的样子。予生也晚，已在"九一八"事变之后，但对读书人轻商的情形亦曾亲见，不全是从《儒林外史》里看来的。

可是，公认为传统学人最后的代表的陈寅恪先生，却在我出生前十多年便发表过相反的意见。一九一九年九月八日的吴宓日记中，记载过陈先生的一段话：

> 孔子尝为委吏乘田，而其事均治。抱关击柝者流，孟子亦盛称之。又如顾亭林，生平极善经商，以致富。凡此皆谋生之正道。我侪虽事学问，而决不可倚学问以谋生。道德尤不济饥寒。要当于学问道德以外，另求谋生之地，经商最妙，Honest means of living（谋生之正道）。若作官以及作教员等，决不能用我所学，只能随人敷衍，自侪于高等流氓，误己误人，问心不安。

下面还有几句对"妄倡邪说，徒言破坏"的批评，涉及太宽，且不必引。

在这里我只想指出，陈氏所揭橥的原则——事学问者不可倚学问以谋生，是颇有几分道理的，至少在"理想国"中应该如此（吴宓系因译述柏拉图《理想国》而及陈氏之言）。因为学人如倚学问以谋生，即不能不随人敷衍、屈己从人；做学问写文章如成为营求名利的手段，即不能不牺牲独立性和纯粹性，水平和价值均不能不大打折扣。

但另一方面，人既然是生物，便有生活要求。李后主填词和宋徽宗作画的条件，千百年才得一二，作为常人，自不能不寻求维持生活的手段，陈氏所反对的，只是把自己从事的学问充当手段罢了。舍此他求，则四民之中，除去士子的本业，还有农工商三条路好走。务农、做工，都需要力气或手艺，非读书人所能，于是"经商最妙"便成了合乎逻辑的选择。这也是在到了哈佛，读过柏拉图，能用洋文表述"谋生之正道"的人才能作出的结论，因为他们早就走出《儒林外史》，进入现代社会了。

为委吏、乘田，无须"道中庸而极高明"，孔子无非把这类小差使当做谋生的手段，而这类差使亦没有妨碍他删诗书订礼乐，成为一代宗师。庄子当漆园吏的情形恐怕也差不多，他绝不会在漆园里对上司朗诵《逍遥游》或《养生主》。

就是陶潜、杜甫以至写《儒林外史》的吴敬梓，也是靠别的来源生活，没有谁领取过一文稿费。而陈先生虽志行高洁，敢于遗世独立，卒不能不以"作教员"终其一生，此今昔之不同也。然则，"于学问道德以外，另求谋生之地"，又岂易言哉！

时至今日，情形又已大变。人们的观念，早已由轻商变为重商。"学者""文人"早已职业化，各有各的组织和单位，而工薪微薄，诱惑甚多，故从企业家那里取得金钱于面子和里子均有极重大之关系，得之则群以为荣焉。有钱的老板"赞助"出了几本书刊，开了几场讨论会，也就成了名誉理事、名誉主席，偶发雅兴，想发表"著作"和"作品"，代笔和捧场者自然大有人在。至于那些靠经营或色艺发了财的"名人""名女人"，其传记、小说、写真、写假更是汗牛充栋。看起来，这些名人、企业家倒真是"于学问道德以外"，找到了进一步赚钱赚名的大道和乐土，不知陈氏地下有知，会作何感想。

我虽不敢言"经商最妙"，亦断乎不敢轻商。在读了陈氏关于顾亭林的话以后，还真希望在"儒商"中能出几个肯追慕亭林先生的人，并不奢望他写《日知录》，只要他在醉饱之馀有兴趣弄弄学艺时，能照顾氏《与人书十》中说的，要弄就自己去"采铜于山"，不要专门从"文人""学者"手里"买废铜充铸"，便很好了。

其实，以读书人经商而大大成功的，还有一位范蠡，应该说他比顾亭林还有名得多，不知道为什么陈寅恪没有提及。也许是他在"左提鼓，右援枹，以应（吴国）使者"时所云：

　　余虽靦然而人面哉，吾犹禽兽也。

这种勇敢和坦白只能是古典的，今人断断乎做不出，所以也就不便将他树作典型了吧，虽然有西施小姐三陪总会有人艳羡。

（一九九九年十二月）

人之将死

人之将死,其言也善。善倒未必善,不过比较真却是可能的,有的还比较美。

刘宋朝的王景文被皇帝赐毒酒处死,诏书和毒酒送到时,他正在同客人下棋。看过诏书,先放在一旁。等棋下完,把棋子收好,将诏书递给客人一看,然后举起毒酒道:"这壶酒只好我一个人喝啦!"便一饮而尽,上天堂或下地狱去了。

这句话的原文是"此酒不宜相劝",寥寥六字,可是讲得多么潇洒,多么不失身份啊。比起苏格拉底说"我还欠庙里一只鸡的愿,请替我还了",金圣叹说"豆腐干和花生米同嚼有火腿味,不可不知",瞿秋白说"中国的豆腐,其实也很好吃"等名言来,这一句岂不显得更加自然,更不作态,更能给人留下深刻的印象么?

冯梦龙《古今谭概》记下了这件事和"此酒不宜相劝"这句话,但欲知其详,还得去看《南史》列传第十三。原来王景文出自高门,又有学问,少时即为宋武帝爱重,要将女儿嫁他,甚至把他的名字作为宋明帝的名字,又要明帝选了他的妹妹做皇后。而王景文倒并没有野心,多次辞谢加官晋爵,还以有病为由辞不尚主。明帝登基后,他更加小心谨慎,虽一再被任命做中书令、中书监,为太子太傅,仍固辞不拜,不得已才接受个虚衔,仍请求到外地镇守，远离朝政。即使如此，宋明帝自知不起时，怕以后皇后临朝，他是"元舅"，自然要出掌国柄，以他的资望和才能，天下便可能会由姓刘变成姓王，所以还是对他下了手。明帝叫送毒酒的使者对王景文说：

朕不谓卿有罪，然吾不能独死，请子先之。

总算讲了句老实话，没有先制造一个叛国案，没有先给他戴上顶反什么的帽子，还算念旧情。

这便是专制政治最可怕的一面。君要臣死，臣便不得不死，即使位极人臣，甚至当上了二把手，也救不得本人一条命。苏格拉底虽也是饮鸩自尽，还为自己辩护了一回，再由"人民代表"往瓶中投贝壳来表决，走了趟民主合议的过场。金圣叹和瞿秋白未经审判即被"明正典刑"或"密裁"了，"黄泉无客店，今夜宿谁家"和《多馀的话》仍能纸写笔载，传之后世。像王景文这样，爱之要公主同他睡觉，恨之（也许该说惧之）则赐一壶毒酒，但毕竟"此酒不宜相劝"六字还能让它保存下来。只有后来苏联"大审判案"用酷刑拷打迫令"犯人"作假供自污，毛远新辈杀张志新先割断她的气管，像"杀哑吧鸭"那样捏住颈根使不出声，连明白话都不让留下一句，才是最黑暗最灭绝人性的了。

然而王景文留下的这一句话，却说得实在有风度，实在美。

曾经有个想法，便是将古今中外写得好的绝命词、绝笔诗，以及遗嘱、遗书、遗言，还有人在辞世时最后留下的话，选编一册，题名就可以叫做"人之将死"。这个想法如果能够实现，王景文的这句话一定得选进去。

（二零零四年十二月）

囊萤映雪

"囊萤映雪",是形容古来两个读书模范的典故。"囊萤"的主人公是一千六百年前的车胤,《晋书·车胤传》说他:

> 家贫不常得油,夏月则练囊盛数十萤火以照书,以夜继日焉。……以寒素博学,知名于世。

"映雪"的主人公则是千七百年前的孙康,《尚友录》谓其:

> 少好学,家贫无油,于冬月尝映雪读书……后官至御史大夫。

书上这么载着,千馀年来读书人这样说着,但囊萤映雪真能够代替油灯,在黑夜里照亮书本让人阅读么?

据写《昆虫记》的法布尔说:"萤火之光虽然鲜明,照明力却颇微弱。假如拿了一个萤火在一行文字上面移动,黑暗中也看得出一个个的字母,或者整个的字,假如这并不太长;可是这狭小的地面以外,甚么都看不见了。这样的灯光会使读者失掉耐性的。"周作人在《萤火》一文中,引证法布尔的话,和《车胤传》相对照，结论是：

> 这囊萤照读成为读书人的美谈，流传很远，大抵从唐朝以后一直传诵下来，不过与上边《昆虫记》的话比较来看，很有点可笑。说是数十萤火，萤光能有几何，即使可用，白天花了工夫去捉，却来晚上用功，岂非徒劳，而且风雨时有，也是无法。

牛皮便算是拆穿了。

"囊萤"我没有实验过，"映雪"却是幼稚地试过的。那还是第四次湘北会战期间，我正读初二，跟学校逃难到大山中，夜自习两人一盏油灯，下自习后必须熄掉，寝室内打熄灯点后更不得留灯。有次弄到一本《儒林外史》急着想看完，便围上围巾站到雪地上的月光下去，虽然有"明月照积雪"映着，小说书上的字却再努力也只能依稀辨识几个笔画简单的，终于无法卒读，只能回房钻进冰冷的被窝做好学生。

可是，像这类美化"模范人物"的"大头天话"，父师拿来教训子弟，却一以贯之地教了几百上千年，从来没有人来揭穿。直到明末才有个"浮白主人"，在他写的笑话书里跟这两尊偶像开过一次玩笑，说的是：

> 夏天孙康去看车胤，不见车在家读书。问人到哪里去了，亲人答道："去野外捉萤火去了。"到了冬天，车胤来回看孙康，老远便见孙站在门外，久久地抬着头望天。走拢去问："为何不读书？"回答是："今日这个天，不像是要下雪的样子。"

真使人忍俊不禁。

积千百年之经验，深知欲破坏高高供在神龛上的偶像是徒劳的，说不定还会有危险，所以只有学"浮白主人"的样子，讲讲笑话，无伤大雅，闷在心里的这口鸟气也多少能发泄一点。

（二零零五年二月）

角先生及其他

潘光旦译蔼理斯（Havelock Ellis）《性心理学》，堪称名著名译。潘氏于卷首题诗四首，其二云：

人生衣食住行私，墨翟而还孰费辞？
礼失野求吾有意，风流霭氏是良师。

这"衣食住行私"的"私"，指男女之私，也就是"性"。

性对人生本来和衣食住行同样重要，古人并不讳言。《汉书·艺文志》著录"房中八家"，比"医经七家"还多一家，出土竹帛书中也常见有这方面的内容。但在罢黜百家独崇儒术以后，正经的"经史子集"便绝少涉及性事，不肯为此"费辞"了。潘氏的诗，实在是有感而发。

潘氏译书的功力，充分表现在所作的五百七十多条译注上。他在序文中说：十分之七的注都是用"中国的文献与习惯中所流传的关于性的见解与事例，与原文相互发明，或彼此印证"。他自称"一向喜欢看稗官野史"，所以引用的"关于性的见解与事例"，绝大部分均取材于此。

我并不是学者，不敢妄谈学问，但不免也有普通人常有的好奇心，总想知道一点人们过去生活的情形，性生活自然也是一个重要的方面。"经史子集"既然不能为我提供有关的知识，便只有求之于古人的笔记杂录也就是潘氏所谓的稗官野史了。当然，读古人笔记，有如披沙拣金，涉猎多而收获少，还得注意纠正迷信和偏见的歪曲，但总多少看得出一点前人生活的痕迹。尤其是"关于性的事例"的叙述，从中还能发现叙述者也就是当时的文人的见识和心态，这使我觉得更有意思。

潘氏引用的材料，多数我是都见过的，但还可以作些补充。有些潘氏未予采用的材料，亦"可与原文相互发明，或彼此印证"，这里便来介绍一点。

角先生和肉苁蓉

《性心理学》第三章谈到女子手淫时利用的工具，也就是人造的阳具，潘氏在这里加了一条注（71），却格外简短，只有寥寥九个字："中国也有，叫做'角先生'。"其实清道光十八年（一八三八年）刊行的《林兰香小说》中即有如下记载：

> 京师有朱姓者，丰其躯干，美其须髯，设肆于东安门之外而货春药焉。其"角先生"之制尤为工妙。闻买之者或老媪或幼尼，以钱之多寡分物之大小，以盒贮钱，置案头而去。俟主人措办毕，即自来取，不必更交一言也。

东安门外大街为京师（北京）主要街道，"案头"就是"柜上"。这则记事，说明在一百六十多年前，"角先生"便已经在市肆公开供应，如今遍地开花的性用品商店，可以说是其来有自的了。而"买之者或老媪或幼尼",以及"不必更交一言"的交易方式,都有性统计学和性商业史的意义。《野获编》卷六所述"入小唱谷道不能出遂胀死"的"假具",《阅微草堂笔记》所述被误作下酒物切条装盘"举座不知何物"的"藤津伪器",尽管出现在前,文献价值却还比不上这一则。

第三章注(73)"首饰盒子"一条,云女子有以骨簪一类首饰自慰的,这仍然属于使用人造的工具。此外还有利用自然物的,潘氏却并没有提到。而明人谢在杭《五杂组·物部三》却有这样一则:

> 肉苁蓉产西方边塞土堑中及大木上,群马交合,精滴入地而生。皮如松鳞,其形柔润如肉。塞上无夫之妇时就地淫之。此物一得阴气,弥加壮盛。采之入药,能强阳道,补阴益精。或作粥啖之,云令人有子。

无论是鲜活的还是制成了药材的肉苁蓉,我都没有见识过。但《汉语大词典》卷八中有一张图,圆柱形茎顶端密集的花序呈半卵圆状,若真"柔润如肉",也许可以代充龟头;而茎之"皮如松鳞",则简直有如虎鞭上的倒刺,那就够"就地淫之"的"无夫之妇"消受的了。

至于说肉苁蓉系"群马交合,精滴入地而生",可能系据《本草纲目》而言。但《纲目》讲的原是活动话。(陶)弘景曰:"(肉苁蓉)代郡雁门属并州多马处有之,言是野马精落地所生。"大明注云:"(肉苁蓉)生勃落树下并土堑上,此皆非马交之处,陶说误耳。"颂注云:"旧说是野马遗沥而生,今西人云大木间及土堑垣中多生之,乃知自有种类耳;或疑其初生于马沥,后乃滋殖,如茜根生于人血之类是也。"茜根色红,便说生于人血;苁蓉能壮阳，便说生于马精，其实都是想象之词。

《本草》将肉苁蓉列为草部，《大词典》也说它是草本植物。"塞上无夫之妇时就地淫之"，"时"者，时常也。草本植物又如何经得起时常折腾，恐怕一两次便会玩完，"一得阴气，弥加壮盛"，大概也不会是事实。

周作人说过："写自然事物的小文向来不多，其佳者更难得。英国怀德（Gilbert White）之《自然史》可谓至矣，举世无匹。在中国昔日尝有段柯古的《酉阳杂俎》，此次则此《五杂组》，此二者与怀德书不能比较，但在无鸟之乡此亦蝙蝠耳。"这段话也可以代表我的意见。大抵中国文人缺乏科学的精神，信古书信传说胜过了信观察信实验。但无论如何，像谢在杭这样能够将无夫之妇就地应急的事情记述下来，比起做八股写颂圣诗文，对学术研究总还是更为有用的。

布商何某与贾人之妻

《性心理学》第四章说：兽交可以分为两类，一类的当事者多是乡僻地方低能的人，可称为 bestiality，一类的当事者则在精神上有病态，可称为 zooerastia。蔼氏原书曾举出前者的例子："一个德国的农民在法官前面替自己解释着说：'我的老婆好久不在家了，没有办法，我就找我的母猪去了。'"在谈到"利用得最多的是母猪"时，潘氏加了一条注（46），引《槐西杂志》卷二云：

> 乌鲁木齐多狎邪，冶荡者为所欲为，官弗禁，亦勿能禁。有宁夏布商何某，年少美风姿，赀累千金，亦不吝，而不喜为北里游。惟畜牝豕十馀，饲极肥，濯极洁，日闭户而昵淫之。豕亦相摩相倚，如昵其雄。仆隶恒窃窥之，何弗觉

也。忽其友乘醉戏诘，乃愧而投井死。迪化厅同知木金泰曰："非我亲鞫是狱，虽司马温公以告我，我弗信也。"

从前看《槐西杂志》时，只将此则视为"人与物交"之一例，像褚人获那样对"宇宙之大何所不有"略感惊诧而已。后来恭逢"伟大的无产阶级文化大革命"，跟两位右派朋友漫步长沙街头，有次看到好几张"集中打击破坏春耕生产的犯罪分子"的布告，四五个人的罪名都是"兽性大发，强奸母牛"，还有"摧残耕牛身体健康"等字样。转入僻静小巷后，三人禁不住"偶语"起来。我说："兽性再大发，强奸母牛只怕也有点为难吧。"一位朋友说："要说摧残身体健康，也只能是摧残人的身体健康呀！"另一位朋友则皱起了眉头："一整张一整张宣传这类事情，让外国人看了，岂不丢中国人的脸。"虽然当了右派，爱国之心似乎仍然不减。

"强奸"母牛的几位，和霭理斯说的那个德国农民一样，显然都是 bestiality 者，他们找母猪母牛，都是"不得已而思其次的权宜办法"。乌鲁木齐的布商何某却与他们不同，他年轻漂亮，有钱又舍得花，绝不会找不到女人，至少去"北里"（红灯区）入"狭邪"（妓院）是会大受欢迎的，却偏要养上十几头母猪等它们发了情来"相摩相倚"，正如潘氏在译注中分析的，"则其人在性心理上恐不无变态"，应该是一个 zooerastia 者了。

社会与法律对于兽交的态度，也是《性心理学》研究的问题。布商何某的投井死是由于"愧"而非由于"畏"，由于受不了社会的鄙视和嘲笑，而非由于惧怕法律的制裁。此事之所以惊动迪化厅同知，是因为出了人命，知情的仆隶和友人不能不到官说明，才能结案；不然本人已死，还追究什么呢？但兽交如果触犯了伦常，则在古代中国也会有严重的后果。《聊斋志异》乃常见之书，其卷一"犬奸"一则中的人和犬，便都被处了"寸磔"的极刑，潘氏却没有用来作注。其文云：

> 青州贾客某客于外，恒经岁不归。家蓄一白犬，妻引与交，习如常。一日夫归，与妻共卧，犬突入，登榻啮贾人，竟死。后里舍稍闻之，共为不平，鸣于官。官械妇，妇不肯伏，收之，命缚犬来，始取妇出。犬忽见妇，直前碎衣作交状，妇始无词。后人犬俱寸磔以死。

对兽交的态度，因为民族和宗教的关系，常常有很大的不同。书中说，在色里希人（salish）中，"犯此之人并不因此受人鄙薄，并且根本也不算是一种过错的行为"；而在中古时代的欧洲，特别是法国，"犯者和母猪或母牛，或母驴，就一并被判处荼毗（烧死）了"。

古代欧洲对兽交施严刑重罚，盖宗教认为此乃亵渎神明的罪孽，故犯者均不可饶恕。古代中国最重视的则是纲常名教，贾人之妻所以被寸磔，非因其与犬奸，而因其"奸杀亲夫"，不过杀亲夫的是一条犬罢了；如果没有"杀亲夫"，她是无论如何不会死的。注（47）引《潇湘录》说的杜修己妻，与所养白犬"奸淫无度"，亦仅仅"被出归母家，而犬仍往来不绝"，便足以证明。布商何某如果脸皮厚一些，更不至于死。卖布的又不是养猪专业户，"畜牝豕十馀，饲极肥，濯极洁"，已经是半公开了，要荼毗的话，岂不早就被抓到宗教裁判所去了么？

（二零零五年九月）

盛世修史

《云自在龛随笔》作者江阴缪荃荪，在清朝当国史馆总纂，在民国又当清史馆总纂，是公认的修史专家。《随笔》论修史云："马迁至欧阳修，十七史皆出一人之笔，虽美恶不等，仍各有体裁"；后来《宋史》有三十人纂修，《元史》有十六人纂修，反而体例参差，挂漏甚多，"此人多手杂之故也"。可见缪氏并不认同"人多好办事"，并不主张靠"众人拾柴火焰高"的办法来修史。

时行说"盛世修史，明时修志"。在说修史之前，先说说修志吧。日前购得一部大书《北京市志稿》，有一十五册，一九九八年北京出版，却是一九三八年至一九三九年间修成的。据介绍：北京市政当局一九三八年秋设立修志处，拨款一万馀元，处长由市政府秘书长兼任，派秘书一人总管处内一应事宜，聘任总纂、分纂和特约编纂夏仁虎等十馀人分撰十四门三表，一人担任一门或一表，共二百卷四百馀万字，至一九三九年秋（仅仅一年时间），除《故宫志》一门未交稿外，便全部竣工了。

这是不是粗制滥造的伪劣产品呢？却并不是。新写的出版说明云："此书不仅广泛蒐集了前代的文献，而且保存了大量民国时期的史料，有着无法比拟和不可取代的价值。"我浏览了一下《艺文志》和《艺文志补》，所收约两千种关于北京"地与人"著述的目录和提要，比到国内任何图书馆去检索能得的多得多。《礼俗志》中记北京本地小吃，"驴打滚乃用黄米面蒸熟，红糖为馅，滚于炒豆面中，使成球形；各大庙会集市时，多有售此者，兼亦有沿街叫卖，近年则少见矣"，也写得津津有味。持与近年所出志书相比，说它"有着无法比拟和不可取代的价值"，似乎并非过誉。

现今修史的详情无从知悉，修志的情况则多少晓得一些，即拿湖南省的"新闻""出版"二志而言，这两册最多顶得《北京市志稿》中的两册吧，而所花的人力、财力、时间，都不知多出了多少倍。一九三八年至一九三九年的北京断非盛世明时，夏仁虎等人何以能干得如此"多快好省"，愚如我者真百思不得其解。听说苏联研制秘密武器，设计者多为本国的犯人和敌国的俘虏，严密监管下不仅工效特高，保密也放得心，难道夏仁虎他们也是在刺刀和皮鞭下创造高效率高质量的么？

当事人的说法又否定了这种臆测。中央民族大学教授苏晋仁先生一九三八年至一九三九年间参加过《北京市志稿》的编纂，一九八八年又为《志稿》出版写了总序。他说，当时的总纂、分纂诸人"大都为学术界名流学者，各有专长，因而待遇优厚，礼敬有加"。"这些老辈不但对史例的制订，条目的安排，史料的选择，人物或事件的评骘各抒己见，互相切磋，且从善如流，吸收年轻人来从事工作"（苏先生当时便只二十几岁），"所以如此庞大的著述，才能于短短一年内竣工"。既然"礼敬有加"，当然不会刺刀皮鞭伺候；而"待遇优厚"，则肯定要在一万元之外加办"特供"。

现在该"点题"来说说"盛世修史"了。近见报纸刊载："十年中将有几千名清史研究学者参与清史纂修，以工程招标的模式由各界承包，总经费至少在六亿元以上。"几千人和缪荃荪认为"人多手杂"的三十人和十六人相比，多了不止百倍，六亿元则是一万元的六万倍，真是盛世才有的空前盛况。只不知盛世的司马迁、欧阳修是谁？如今的缪荃荪又在哪里？他们会不会来投标承包呢？

（二零零五年十月）

清朝的官俸

公务员工资是大家关心的问题，清朝的官俸（也就是那时公务员的工资）水平却是相当低的。人们常说"升官发财"，那时候升官其实并不能发财，除非做贪官。

《大清会典》卷二一"文职官之俸"条："一品岁支银一百八十两，二品一百五十两，三品一百三十两，四品一百五两，五品八十两，六品六十两，七品四十五两，八品四十两，正九品三十三两有奇，从九品、未入流三十一两有奇。"此为基本工资，称"正俸"；而"京员（中央机关和京城本地官员）例支双俸"，即在基本工资之外加发同样数目的津补贴，称"恩俸"；此外"每正俸银一两兼支米一斛，大学士、六部尚书侍郎加倍支给"，称"俸米"。三者相加，就是清朝公务员的年薪了。

清朝不设宰相，一品当朝的大学士便"位极人臣"了。但升官升到大学士，亦不过正俸一百八十两加恩俸一百八十两再加俸米三百六十斛（一百八十石），按全年十二个月平均，每个月的收入仅有银三十两、米十五石，这又如何能发财呢？

那时候，随你做好大的官，自己使用的人，上至幕友师爷，下至门房仆役（更不必说红袖添香的女秘书了），都得自家雇用；坐轿乘车，公家也不报销，必须自备。何刚德《春明梦录》云：

大臣许坐四人肩舆，然亦有不坐轿而坐车者，以贫富论，不以阶级分也。缘坐轿则四人必备两班三班替换，尚有大板车跟随于后，且前有引马，后有跟骡，计一年所费，至少非八百金不办；若坐车，则一车之外，前一马，后或二三马足矣，计一年所费，至奢不过四百金，相差一倍，京官量入为出，不能不斤斤计较也。余初到京，皆雇车而坐，数年后始以二十四金买一骡，雇一仆月需六金；后因公事较忙，添买一跟骡，月亦只费十金而已，然在同官汉员中已算特色，盖当日京官之俭，实由于俸给之薄也。

何刚德任京官十九年，最后做到五品郎中（司局级），五品官年俸银百二十两、米六十斛，这百二十两银子刚好付每月十两的骡马费，一家人的生活，六十斛米又如何能够维持，势不能不于官俸之外另行设法。《春明梦录》也多少透露了一些这方面的信息，如云："京官廉俸极薄，所赖以挹注者，则以外省所解之照费、饭食银，堂（各部首长）司（郎中等司官）均分，稍资津贴耳。各部之中，以户部为较优，礼部尚书一年千二百金，侍郎一年八百金而已。"讲到他自己，则"有印结银，福建年约二百金左右（他在吏部分管福建）；有查结费，与同部之同乡轮年得之，约在印结半数；此外即饭食银也，每季只两三金耳；得掌印后，则有解部照会，月可数十金，然每司只一人得之，未得掌印，则不名一钱也。"何刚德"在同官汉员中已算特色"，就是因为他"得掌印"的缘故。

这些都是公开的额外收入，此种收入"以户部为较优"，但即使升官升到户部尚书侍郎，光凭额外收入生活仍然只能是清贫的。何刚德的乡试座师孙诒经为户部侍郎,兼管三库,有次说家里有菜,留何吃饭,六个碗里盛的却不过是些燉肉和炒肉,还有一次,"乃以剩饭炒鸡蛋相饷"。何刚德不禁感慨系之地说道:"户部堂官场面算是阔绰,而家食不过如此,师之俭德,可以愧当时之以八十金食一碗鱼翅者矣。"孙诒经的俭德是表彰了,那"以八十金食一碗鱼翅者"是谁,他的官俸是多少,食鱼翅的银子又是从哪儿来的呢,《春明梦录》却没有说。

(二零零六年二月)

说倒提

鲁迅写过一篇《倒提》，说洋人在租界优待动物，不许倒提鸡鸭，"有几位华人便大鸣不平"，这些"自叹不如租界的鸡鸭者"是"没出息的"；又说"我们的古人"想到过"人民的倒悬之苦"，却"还没有察出鸡鸭的倒提之灾"。廖沫沙对"没出息"之说不以为然，作《论"花边文学"》一文，力诋"花边文学家的嘴和笔"；但对于引起争议的由头，即"不许倒提鸡鸭"的行令者，是否只有租界的洋人，就没有"我们的古人"呢？却未置一词。

鲁迅视廖沫沙的文章为"暗箭"，特地将"挂在暗箭上射给我"的"花边文学"四个字，作为自己文集的书名，以志不忘，又在文集的序言里对廖进行了反击。这场笔墨官司本来就没有多少意思，后来它上升为"意识形态领域里两条路线斗争"的大案，就更加使我觉得小题大做了。语云"不贤识小"，这里便来识一点小，"我们的古人"其实是干涉过倒提鸡鸭这件事情的。清朝同治年间，海宁人陈其元著《庸闲斋笔记》，卷四末一则云：

先大夫署福建光泽县时，邻县某因禁私宰，梏杀牛者，而以牛肉环置架上，暑腐臭烂，熏蒸致死，渠因生肖属牛，

251

故爱牛同于骨肉……。宋徽宗时宰相范致虚上言，"十二宫神，狗居戌位，为陛下本命，今京师有以屠狗为业者，宜行禁止"，因谕指挥禁天下杀狗，赏钱至二万。元延佑间，都城有禁，不许倒提鸡，犯者有罪，因仁宗乙酉生，本命也。明正德朝下诏，禁天下食猪，盖武宗以"猪"与"朱"同音，为犯国姓也。古今事无独有偶者乃如此。

"元延佑间"（公元一三一四年至一三二零年）在鲁迅作文前七百二十馀年，都城（今北京）便曾经禁止过"倒提鸡"，犯者有罪。延佑皇帝（元仁宗）生于至元乙酉，酉属鸡，于是禁止倒提鸡（没有提到鸭，恐怕与北方少鸭也有关系），这和某县令属牛禁杀牛，宋徽宗属狗禁屠狗，明武宗姓朱禁杀猪一样，都是迷信，也是统治者以意为法的表现，具有鲜明的"中国特色"。但"不许倒提鸡，犯者有罪"毕竟是客观存在的事实，当时也肯定下过诏令的。

鲁迅说："鸡鸭这东西，无论如何，总不过送进厨房，做成大菜而已，即顺提也何补于归根结蒂的命运；然而它不能言语，无法抵抗，又何必加以无益的虐待呢？"租界上的洋人和大元朝的皇帝，大约也是这样看的吧。愚如我者却不禁要想：若是再搞运动又要将我吊起来，自然是宁愿头朝上顺吊，怕脚朝上倒吊；"鸡鸭这东西"的感受则殊难揣测，顺提是提脖子，倒提则提腿脚，究竟哪样更难受，哪样算"无益的虐待"，除非轮回入畜生道去亲历一番，还真无法回答。

一九五七年后的二十多年中，我一直从事体力劳动，也曾在长沙市毛家桥"鸡鸭仓库"干过活，"经手"过的鸡鸭成千上万，所以知道"鸭提颈根（脖子）鸡提脚"乃是常规，这里根本不存在是虐待还是善待的问题。这样做，乃出于人们的经验，是从操作便利出发的，并未站在鸡鸭的立场上考虑，但无论是提颈根（顺提）还是提脚（倒提），都不曾发生过将鸡鸭弄伤弄死的情况。

如果我是一只鸡，当然希望在丛林中自由地饮啄。如果我是一只鸭，当然希望在池沼中自由地游弋。既不幸成了家禽，食人之粟，即不能不成为人之盘中餐，当然还会希望能遇到《儒林外史》中的范进，抱着我一步一踱，这比"倒提"的确要舒服一些，虽然他踱着也是将我"送进厨房，做成大菜"——但范进又岂是人人愿做、人人能做的呢？

现在的刑法和治安罚则中，都不见有惩办倒提鸡鸭的条文，可见元朝的禁令和租界的法规，并未能行之久远，这也是"理之固然，势所必至"的。善哉清雍正帝之言曰："法令者，必其能禁而后禁之；明知法不能胜而禁之，则法必不行。"这是雍正三年八月上谕里的话，见《听雨丛谈》卷八。当时诸臣欲将臣民穿戴逾制（超等）者一概禁止，雍正却不准行。穿戴逾制与倒提鸡鸭毫不相干，雍正的话却好像是讲给"不许倒提鸡鸭"者听的。

在夺权不择手段、杀人翻脸无情的暴君中，雍正是最令人憎恶的一个。但他知道禁令并非万能，"必其能禁而后禁之"，这就比"明知法不能胜"偏要执法的愚蠢的统治者聪明得多。大元皇帝和租界洋官不更多地关心民生疾苦，却来禁止本不必事实上也禁不了的"倒提鸡鸭"，不管其动机是想当慈善家还是爱自己的"本命"，总是庸人自扰。文人要表示爱国爱民，或宣传"文艺政策"，或者想抑人扬己，其实也可以选择另外的题目呀。

（二零零六年七月）

奉正朔

古时专制帝王君临天下，不仅要求臣民绝对服从，还要求"外夷"也"奉正朔"，即根据他登基时颁布的年号和历法过日子。明人笔记《玉堂丛话》云，常忠武王（遇春）死后，高丽国王派人来致祭，祭文没署"洪武"年号，接待的大臣曾鲁便严词质问道："不奉正朔，君臣之义安在？"沈德符所著《万历野获编》，刘叶秋《历代笔记概述》谓其材料丰富，叙述可信，不久前浏览一过，觉得大体不虚，但补遗卷四《外夷夸诞》一条，也表现出和曾鲁差不多的态度，原文如下：

  宋世日本国僧来朝，云其国一姓相传已千馀年，实未可信。本朝宣德七年爪哇国入贡，其移文乃称一千三百七十六年，但不着年号，其果为一姓与否，亦难诘问。但如此夸诞，近于戏侮，当时典属国者何以不拒回，想虑失远人之心耶？

这里提出了三点质疑：（一）日本说天皇世代相传已千馀年怎么可信；（二）爪哇纪元一千三百七十六年更属荒唐；（三）这都是"外夷"对"天朝"的戏弄和侮辱，管理来朝入贡者为何不坚决拒绝，斥令返回，难道还怕得罪了外国人么？

这三点质疑，都是站在要求"外夷"奉正朔的立场说话，以为不奉正朔的纪年便不可信，便是胡编乱造。其实世界之大，并非都是"王土"，要求普天之下的人都接受自己的"教化"，恐怕只能是一厢情愿。

日本天皇制向称"万世一系"，"万世"有神话成分，"一系"却是真实的。中国人研究日本的第一部可靠著作黄遵宪的《日本国志》，列有一份"中东年表"即中日年代对照表，日本"以崇神纪元为始"，即是从汉武帝天汉四年（前九七）算起，而"宋时日本国僧来朝"，指的是宋太宗雍熙元年（九八四）日本留学僧来华。从公元前九七年算到公元九八四年，正好是"千馀年"。《宋史》也曾记录这位留学僧（名字很怪，上为"大"字下面一个"周"字，下为"然"）所述历代天皇，凡六十四世：还说宋太宗"闻其国王一姓传继，臣下皆世官，因叹息谓宰相曰：此岛夷耳，乃世祚遐久，其臣亦继袭不绝，此盖古之道也"……可见所说"一姓相传已千馀年"，确实没有夸张。

爪哇岛上的国家，常常不止一个，在中国南北朝时即已先后"来朝"（这也是自我感觉太良好的说法），历代史书上称之为阇婆达、诃陵、社婆，《元史》才开始称爪哇。至元二十九年（一二九二），元世祖忽必烈命史弼率军渡海征之，可是却打了败仗，结果是"弼自断后，且战且行，行三百里得登舟，行六十八日夜达泉州，（五千）士卒死者三千馀人……于是朝廷以其亡失多，杖十七，没家资三之一"，给败军之将以惩罚收场。爪哇原来崇奉印度教——佛教，后来则信了伊斯兰教，从来没有奉行过中国的"正朔"。明朝洪武二年，朱元璋"遣使以即位谕其国，且赐以大统历"。皇历虽然送去了，那边却没有接受，所以来文才自称一千三百七十六年，此当是以"希吉来"（阿拉伯语"迁徙"

的音译，指穆罕默德率信徒由麦加迁徙到麦地那之年）纪元的回历年份。因为从十四世纪起，伊斯兰教即已由苏门答腊和孟加拉国传入爪哇，很快便取代了印度教和佛教的影响，直到如今尚是如此，而宣德七年已是十五世纪中叶了。

爪哇"入贡"，日本"来朝"，用他们本国的方式纪年，乃是正常之理。接受这个事实，也是起码的外事常识。值得注意的是，既无当事之职又无发言之责的沈德符，却表现得比宋太宗赵匡义和宣德朝"典属国"还义正词严，硬要斥之为夸诞和戏侮，主张驱逐来人，断绝来往，现在看来，未免过分。

古时读书人将一片忠爱之心全寄托在"圣明天子"身上，自己甘心做臣妾便认为普天下（全世界）的人都该做臣妾，越是国力孱弱如南宋和明朝时，士大夫的虚骄之气越足，连沈德符这样有学识的人亦未能例外。另一部明人笔记《谷山笔麈》卷三云：

> 三代以下，国体之尊，莫有过于我朝者。如汉唐盛时，与匈奴、乌孙犹称甥舅之礼。宋之全盛，与契丹为兄弟之国，此其最尊时也。本朝控制四夷，皆为臣妾（请注意，称呼的确是臣妾）……诸夷自称奴婢，视甥舅兄弟之国，何啻霄壤。

其实这时明朝对外打一仗输一仗，国势不仅远弱于汉唐，便和北宋盛时亦不能相比，读书人却还要为"外夷"不奉正朔而气愤填膺，又没有跨海征东的本领，只能在嘴巴上头打打胜仗，骂骂奴婢臣妾解气，这倒真可说是夸诞和戏侮，不过戏侮的只能是夸诞（盲目）要求别人"奉正朔"的自己罢了。

（二零零六年九月）

天威莫测

京剧《草桥关》中姚期有一句嘱咐儿子姚刚的唱词，"天威莫测儿要多加小心"，这是他一生政治经验的总结，是一点也不错的。专制君王特别是秦皇汉武朱元璋这类"雄主"，舍得杀人，尤其舍得杀自己人，其"天威"之"莫测"，有时简直到了不可思议的程度。比如说，朱元璋杀了自己的亲家、开国第一功臣李善长，却又向李的儿媳、自己的长女临安公主承诺，二百一十六年之后，一定给李家平反。

此事记载在崇祯朝刑科给事中李清所著的《三垣笔记》里。他亲见临安公主和李善长长子李祺的九世孙李世选，"捧高皇御笔龙封"，从安徽绩溪进京，"自云善长赐死后，驸马都尉李祺嫡子李盛庆贬绩溪为民，即临安公主出也，因（公）主号泣于（太祖）前，故赐之龙封"。

"龙封"上的"高皇御笔"全文如下：

敕赐皇亲外孙李盛庆：尔祖善长因国事罚贬去守龙关（不说诛杀，而说贬到阴间去守龙关，真是妙绝）。尔二百十六春为民，依数满，我封此旨，到京见主开拆，复忠臣勋爵，护国永远。世世不忘刘、李、徐勋臣，保障我为主，收伐陈友谅，天下俱服，十大功劳，秋毫无犯。

洪武二十三年出给李盛庆收拆。

封内还有一道详尽的勒书，口气居然是在对已被"正法"的李善长说话：

勋臣善长：众臣诈伪，坐胡惟容（庸），不晓自犯。向后复查，毫不干你事。……忠臣与我，股肱心腹。你为国为民，我不忍忘。天誓我常害怕。你先年同刘基一时败友谅十六万大兵。今你男李棋（祺）外孙福缘已故，止存三外孙。李盛庆长外孙贬罚二百十六春为民，取复护国，准旨到京见主，复韩国公。收过家资钱粮，数万国用养老，三万还你开国勋臣。……

御笔亲署的洪武二十三年，就是杀李善长的当年。李善长确实是朱元璋的"股肱心腹"，《明史》说元璋打天下，"事无巨细，悉委善长，一切听便宜行事"，得天下后封韩国公，授太师丞相，位在徐达、常遇春、刘伯温之上，"制词比之萧何，褒称甚至"，只差没喊"唯我李大将军"了。彼此还结为亲家，赐铁券丹书，"父免二死，子免一死"，可见优遇之极，倚仗之深。

但雄主驭下纯用权术，倚之深则忌之更深，待天下坐稳，就要杀功臣了。朱元璋先杀了李善长推荐的胡惟庸，"词连善长"，终于锻炼成叛国大案，善长"并其妻女弟侄家口七十馀人悉诛"，只驸马李祺"以公主恩，得不坐"，但旋即"亡故"，只留下他和公主所生的"皇亲外孙李盛庆",也被"贬罚二百十六春为民",赶回安徽老家去。

在"高皇"的赫赫"天威"下,胡惟庸案、蓝玉案都诛杀了好几万人。李善长也是"坐胡惟庸"的一个,他功居第一,挨刀自然也居第一,这并没有什么值得奇怪的。令人"莫测"的是,将李氏后人(还是公主亲生的呢)"贬罚为民"的期限,何以不多不少恰恰定为"二百十六春",又何以要承诺二百十六春后"复韩国公,还你开国勋臣"呢?是"向后复查,毫不干你事",发现杀错了,于是这样来补救一下呢;还是"天誓我常害怕",想给斫脑壳鬼一个"将来总会平反"的希望,免得夜夜梦见髑髅血模糊来索命呢。

无论如何,这"二百十六春"的期限是如何定出来的,总是"莫测"得令人百思不得其解。难道是刘伯温献出了比《烧饼歌》更神奇的秘本,使朱元璋真能未卜先知,知道明朝只有二百多年的气数,到"二百十六春"之后再来翻案,翻不翻得成,对大家都已经无所谓了么。

事实也确实如此。李祺和公主的九世孙世选"捧高皇御笔龙封"进京时,明朝大势已去,救亡都来不及了。皇帝将此事交阁臣讨论,大家揣摩圣意,翻案不如不翻,于是说字迹不尽似太祖笔迹,又胡惟庸写做惟容,李祺写做李棋,可能有假(其实太祖高皇帝本是白字连篇的,如果有意造假,反而不会写错字了),仅因安徽抚臣查明,"盛庆以三岁贬,世选为善长后,俱实";绩溪县令也奏称,"龙封相传已久,士大夫及里民俱知,非新造者";《三垣笔记》的作者时司刑科,也力陈非假,世选方得免予刑罚,遣送回乡。

但这对于李世选这位九世孙来说,也未见得是什么坏事。因为另一个姓李的人很快就带兵打进了京城,朱家最后一个皇帝(就是坚持不肯给平反的崇祯)吊死在煤山,所有公侯伯子男等世袭贵族统统都完了蛋。天终于塌掉,"天威"也就化为乌有,平反不平反都没有什么关系了。

(二零零六年九月)

恬笔伦纸

《千字文》说"恬笔伦纸",蒙恬造笔和蔡伦造纸从此得到普遍承认,秦始皇的将军和东汉时的太监也从此登上了文化名人的宝座。《千字文》成书于宋,其实宋时便有位马永成,著了部笔记《懒真子》,对此提出过质疑:"蒙恬造笔,然则古无笔乎?"

这一问问得好。本来嘛,蒙恬是秦时人,如果笔到秦时才造出来,秦以前经史百家的文字又怎能书之竹帛,流传至秦,焚都焚不尽呢?

《懒真子》还举出了不少先秦时的证据,如《尔雅》曰"不律谓之笔",《曲礼》曰"史载笔",孔子"绝笔于获麟",庄子描写"舐笔和墨"……结论是"古非无笔",毛笔非蒙恬所造。但接下去又说,蒙恬虽然不是笔的发明人,用兔毛制笔却是从蒙恬开始的,理由是"《毛颖传》备载之",将小说家言作为文献根据,这就明显不对了。

蔡伦造纸之说出于《后汉书》,其实《后汉书》也只说,蔡伦由小黄门(小太监)做到尚方令(总管太监)后,监督管理过宫中应用器物(包括纸)的制造事务。所云"用树肤麻头及敝布鱼网以为纸"者,只能是专业造纸的工匠,决不可能是自幼即被阉割如今身居高位的蔡伦。事实不过是由蔡伦呈进的一批纸张特别好,"帝善其能",予以奖励,"蔡侯纸"就这样出名了。

至于蒙恬造笔,根本就于史无据。《史记》历述蒙氏三世为秦将,始皇命恬破齐国,逐戎狄,筑长城,修驰道,都言之凿凿,而无一句说到造笔,只说"恬尝书狱典文学",不过是少年时的一种历练。而秦法繁苛,书狱者众,难道都得等这位将门之子造出笔再来"书"么?

蒙恬后五百多年,张华写《博物志》,才说"蒙恬造笔",《志》中其他内容,如说"五月五日埋蜻蜓头于西向户下,埋至三日不食,则化为青真珠"之类,多不可信。但因为蒙恬是名人,蔡伦也是名人(太监中名人不少,赵高、郑和、刘瑾、魏忠贤、李莲英皆是也),后人便将笔和纸的发明权归之于他们,此皆"名人效应",去事实甚远。

《懒真子》不信蒙恬后五百年张华的《博物志》,坚持"古非无笔",却相信蒙恬后一千年韩愈的《毛颖传》。但《毛颖传》压根就是一篇寓言体的游戏文章,"毛颖"就是一只毛笔头。文章假托秦始皇命蒙恬伐楚,军过中山(历史上并无其事,只因中山之地多兔,兔毛制笔,故如此写),"围毛氏之族,拔其毫,载颖而归,献俘于章毫宫,聚其族而加束缚焉"("聚而束缚"意思便是扎紧兔毛制成笔头)。秦始皇遂封毛颖为管城子,命其掌书记,常侍左右,呼为中书君。后颖年老发秃,始皇嬉笑曰:"吾尝谓君中书君,而今不中书耶?"("不中书"即"写不出好字了"之意。)

"文起八代之衰"的韩愈也是大名人,《毛颖传》亦是篇好作品,此文一出,"管城子"和"中书君"便成了毛笔的别名,直至如今。但游戏文章毕竟不能充历史文献,《懒真子》作者却奉假为真,对之五体投地,居然将《毛颖传》"备载"的当成史实,自己原有的一点质疑精神完全缴了械。

民智未开之时，群众惯于吹捧名人，膜拜偶像，总是自觉或不自觉地依附他们，总希望给他们"重修庙宇，再塑金身"，人间的业绩也总往他们名下挂。小炉匠奉太上老君为行业神，戏班子尊唐明皇作祖师爷，看似荒唐，其实无非是典籍中黄帝造舟车、神农做耒耜的通俗化，二者并无高下之分，全都是偶像制造和膜拜的表现。

轮车、舟楫和锄犁，乃是追求文明进步的多少代人不断创改的成果，根本不可能是某个伟大人物灵机一动"造"出来的。笔和纸也一样，也决不会是谁和谁的发明。长沙左家公山战国木椁墓中发现的毛笔，杆用竹管，一寸多长的笔头全用兔毫，西汉时的麻纸，近年来也多次在考古发掘中出土，这都是蒙恬和蔡伦之前的制成品，是否定"恬笔伦纸"的铁证。

话虽如此说，但习惯的力量是强大的，膜拜偶像上了瘾也难得戒除。如果有人硬要相信"恬笔伦纸"，正如硬要相信三宝太监用木头造得出比巡洋舰还大的船，比哥伦布还先发现美洲，也只能由他吧。

(二零零七年一月)

古长沙片鳞

彭国梁撰《长沙沙水水无沙》，介绍二十世纪三四十年代文人笔下的世相，谢冰莹写大椿桥贫民窟，田汉写月湖堤小茶馆，严怪愚写又一村游乐场，都颇有看头，差不多比得上《清嘉录》和《燕京岁时记》一类古人笔记中的描写。

欲知古时本地风土人情，本来只能看笔记，因为这才是当时文人的自由创作，与官修"正史"只记录帝王将相们"相斫"不同。长沙没有《扬州画舫录》和《汉口竹枝词》这样的专书，只有从平常浏览中发现一鳞半爪。

《荆楚岁时记》成书于千五百年前，书名涵盖了长沙，书中写明是长沙的却只有一条："四月八日，长沙寺阁下有九子母神，是日市肆之人无子者供养薄饼以乞子，往往有效。"记得日本投降后初到长沙，住玉泉山观音庙旁，常见人来庙里烧香求子，四月初八为菩萨生日，香火特盛，许愿还愿者特多，倒不限于求子了，供品则多为水果米糕，并不见薄饼，这和送子娘娘取代九子母一样，都是风俗既在传承又有变化的例证。

宋朝文莹的《湘山野录》作于湖北荆州，长沙亦只寥寥数条，都是写官场的。陆游的《老学庵笔记》倒是写过长沙僧寺开当铺，自称长生库，说六朝时有个姓甄的人"尝以束苎就长沙寺库质钱，后赎苎还，于束苎中得金五两，送还之"，结论是"此事亦已久矣"。束苎即成捆的苎麻，里头的五两银子，猜想是哪个和尚私自藏匿来不及转移的，可见清净之地未必干净，佛寺搞创收由来久矣。

周密《癸辛杂识》也是南宋有名的笔记，云："长沙茶具精妙甲天下，每副用白金三百星（钱）或五百星，凡茶之具悉备，外则以大缕银合贮之。赵南仲丞相帅潭日（潭指潭州即长沙）尝以黄金千两为之，以进上方，穆陵大喜，盖内院之工所不能为也。"做得出皇宫内院御用工匠做不出的东西，说明当时长沙银匠的工艺水平确实是"甲天下"的。但这手艺好像未能传下来，民国时这里的著名银楼余太华、李文玉等，都是江西师傅在掌本了。百工之事本是市廛中很重要的一条风景线，我做过几年木匠，对此类记述尤其感到亲切。

记长沙工匠手艺的，还有民国时杨钧的《草堂之灵》，卷九"记巧工"第一个就是丁字湾的石工邹自运。丁字湾距长沙四十里，盛产麻石（花岗石），这本来只是一种建筑材料，很粗，邹却能将整块石头雕成养鸟的笼子，"精细与竹制者相埒"。"他石匠刻成石马，忽损一耳，请救于邹，邹取铁锤将完好之耳亦行敲去，观者大骇，不知所为，乃徐徐刻垂耳状，较前美观，众人皆服。"有大官宦家想为自己建一座"乐善好施"的牌坊扬名，邹说："这四个字是不容易做的啊。"要价千二百两。宦家斥其索价太高，他笑道："工价可以商量，不过我早就晓得，这四个字是不容易做的啊。"其手艺固然巧，辩才则更巧了。

笔记虽然可以写风土人情，写的仍多是作者熟悉的士大夫生活，像上面这些市井和草野间的事情，尤其是限于一地的，就得耐烦披沙拣金，若偶有所得，就格外喜欢。曾读周寿昌《思益堂日札》，乃是清朝道光年间长沙一位翰林公的读书笔记，卷六最后一条却介绍了好几首"吾乡土歌"，极为精彩。其二云：

　　好马不吃回头草　好客不吃路边茶
　　蜜蜂子不采罢园花

原注："罢，犹落也，言园中花之将落者也。"其三云：

　　十里长亭赶送郎　郎去求名到他乡
　　郎送姐的金心戬　姐送郎的好茴香

其五云：

　　不曾见灯花会结果　不曾见铁树会开花
　　好马不受两鞍辔　好船不用两桨划
　　好女儿不吃两家茶

结语云："隐语双关，古心艳语，俨然汉魏遗音"，给"吾乡土歌"以极高的评价，真实地将其记录下来，不删不改，态度比"大跃进"时的"采风"好得多。

　　此书卷九还记过长沙正月初九的"玉皇暴"，三月的"观音暴"，九月的"重阳暴"，说"吾乡谓狂风起为暴"，到现在这还是长沙居民要防备的，所谓"三月三，九月九，无事莫到江边走"也。卷八考订《楚辞》"些"字，"以吾乡音叶之，实读若

'俄'去声，至今长沙一带，每语收声必有此字，其辞涉哀郁者，尤非此不能达也"。上回黄永玉来长沙讨论过这个"些"字，为了说明问题，曾拿了本《山带阁注楚辞》给他看，可惜《思益堂日札》当时不在手边。

(二零零七年七月)

《知堂书话》序[*]

我一直还算喜欢读书的,然读书于我亦大不易,一是不易有闲,二是不易到手,三是不易读懂。有时便只好找点说书谈书今称书话的这类文章看看,舐眼救馋,掬水降火,不免为三百年前的陶庵所笑了。

使我感到不满足的是,这类文章虽不算少,真正值得读和经得读的却不算多。奉命来骂或者来捧某一种书的,为了交情或者交易来作宣传做广告的,自以为掌握了文昌帝君的秤砣来大声宣布权衡结果的,我都不大想看。我所想看的,只是那些平平实实的文章,它们像朋友闲谈一样向我介绍,这是一本什么样的书,书中叙述了哪些我们想要知道或者感到兴趣的事物,传达了哪些对人生和社会、对历史和文化的见解。这样的文章,无论是客观地谈书,或是带点主观色彩谈读书的体会,只要能自具手眼,不人云亦云,都一样的为我所爱读。如果文章的内涵和笔墨,还足以表现出作者的学养和性情,那就更为佳妙了。虽然鸠摩罗什早已说过,嚼饭哺人,反致哕吐,说明这是一件多么不易讨好的事情;但在被哺的方面,若能像薛蛟或刘海哥那样,一口吞下别

---

[*] 以下三篇选自《念楼序跋》。

人（？)吐出的红珠，五百年道行便能归我所有，亦不可谓非人生难得之遭逢也。

在我所读过的这类文章中，周作人可算是写得最好的。今从其一生所著三十几部文集中，把以书为题的文章选辑拢来，编成这部《知堂书话》，以飨与我有同嗜的读者。周氏的序跋文本来也属于此类，因系为自己或友人而写，更多感情的分子，而且数量也不少，故拟另成一集，作为书话的外编。所录各文，悉依原本，不加改削；惟明显的排印错误，则就力所能及，酌予改正。如《秉烛后谈》新民印书馆印本第四十八面第九行，印本作：

说文，亡从入从⌐，非¬⌐之⌐，为有亡，亦为亡失。

颇不好懂。原来这里有两处手民之误：一是把"亡从入从⌐"的"⌐"错成了引号"¬⌐"的"⌐"；二是把作者批给排字工人看的"非¬⌐之⌐"也排成正文了。真不知道启明老人当日拿到新印的书时，脸上会是怎样一副表情，恐怕也和我们今天一样，只能无可奈何发出几声苦笑吧。

至于周作人其人和他的学问文章，我是没资格来谈的，因为知道得实在太少，虽然他在晚年也跟我有过一些接触。张宗子《〈一卷冰雪文〉后序》末节云：

昔张公凤翼刻《文选纂注》，一士夫诘之曰："既云文选，何故有诗？"张曰："昭明太子所集，于仆何与？"曰："昭明太子安在？"张曰："已死。"曰："既死不必究也。"张曰："便不死亦难究。"曰："何故？"张曰："他读的书多。"

我所明白无误确确实实晓得的,也就只有这两点:第一,周作人"已死";第二,"他读的书多"。至于别的方面,还是留待能够说和愿意说的人去说吧!

一九八五年十月

理雅各译《四书》

说我乐见理雅各（James Legge，一八一五年至一八九七年）英译《四书》出版，朋友也许觉得奇怪，因为我既不能读理雅各，也并不很喜欢《四书》。理雅各的译文属于十九世纪，林语堂称之为"严谨的学者风格的著作"，但也指出它"因过分依字直译而使人读来费力"，我不通英文，不过从郭筠仙王紫诠记述中略知其译事而已。

《论》《孟》《礼记》皆中国古典，数典忘祖在中国是担当不起的罪名，何况孔孟的思想言文确有其美善，即使不提倡也是不会磨灭的。和"集注"一体的《四书》却是宋儒所命名，以《四书》和"四书文"为标志的儒家之理学化，政教之齐一化，读书之功利化，未必是孔老夫子本来的主张，对汉民族的消极影响却实在太大。我读过一点"五四"先贤的文章，对于一九四九年以前当局者提倡读经曾经表示反对，现在也就不准备改悔了。

可是，正如我不懂音乐，也没听过柏林、维也纳演奏的交响曲，却无碍我崇拜贝多芬一样，我虽不通英文，无法翻阅二十八卷 The Chinese Classics，对于理雅各的工作却是尊重的。他译中国的经书，并不等于他放弃西方文化观念而"改宗"孔孟之道，当然更不同于中国儒生的"天天读"。作为牛津大学汉学讲座的首任教授，他和西方杰出的埃及学家、东方（阿拉伯）学家、原始文化学家一样，把自己整个一生献给了对不属于本国本民族人文的研究，解读和译述文献典籍便是他研究的主要内容。他二十五岁开始服务于"英华书院"，二十八岁起定居香港，垂三十年，四十三岁开始译书，又历时四十载，直至八十五岁高龄时才出齐五巨册的《中国经典》，在英国为至今无人可与之相比的巨大业绩。六十年如一日地研究一个远方外国的古籍，四十年工夫成就五本书，这是何等的精神！以精神文明自诩的今之中国读书人如我者，对此不亦当感激，而更多的则是惭愧么？

湖南出版社是我的"母社"，那里一直有我的朋友，年长于我的，和我年相若的，比我年轻得多的，都有。译文编辑室的朋友曾和我谈过他们出书的事情，我建议他们出一点外国人观察近代中国（是近代而非现代，更不是当代）的记述，尤其是专注于社会、人文的，如《黄土地上的农家》《蓝色长袍》之类，与《走向世界丛书》相表里。来谈的朋友对此也有兴趣，可是据说有人提出，应以宣传新中国的伟大成就为主，这当然最符合"对外宣传"的需要，但和我所建议的就不是一回事了。后来，秦颖君准备出版《汉英对照中国古典名著》，老实说，最初我有过一点担心，因为我不太明白它的主要读者究竟应该是中国人还是外国人，而且既是古典名著，恐难找到合适的译者，如果要新译。不过，理雅各这本书我是一开头便赞成列题的，它在文化交流史和翻译史上的地位早已确定，不会因我读不懂而动摇，要是出别的译本，当然不如出理雅各啰。

我以为，图书出版虽然不可能不充当一块宣传阵地，但和报纸、期刊、广播、电视、剧场、歌厅等别的宣传阵地相比，总要有点不同，就是总要多一点文化气，多一点历史感。也就是说，出书不能只看时效，不能百分之百地跟着什么什么走。只要有文化历史的眼光，看准了哪些书通过了历史的筛选并将继续保持历史上的地位。如理雅各译述者，即使经济效益差一点，一下子未必能多印，但每一两年印他三五本，于江河日下时显示一点中流砥柱的形象，人们谈起时能竖一下大拇指，虽不言"效"，效亦在其中矣。

（一九九四年四月）

读杨振宁《曙光集》

二零零八年三月三十一日《文汇报》的《新书摘》，摘录介绍了杨振宁的《曙光集》，所记一九六二年杨氏父亲接受"统战部或明或暗的建议"（引号内为《曙光集》原文，下同），去日内瓦劝杨回国时，说过这么一段话：

> 新中国使中国人真正站起来了，从前不会做一根针，今天可以制造汽车和飞机……从前常常有水灾旱灾，动辄死去几百万人，今天完全没有了。

觉得去事实太远，话说得实在太过了。

古语云，过犹不及。西谚亦云，真理过一步即成荒谬。事实的确如此，茶水斟满了要溢出来，肥皂泡吹大了会破裂，给人看相也只能恭维他红光满面，决不能说红得发紫。

话说得太过，便成了人们厌听的过头话。其实无论出于什么目的，把话说得太过都是达不到目的的，只会适得其反。何谓过？一是超过了事物本来的实际程度，亩产几百斤说是几千斤，写几首诗说可得诺贝尔奖；二是越过了人世间的常情常理，说高山可以低头，河水可以倒流，动物圈起来养比在大自然中活得更好。这两种过头话似乎容易看破，其实未必尽然。

在上述二种以外，还有一种好心的宣传，想歌颂想反对的并不错，问题是宣传得太过，有如防卫过当一样，结果反而弄糟了。这在纪实、自述和传记一类作品中，尤其是不可忍受的缺点。有的作者，名位既崇，实在没有歪曲事实讲违心话的必要，可能是受定势思维支配，习惯了照本宣科，或者是感恩心切，以致口不择言的缘故吧，写出来的东西亦每每不顾事实，悖于常理。大家看了与其说可厌，还不如说可惜，为他可惜，——杨振宁的《曙光集》即属此类。

杨氏父子都是著名的爱国人士，这是举世公认，毫无疑义的。因为爱国，父亲才不远万里去找儿子，给他写下联语作为座右铭——"每饭不忘亲爱永，有生应感国恩宏"（宏疑当作隆）；因为爱国，儿子才写书出书，一再复述父亲的话，认为是"有永久价值的"。他父子俩又都是著名的科学家，科学家之可贵，正在其比常人更富有科学的精神，更尊重事实，更不会说不顾事实的过头话。但在这里，这父子俩却使我们大大的失望了。

杨氏说："新中国使中国人真正站起来了"，说"今天可以制造汽车和飞机"，当然都是事实；他们"灵魂深处的愿望"，是"有生应感国恩宏"，真心想赞颂新中国，当然也是事实。但说什么"从前不会做一根针"，说什么"从前常有水灾旱灾，动辄死去几百万人，今天完全没有了"，则完全是不顾事实的过头话，等于又一次大赞"文革"，大赞"大跃进"。

杨氏所谓"从前"，当然是指"中国人真正站起来了"之前，即中华人民共和国成立之前。那不禁要问，如果"从前不会做一根针"，几千年来缝衣裳打鞋底的针难道都是从芝加哥、普林斯顿进口的么？事实上，《礼记》中便有"纫针请缝"的记载，《左传》成公二年即公元前五百八十九年，鲁国为了向楚国请盟（求和），曾送给楚国数百名工匠，其中便有"执针"（缝纫女工）百人，即人执一针，亦有百针，这么多针更非舶来。我和杨氏一样，亦生于"从前"，儿时所见机制钢针，也都是汉口或长沙的产品，怎能说"从前不会做一根针"呢？

至于水灾旱灾，乃是任何时代任何国家都难以避免的自然现象，近年欧洲大雪，缅甸暴风，还有海啸呀，地震呀，都造成了巨大损失。"从前"中国因灾死人，史官们倒是秉笔直书的，统计数字早就有了。古时人口基数少，如果"动辄死去几百万"，汉族怎能蕃息成为全世界第一大族群，怎能留下那么多人一下子"站起来"呢？尤其值得注意的是，杨氏说因灾死人的事情"今天完全没有了"时，正是难忘的一九六二年，"三年自然灾害"刚刚过去，这三年中"非正常死亡"的人数虽未见国家明文公布，不敢随便乱说，但无论如何，总不会"完全没有"，一个人也没死吧？

这些过头话当然是杨老先生"原创"，杨老夫人亦曾叫他"不要专讲这些"，并以自己摸黑起床买豆腐仅得两块不完整的为例，说是"有什么好"。但杨先生写书时的看法，仍是父母"二位的话都有道理"，对于父亲的过头话，至今并未表示丝毫不认同。

杨氏父子"有生应感国恩宏"的拳拳之心，无人能够怀疑。他们怀着这样的感恩之心，自不忘随时随地为"今天"作宣传，讲好话。但即使是好心讲好话，亦需尊重事实，不悖常理，而不应该宣传过当，说过头话。自己不爱惜羽毛倒还罢了，使得看者觉得肉麻，为之可惜，又何苦呢。

（二零零八年四月）

给周作人写信*

和周丰一君的通信，从八十年代之初准备重印周作人著作的时候，便已经开始了。一九九一年四月，他给我寄来了这样一封信：

《杂事诗》今日收到，请释念。

偶然之中，看到你寄先父书信一件，系一九五八年所寄，距今卅馀年，不知尚有此记忆否？今影印寄上，请回忆为幸。书信未整理，以后还许再发现，也未可知。（下略）

所说的一九五八年，实是一九六三年。当时我被开除已经五年，正在拖板车，劳作归来仍闭户读书，却已不蓄纸笔。为了写信给周作人，特别到小店中买了几张一面粗一面光的极薄而劣的红色横格"材料纸"，还有一小瓶墨汁和一支二角四分钱的毛笔。信是直行写在横格纸上的，末尾的日期是十一月廿四日，没写明年份。但周作人十一月廿九日写来的回信至今还在，信封上的邮戳和同时寄来的《伊索寓言》扉页上的题字，都是一九六三年。后

---

* 以下十五篇选自《小西门集》。

来又看到了周作人的日记原件，一九六三年十一月廿八日记云："上午得吉光廿五日信，锺叔河廿四日信。"廿九日记云："下午丰一为寄锺叔河信，又寓言一册及写字。"说的就是这件事。

当时写信无法留底，也根本没想到要留底，所以得感谢丰一君给我影印寄回。不然的话，我说自己拖板车的时候和年近八十的知堂老人通过信，有的人只怕不会相信。我的信全文如下：

周老先生：

　　从友人张志浩君处，拜读先生手书及大著二种，得知先生仍然康健，十分高兴。

　　从四十年代初读书时起，先生的文章就是我最爱读的文章。二十馀年来，我在这小城市中，不断搜求先生的著作，凡是能寻得的，无不用心地读了，而且都爱不能释。说老实话，先生的文章之美，固然对我具有无上的吸力，但还不是使我最爱读它们的原因。

　　我一直以为，先生文章的真价值，首先在于它们所反映出来的一种态度，乃是上下数千年中国读书人最难得的态度，那就是诚实的态度——对自己，对别人，对艺术，对人生，对自己和别人的国家，对全人类的今天和未来，都能够诚实地，冷静地，然而又是十分积极地去看，去讲，去想，去写。无论是早期慷慨激昂的《死法》《碰伤》诸文，后来可深长思的《家训》《试帖》各论，甚至就是众口纷纷或誉为平淡冲和或詈为自甘凉血的《茶食》《野草》那些小品，在我看来全都一样，都是蔼然仁者之言。

　　先生对于我们这五千年古国，几十兆人民，芸芸众生，妇人小子，眷念是深沉的，忧愤是强烈的，病根是看得清的，药方也是开得对的。二十馀年中，中国发生了各种事变，先生的经历自是坎坷，然即使不读乙酉诸文，我也从来不愿对先生过于苛责。我所感到不幸的，首先只是先生以数十百万言为之剀切陈辞的那些事物罢了。

我最引以为恨的，就是虽然经过刻意搜求，先生的一些文集仍然无法读到。如今我所藏的，不过是《自己的园地》《雨天的书》《苦茶随笔》《夜读抄》《瓜豆集》《风雨谈》以及近年来的几册回忆录而已。此外还有两本从前上海野鸡书店胡乱编印的集子，实在不能算数，只因有上述各书未收的文章，也在珍藏之列。先生究竟老了，我辈迫于生计，也无法多寻书读书，看将起来，这恐怕将会成为我永远难偿的心愿了。假如先生手边尚有留存的文集，无论旧印新刊，能够赐寄一册，那就足以使我欢喜万分了。

此外，我还想学志浩君的样子，求先生为我写一条幅，字句就用先生无论哪一首诗都好。先生最喜欢的蔼理斯的那一段话，用在这里也许合适，就请先生把它当作交给别人手里的一支火把亦可耳。

回示请寄长沙市教育西街十八号。敬祝

康健！

钟叔河，十一月廿四日。

无法购置稍微合适的纸笔，要请先生原谅，又及。

信中所说"蔼理斯的那一段话"，见《雨天的书·蔼理斯的话》，兹摘录如下：

在一个短时间内，如我们愿意，我们可以用了光明去照我们路程的周围的黑暗。正如在古代火炬竞走——这在路克勒丢斯（Lueretius）看来，似是一切生活的象征——里一样：我们手里持炬，沿着道路奔向前去，不久就要有人从后面来，追上我们，我们所有的技巧，便在怎样的将那光明固定的炬火递在他的手内，我们自己就隐没到黑暗里去。

教育西街十八号则是当时我在长沙的住处，七年后的一九七零年三月十八日，我被逮捕判刑十年，妻女仍然住在此处。又过了九年，一九七九年我平反出狱回家，还是回到这个地方。现原址仍在，却已变成一座楼房，教育西街也和教育东街合起来称为教育街了。

（一九九五年四月）

沿着岷江走

从九寨沟出来，汽车一直沿着岷江走。岷江从岷山中冲开一条深谷，谷底最深处是奔腾的江水，水两边是仰角不小于七十五度的高山，车路就开在山腰的石壁上。从车窗中伸出头朝下看，岷江显得特别窄，不要说比湘江，就是比浏阳河也要窄得多。岷江水则显得特别的清，急流扑打着横亘在江中的大块岩石（看得出是先前从两边高山上滚下来的），迸裂成一团团雪白的浪花。中午阳光照射江面的时候，浪花把江水衬映成亮丽的碧蓝，使我觉得非常之美。这和湖南习见的河水，那种总是黄得那么脏，总是在上面浮着泡沫和污物的河水，给我的印象完全不同。

在觉得非常之美的同时，我在心中又忍不住要向自己提出一个问题，为什么眼下这条窄窄的河，这条看起来甚至比浏阳河还窄得多的河，却会被古人一直认为是万里长江的正源呢？

万里长江是现在的称呼，古时它只有一个字的单名：江。现在的江、河都是通名，古时则是专名，"江"指今之长江，"河"指今之黄河。现在所谓的江河，古时都称为"水"，长江称江水，黄河称河水，汉江称汉水，淮河称淮水；江、淮、河、汉合称四水，亦称四渎，指中国四条最重要的河流。而"江"居四渎之首，它最长最大，故亦称为"大江"。《尚书》说"岷山导江"，

《说文》云:"江水出蜀湔氐徼外岷山,入海。"《水经注》云:"岷山在蜀郡氐道县,大江所出。"《尚书》是十三经中居首位的经书,《说文》是文字学和语源学的古典,《水经注》是权威的舆地专著,都说岷山是"江"的发源地,都说岷江是"江"的正源。

现在大家知道,长江发源于青海巴颜喀拉山,入云南境称金沙江,进四川至宜宾和岷江会合。实际情况是,金沙江的长度比岷江长,水量也比岷江大。所以,金沙江才是长江的正源,是主流,而岷江只是长江的一条支流。既然如此,为什么从有文献记载的古代起,直到西洋的地理学传来,人们偏要撇开金沙江,偏要把岷江作为大江之源呢?

沿着岷江走,一面看,一面想。在漩口以上,岷江一直被岷山紧紧地挟持着。所谓"江出岷山",这话一点不假,岷江确实是从岷山的夹缝中冲突出来的。可是我注意到,出了漩口,岷山对岷江的挟持就一下放开了,而且是突然的放开,彻底的放开。岷山"引退"以后,在岷江前面的,是大西南唯一的一块平原。这块平原南北长约三百馀里,东西平均宽近百里,现称成都平原;它的面积有三万平方里,足可容纳东周列国时一个大诸侯国。

沿着岷江走,一路上我看见的山都是青山,看见的水都是碧蓝的清水。《长恨歌》写了"蜀江水碧蜀山青",是先有蜀山万木之青,才有蜀江流水之碧。(不过我又看见,从阿坝州不断开出大卡车,一车一车装的全是粗大的原木,照这样"咬定青山不放松",只怕蜀山也青不多久了。)这种"碧如蓝"的清水,从北到南流经成都平原,流了不知多少年;因为它不像湖南的河水那样饱含泥沙,所以并没有多少淤积,没有改变这里的地形地貌。在这块平原上耕作的农民，从来不需要采用大禹的爸爸鲧的蠢办法——堙，就是辛辛苦苦将泥土筑成堤来防水。因为年年筑堤，越筑越高，堤外淤土也越来越高。及至堤外的泥土高过了堤内，便再无水利可言，只剩下水害了。成都平原从来没有水害，而正好大兴水利，这也就是秦太守李冰能于此地建立不朽之功的客观条件。没有这个条件，李冰纵为贤太守，也做不成李冰，而只能做西门豹。

成都平原上的先民，得天独厚（其实应该说得地独厚），有了比西南其他地方优越得多的条件，于是很早就创造了比其他地方先进得多的，以水稻和蚕桑为主要作物的农耕文明，创造了"天府之国"。

还记得十多年前初访四川时，正好三星堆文物运抵成都。三星堆位于成都平原北端，抗战时期这里曾发现有鲜明地方特征的古青铜器，引起过中外学者的注意。这次新出土的文物，更大大震惊了世界考古界。感谢朋友们的安排，让我进入库房仔细参观了半天。那高达两米峨冠跣足的"神君"铜像，那巨眼方耳的巨大人面造型，那纯金制成精雕细刻的"权杖"和面罩，对我的感官和心灵的震撼，老实说比国家博物馆里的商鼎周盘还要强烈。从此我才知道，当殷人周人在中原搞"礼乐征伐"的时候，古蜀人在三星堆上也创造了即使不说更加精美，至少也是毫不逊色的文明，这就是岷江水在成都平原上浇灌出来的果实。

一方水土养一方人，正是这样的水这样的土，才在先秦养成了三星堆的艺师，在秦时养成了都江堰的工匠，在汉时养成了司马相如、卓文君这样的才子佳人，在三国时养成了诸葛丞相麾下北伐南征的将士，在唐时养成了李白和杜甫这对照亮千古诗坛的双子星，在宋时又养成了眉山苏氏的"一门父子三词客"。正是这些辈出的人才，正是这里居民作为一个整体相对优秀的素质，才大大提高了这一方水土的知名度。总之，是自然条件创造了生产条件，生产条件又创造了人文条件。《说文》和《水经注》以及其他无数的文献和文章，亦无非承认了这个既成的事实而已。

这时我想起了金沙江。金沙江虽然源远流长，可是在流进四川和岷江会合之前，它一直被高山峡谷更加紧紧地束缚着，简直没有半点施展的机会。有的江段谷深千米，山脚是热带丛林，山顶却终年积雪；有的峡谷据说老虎可一跳而过（因此留下了虎跳峡这样的名字），绝壁悬崖，水深流急，自古难以通行。勇作"长江第一漂"的人，在金沙江上漂了几百里，竟未见到一处可以栽种作物的河滩地。直到二十世纪五十年代初，这里的居民，还在陡峭的石头山上刀耕火种，记事还得靠刻木结绳，还没有达到四千年前三星堆的生产水平和文化水平。当然更不能设想他们修都江堰，乘高车驷马，说什么"臣家在成都，有桑八百株，薄田十五顷，子孙衣食，自有馀饶"了。

因为存在着这样大的差距，所以金沙江的名气不能不远逊于岷江。本应属于金沙江的大江之源的名分，也就不能不归之于岷江，而且一归就归属了两千年。

柳宗元写《永州八记》，慨叹好山好水位置不在中州人文荟萃之区，以致湮没而名不显。柳先生所慨叹的，岂只是永州的山水，恐怕还是被贬谪到永州的人吧。我沿着岷江一路下来，先想着岷江，后想到金沙江，想到大江之源的名分，亦不能不重有感焉。庄生不云乎："名者，实之宾也。"那么，这个"实"又是什么呢？

没有《岳阳楼记》，就不会有今之岳阳楼；没有《滕王阁序》，也不会有今之滕王阁；没有崔颢和李白题诗在上头，更不会有今之黄鹤楼。由是观之,"名"还得以文而传,这"实"难道就是二三文人的不朽之文吗?

若无天府之国的稻熟桑繁,三星堆上的酋长巫师怎能征集起铸造重器的人力物力?秦太守李冰又怎能组织实施开凿离堆分内外江的巨大工程?司马相如念念不忘的高车驷马,靠文君当垆卖酒无论如何置办不成。许慎和郦道元也好,李白和杜甫也好,苏氏父子也好,若是不能温饱,又如何能写出不朽的文字?再进一步想,人文的发达还得以生产的发达为前提,那么是不是可以说,只有社会生产的发展,才是我们求索的这个"实"呢?

岷江占了天府之国的地利,创造了一度最先进的生产水平,享大江之源盛名垂两千年,而现代地理学、测绘学一来,终不能不把这个"名"移交给过去默默无闻的金沙江。长度几千几百几十几公里,流量几千几百几十几秒立方,现在都可以精密测量、准确计算。过去写成的一切文字,两千多年来享有的名声,结果仍不能不服从于现代科学的裁定。归根结蒂,恐怕只有科学,只有科学思想和科学精神,才是最终的"实"吧。

沿着岷江走,我一路上胡思乱想,汽车却渐渐离开了岷江,山势也更加散开退后。过青城山时,视野越来越开阔,路越来越平直,路旁的农田越来越成片,民居也越来越像模像样了。在青城大桥上,见不久前还在逼仄两山间盘旋冲突的江水,这时已占有相当宽广的河床,河床的一部分露出了堆积的卵石。这些卵石,比湘中常见的大得多,较之上游横亘江中的庞然大物,则显然已经多次解体,由一而变成了若干千百,棱角也早被逝者如斯多多的流水磨圆了。这时我突然深深敬畏地感到了时间的力量。霍金写了《时间简史》,其实时间的力量远远超过了历史,超过了人的思想力所能及的范围。人能创造历史,却创造不了时间,更改变不了时间。只有时间才能改变一切，石头，历史，还有伟大而渺小的人类。

（一九九七年三月）

【补记】　这篇文章写好后，在报上看到，距成都四十公里西南的龙马镇，考古发现了四千五百年至五千年前都市文明的重要遗迹——大规模祭祀的祭坛，说是比黄河流域发现的遗址大约要早一千年，和公认为世界都市起源地的美索不达米亚文明大致同时。旋即又得知，一九九六年"全国十大考古新发现"中，有一项即为"成都平原史前古城址群"，包括都江堰市的"芒城"、温江县的"鱼凫城"、郫县的"古城"、崇州市的"崇河城"、新津县龙马乡的"宝墩城"等处，此龙马乡想即报上的龙马镇。由此可见，三星堆文明在中国古代文明史上占有第一层级的地位，应已无疑。

（一九九七年四月）

游离堆

旅游本是消闲的事，集体旅游尤其是被别人"接待"时，却往往弄得比平时更忙，前两次游都江堰的情形便是如此。匆匆地瞻仰了二王的庙貌之后，走过摇摇晃晃的索桥，上金刚堤看了看"鱼嘴"，主人就催着上车，要赶到青城山去吃白果炖鸡。若要想多盘桓一会，便只能就地午餐，放弃道观中的盛宴了。虽然我瞅着江边小饭店里挂着的腊肉和江鱼样子都挺诱人，料想烹制出来的味道未必比那炖鸡差，坐在这里还可以欣赏岷江的江景，却挡不住主人硬要以"道家名菜"款待的热情，同行的大多数也主张客随主便，于是只好像邓小平在长征路上那样——跟着走。

这次因为晕车，半路上脱离了集体，得以自由之身在灌县呆了三天，这才畅游了整个都江堰，自然也包括了我久已向往却两过其前而不得上的离堆。

金刚堤上望离堆，是下游左前方一处石矶，矶头林木茂密，隐约可见楼台；因为相隔有好几里，望去仿佛在烟云缥缈间，更加动人游兴。两地间看来应有路可通，可是却没有任何直达的交通工具。更加奇怪的是，人们所游的"都江堰"，都似乎并不包括离堆；堤上所在多有的导游，也总是含糊其辞，不明白告诉你去离堆怎么走。

其实离堆乃是都江堰工程的关键,也是都江堰景观的核心。两千多年前李冰修都江堰,最艰巨最着力的大手笔就是凿离堆,开宝瓶口。也只有在离堆这里,才最能看出李冰利用地形巧夺天工的伟大创造力,最能看出他为成都平原千秋万代立下的不朽功勋。

离堆是李冰的创作,是李冰改造江山的产物。岷山千里送岷江,送到这里分手时作临别一抱,这一抱形成了岷山山脉最后一座奇峰——玉垒山。江水渴望摆脱山的纠缠,山却偏要伸出一只脚来勾住她。李冰将这只脚从胫部凿断,使之和山体分离,成为孤立在江中的一个大石堆,故名离堆。在离堆和山体之间凿开的这个口子便是宝瓶口,两千两百年来养育成都平原百万生灵的生命之水,全都从这个口子中泻出,这真是大慈大悲救苦救难观世音手中那只向人间遍洒甘露的宝瓶呀!

这次我又一次从金刚堤上望离堆,决定从此直走过去,于是便沿着堤岸朝前走。只见江左边玉垒山前游人如蚁,都要过桥上金刚堤,又由原路走回去。像我这样不回头的人却是绝无仅有,从离堆那边走来的人就更没有了。

走了不一会,一座铁栅门将大路拦腰切断,原来是堤上的管理机关。但是在堤外的滩地上还有一条小路,有指路牌写明"往飞沙堰"。又走了一会,脚下的小路渐渐向右偏移,江水则不断地逼近,后来竟淹上了路面,我不能不涉水了。好在水还浅,涉了两次,共计不过百米,若是水深须绕道,路就更远了。

涉江我不以为苦,因为江水只浸没我的鞋帮。这时我的触觉,大异于平时赤脚浸雨水或自来水。一种强烈的、直沁到心里的凉,是刺激,也是快感。水又极清,滩地上遍布的卵石,到了水中,变得十分晶莹美丽,竟使得我忍不住几次弯腰去摸摸。然后掬起一点冷水湿湿自己的额头，心中想道，这可是李冰引来的雪山之水呀！

我涉水时正走过飞沙堰。飞沙堰的"堰"即都江堰之"堰"，亦即李冰留下的六字真言"深淘滩，低作堰"之"堰"。身临其境，我才看清楚，它原来是布置在江中的，可以根据需要改变位置的，用以导江分流调节内外江水量的水工设施。水小时则导水多入内江，首先满足成都平原的需要；水大时则导水多走外江，不使多余的水进入成都平原。再加上宝瓶口这道可靠的节制阀，便保证了成都平原的水旱无忧。这种"堰"的结构，在四五十年前，还是以竹编长笼内装卵石，也就是二王庙前石刻治水三字经中说的"笼编密，石装健；分四六，平潦旱"了。如今"堰"虽已改用现代混合结构材料，位置则以钢丝绳系定（仍可调节），其创意和发明权仍不能不归于李冰这位永远的天才。

当天上午涉水过飞沙堰的只我一人。有对年轻男女，原来走在我前面约百数十米，不愿涉水便打转了。其实去离堆本不该走这条路，从灌县城出南桥，就可以买票进"离堆公园"，用不着打湿脚。问题是"离堆公园"何以不属于整个的"都江堰景区"，岂"主管"不同，利益矛盾所致欤？

过了飞沙堰，就上离堆了。圣人云，行不由径。我却是独自一人由别径上离堆的，因此也觉得特别有意思。

上离堆后，先进伏龙观，观踞离堆之顶，楼阁三层，气象雄伟。最上层是留待外国朋友和领导同志登临的，我辈只能到二楼。如果来一点阿Q式的自我安慰，则看宝瓶口也正以二楼为好，因为三楼离水面太远，一楼则太近。

从二楼北望，只见岷江从远处雪山下奔来，被江中的"鱼嘴"分为两道，左为外江，右为内江。有几条堰斜在江中，起着

"分四六"的作用。内江这边的水，全部奔向楼右，拥挤着闯入宝瓶口。瓶口既窄，水即变深，呈墨绿色，流得更急，作风雷声。楼临宝瓶口一侧，下凭峭壁。倚栏看水，人面距水只十馀米，水花飞溅，凉雾袭人。楼中人少，故无脂粉兰麝，尽可口鼻并用，恣意吞吸江水带来的雪山的清冷的气味。此时我的眼耳鼻舌身意六根已与江色江声江流江灵交会合一，只觉得一种从未体验过的愉快和兴奋，简直像东坡在赤壁舟中，飘飘乎羽化而登仙了。

楼临江设带椅围栏，栏即长椅之靠背，布局类似苏杭等处的"美人靠"。倚栏既久，便在长椅上半躺半坐，耳听两千年来不绝的涛声，心想华阳古国秦汉至今的流变，不知不觉竟从上午十时许坐到了下午一时许，连饥饿都忘记了。

宝瓶口上空有游观索道，却不直通伏龙观。坐在缆车中，脚不落地，身不由己，匆匆一瞥，恐怕领略不了多少大自然的美妙和天工开物的雄奇。再远望二王庙后新建的观景台，更是迷茫一片。从那边看离堆伏龙观，恐怕也不会更清楚，怎能像这样身历其境，看得真切。

伏龙观是道观，名称也含有厌胜的意义，这且不必管它。反正这里现在已命名"李冰纪念堂"，建筑却还一仍旧制，未加改动。我以为这种"旧瓶装新酒"的做法是很高明的，在玉垒关前降伏岷江之龙的，本不是甚么太上老君、旌阳真人，而是血肉之躯的凡人李冰。观中联匾不少，都是赞颂李冰的，年代多属清朝，也有民国时的，而绝无新作，这和旧式楼观的环境也显得协调。不像长沙城中，游观处多见现代诗词、领导题字，时代色彩虽浓，历史气氛反而淡薄了。

有一副对联，写作者是抗战期间某县的一位田粮处长，全文是这样的：

> 此日去庄襄二千馀年，潭影波光，夜夜照秦时明月；
> 其水溉益州一十六县，豚蹄杯酒，家家祝太守祠堂。

它没有被收入几乎所有的名胜楹联集，却似乎比集中登录的许多联语还写得好些，挂在宝瓶口上尤为合适。

李冰在秦国任蜀郡守，时为公元前二五六年至前二五一年。作者从秦庄襄王算起，至今已历两千两百多年。在这二千馀年中，在蜀郡（益州）即今之成都地区，做过太守和相当太守一级地方官的，少说总有千人左右。而老百姓为之建立祠庙，家家具豚蹄杯酒替他祝福的，不知能有几人？旧话说，"一世为官，十世为娼"，足证旧时地方官为民所恨，身后所得的只有诅咒（虽然在位时颂德政的决不会少）。如李冰者，真正难得。

李冰只留下一座都江堰，还有"深淘滩，低作堰"六个字（如今许多地方却是"不淘滩，高作堰"），自己并没有作什么宣传。可见为老百姓做好事，必须实实在在，使一个地方的居民世世代代看得见摸得着，而不在乎搞什么"形象工程"，想方设法提高自己的"知名度"。在成都地区从古至今的千把位太守中，当时吹嘘更起劲，声势更煊赫，上头的路子走得更伸，后来的官做得更大的，恐怕不会很少，却都未能留下千秋万世的美名，只能被归为"十世为娼"一类。而离堆两千馀年前的潭影波光，却仍旧在为富庶的成都平原生色，这就是李冰的太守祠堂香火至今不绝，共产党政府也为它挂上纪念堂铜牌的原因吧。

伏龙观正殿没有二王庙中的彩塑金身，却有一尊高两点九米重四点五吨的李冰石像。这并不是当代艺术家的创作，而是一千八百多年前的古物，是一九七四年从四米多深的河床中挖出来的。石像刻工古拙，衣冠执笏（？），前襟刻有题识三行：

故蜀郡李府君讳冰
建宁元年闰月戊申朔月廿五日都水掾
尹龙长陈壹造三神石人珍水万世焉

建宁为东汉年号，元年即公元一六八年，去李冰时已三百多年，都江堰自须整修。都水掾是地方政府中管水利的官员，整修工作当然由他负责。《水经注》记载，李冰建堰时，曾"作三石人立水中"，以为观测水位的标志（"水竭不至足，盛不没肩"）。此时三石人恐亦已残损，故须重造。李冰不可能为自己造像，尹龙长等人于建宁元年为故太守立像，却表达了后世的民意与人心。

石像出土时，还挖出了另一个石人，头部已失，短衣持畚，乃是筑堰役夫的形象。究竟这是李冰时所作，还是尹龙长重造的呢？也难考究了。我真希望以后还能作更深入的发掘，把埋没在江底的"三石人"都挖出来。几吨重一个的石人，总不会化为乌有。听说在尼罗河入海处，考古发掘出来的狮身人面像，大大小小达几百尊，成为一大景观。埃及能做到的事，我们亦应能做到。我更希望不久的将来，在宝瓶口前，在飞沙堰上，能够立起造型更美也更伟大的三石人，以李冰为主，配以役夫的代表和传说中李冰的儿子。这样来恢复秦汉当时的景观，体现景仰先贤的用意，岂不比为古今帝王将相树立"光辉形象"更有意义？

都水掾大约等于现在的市水利局长，尹龙长和那位做对联的县田粮处长，一个处级，一个科级，虽非地方行政首长，大大小小也是个官。若问他们的后世该不该为娼，老实说我不知如何回答。不过他们在修堰修观时，不去请新老长官写字题诗，而宁愿为古人立像挂联，这一点总是可取的，对于他们自己来说也是比较明智的。君不见明朝天启年间，普天下地方官抢着为九千岁建生祠，后来改朝换了代，刚建成的生祠又拆都拆不赢么？与其辛辛苦苦搞那些现在建成以后又要拆，现在挂起以后又要摘的东西，何如学这两个小官，至少他们的创作连同他们的名字，还可以反射出一点秦时明月的光辉，直到如今。

在李冰像前，我低徊久之，觉得口渴。观中设有茶座，我喜独游而不喜独饮，只好买了罐马蹄汁，喝了以后，顿觉腹内空空。此时已过了下午四点，遂步出伏龙观，走向公园大门。一路上花木披离，庭园布置亦颇可观，还有引水造成的池榭，尽可流连。我却为饥所驱，匆匆出了公园，向左转不远，便看见南桥了。

南桥也是灌县一景。桥头有卖烧嫩玉米的，玉米棒子的大头插有竹签，正好手持，遂买了数枚，携以登桥。

桥横跨在从宝瓶口泻出的江水上，长数十米而颇宽，建有桥楼，重檐覆瓦，彩绘壮丽。桥上禁止通车（下游不远有桥通车），且不许商贩停留，两侧却设有带木栏杆的游廊，极便行人驻足。我站在来水一侧游廊上，只见江水如百万疯牛，狂奔怒吼。石桥墩朝水砌成尖形，再以成排圆木屏蔽，有如小型的"堰"在外护着，导使急流尽可能勿直接冲向桥墩。尽管如此，屏蔽的圆木仍多有被水冲得皮开肉绽的，看得出需要不时更换。

此时江声仍大，虽不及宝瓶口上，在桥上谈话仍必须高声。我注意到两岸市廛繁盛，人烟稠密，而绝无人在江边洗涤、玩水，更没有水上运输的。以此询问桥上一老人，他说，水太急了，又冷，一跌下去就没命了，谁敢去。问他大热天有人下去洗冷水澡否，答云没有。又问有船没有，亦云没有，要到下头才有。

从南桥上看宝瓶口，两边石壁藤萝悬挂，上头古木森森，中间江流进出，从人们脚下咆哮而过，又是平生未见的奇景。此时所处方位，对于在金刚堤上走向离堆时而言，已经回转了一百八十度，离堆又到了我的左手边。伏龙观的黄瓦红墙，掩映在蓝天绿树间，却比堤上看来明亮得多。

过了南桥不远，左首就是上玉垒山的正门。老城隍庙在山顶，山势既高且陡，但有缆车代步。这时候，"锦江春色来天地，玉垒浮云变古今"的诗句，又蓦然浮上心头。无奈天色已经向晚，巴蜀书社派来接我回成都的两位同志和漂亮能干的司机小吴，可能正在等我去吃水煮活鱼，只好等下次再来登临。好在已经畅游了离堆，又陪李冰过了小半天，这一日总可以说不虚此行了。

（一九九七年四月）

看成都

活了几十年,到过的城市虽不很多也不很少,光凭一些"景点"已经难得引起我的兴趣了;何况城市里本就没有多少自然风光,新的建造和装饰既难脱俗,展览馆加游乐场的内容更不堪领教。这次到成都,感觉才略有不同。

到成都前先在郊县转了几天,突出的印象是:这里的水不是浑的而是清的,清清的水面上还常见有水生植物,开着红的白的花;这里的土不是红的而是黑的,密密麻麻长满了各种作物,连小山丘顶上都难见到裸露的泥巴,不像"血染的土地"雨天粘鞋底,晴天又真能把你的赤脚割出血;这里的农舍也不学城里样(学也学不像)贴瓷砖造平顶,搞得不伦不类,而是一色的小青瓦,白粉墙,还拥着一丛丛青翠的竹子。一路看来,虽然没有山阴道上的好风景,却能使人觉得舒服,心想如能歇下来住住倒也不错。难怪羁留此地的杜子美,在"厚禄故人书断绝,恒饥稚子色凄凉"时,还写得出"风含翠筱娟娟净,雨裛红蕖冉冉香"这样的诗句。

跟同行的朋友说起,他笑道:"看来你还没有到成都,就对成都有好感啦!"

其实我这是第三次到成都,对成都的好感并不自今日始。我知道别的城市所有的俗媚和喧嚣成都都有，但这里总还多保存了一点古色古香，多保留了一点清净，也就是说，它要比别处多一点本土文化的气息。

上次到成都，曾在街头看到菜担上卖新鲜胡豆瓣，嫩豆粒剥去了壳，绿得格外鲜明。长沙人也吃嫩蚕豆，菜场上却只卖带壳的蚕豆粒，甚至只卖蚕豆荚。大多数人家的厨房里便只能将蚕豆连壳下锅，若想吃嫩豆瓣只能自己动手一粒粒去剥，有时便懒得耐这个烦了。于此可见，成都的食事要比长沙精致得多。菜场上卖蚕豆剥皮不剥皮，看似无足重轻，却可以由此判断两地居民生活要求和生活质量的高下，这就和文化有关了。

城市亦犹如人，各有各的历史经验，各有各的文化性格。此盖由居民过去现在的食、衣、住、行，以及城市经济、政治、社会各方面的发展所造成，只能从街头巷尾而不能于宾馆招待所观之，会议室中自然更看不到。故我每到一处城市，总喜欢不要主人陪同（老朋友例外），避开充当门面的"形象工程"，到残存的老街区走走。虽不必有什么发现，即使看看方物，听听方言，只要有异于一年三百六十五日的习见习闻，也就能够满足，觉得至少比坐在客厅里敬茶烟，听服务小姐用普通话打招呼有意思一点。

这次到成都依然故我，住下稍事休息，便漫步出门，朝背离繁华大道的方向走去。不久便走到条老商业街，在门脸上见到一块小小的旧木匾，黑漆底子上有三个凹刻填绿的字：

诗婢家

显得很是特别，近去细看，方知是赵熙题名的一家纸笔店。

赵熙乃清末成都名士，光宣间，在京城和陈三立（陈寅恪之父）、陈衍（对钱锺书作"石语"者）等人结社吟诗，有《广和居题壁》二首讥刺庆亲王父子认陈夔龙（贵州人）妻为干女、朱家宝（云南人）子为干儿的丑事：

公然满汉一家亲，干女干儿色色新。
也当朱陈通嫁娶，本来云贵是乡亲。
莺声呖呖呼爷日，豚子依依恋母辰。
宝贝相参留此种，清明他日上谁坟。

借典故习语明指"朱陈""云贵"，以"宝贝"暗示朱家宝振贝子，"清明"隐寓满汉，既巧妙，又尖刻。还有一首：

一堂两世作干爷，喜气重重出一家。
照例自然呼格格，请安应亦唤爸爸。
岐王宅里翻新样，江令归来有旧衙。
儿自弄璋爷弄瓦，寄生草对寄生花。

挖苦得比前些时传诵的"淡抹浓妆总入时"还过瘾。

赵熙又是王闿运掌教成都时的学生，对我这个湖南人更多了几分亲切。我觉得，这次运气够好的，一出行就见到了"诗婢家"。这个"诗婢家"当然反映了前清名士的生活情调和审美趣味，女权主义者难得认同。我则视之为文化的化石，以为这方小小木匾历百年刀兵水火而无恙，正说明成都人看重文人和人文，看重出过文人的自己城市的历史。虽然店中陈列的商品，除了几刀宣纸几支碗笔，已与普通文具店无异，我仍于此处低徊了一会,咏味着"儿自弄璋爷弄瓦",想象着当年北京城里的热闹劲,还有赵熙写出这些诗句时的得意相。

大概这次真是跟赵熙有缘吧,第二天又见到他写的字了,这是早餐后继续漫游的收获。在转过几个弯后,忽见街道一边没有房屋,栏杆后为大片绿地,树冠上一碑矗出,遂寻得入口进去看。原来乃是一高大的方尖碑,碑身四面一样,都刻着"辛亥秋保路死事纪念"一行大字,书法却各不相同,旁边有牌示说明是赵熙、颜楷、张澜和另一个人(名字我忘记了,好像也是位翰林公)分别写的。这种方式很是别致,字也都写得很好。

八十多年前发生在成都的这场"动乱"是武昌起义的前奏,李劼人的《大波》和郭沫若的《少年时代》对此都有详细生动的描述。赵尔巽当时动用了军队,枪杀的"暴乱分子"丛葬在少城公园一块空地上。辛亥革命胜利后,暴乱者成了烈士,民国初年便由川汉铁路公司出钱,在丛葬处修建了这座碑,并且成了少城公园中一处重要的景点。有意思的是,赵熙得的是前清的功名,又没有参加革命,只因为有文名,善书法,就请他来题碑,这也是成都人重文之一证。如果当时不重文而重官,就该请都督、将军们来题,万一有幸请到了中华民国首任大总统袁世凯,这座碑恐怕也就难得留到今天。

少城公园已改名人民公园,我以为这倒是一大败笔,哪个公园不是供人民游憩的呢,那么都可以叫人民公园,人民公园也就不成其为专名了。少城公园却只此一处,早已随着李劼人的书而名满天下,孤陋寡闻的我也一见保路死事纪念碑即知其名,又何必多此一举来改呢?大概这不会是成都人的本意吧。

从少城公园出来已到中饭时,我不追求美食,但也想找个有特色的食处,忽见有招牌上写着:

298

公馆菜

知道是一家餐厅，看那门楼也确似旧时公馆，遂立即步入了。步入后先看公布的价目：魔芋烧转弯每份二十五元，鸡汁豆花每份十二元，并不算贵。服务员安座奉茶毕，客气地递上一份菜单，却使我开了眼界。

菜单为三折手本式，普通白纸上加朱丝栏印着疏朗的黑字，很是雅致。内容先说到过去成都有名的公馆里食不厌精多蓄名厨的情形，接着逐一介绍了三十二道"公馆菜"的特色和来历："三味蒸肉"为张大千所创，曾在成都招待过张学良，后来二张在台湾见面时还谈起过；"甜烧白回锅"为"傻儿师长"范绍增爱吃的甜菜，以糯米饭炒芝麻夹走油肉，最宜"傻吃"；"徐氏鸡汁"本是潘文华公馆中餐饮之物，羊市街一徐姓老板将其推向市场，抗战期间牛奶缺乏，曾接收订户，装瓶供应……这些食事掌故既提高了食客的兴趣，又丰富了成都饮食文化的内涵；而成本大概只跟一个牛皮纸信封差不多的菜单，也成了收效不差的广告，印制得又是多么的不俗。我照单要了一份凉粉鲢鱼和一份鸡汁笋丝，吃得很是开心。

吃过以后，将菜单小心地折好放入口袋，带着满足的心情走出菜馆，一面想到长沙也有过田老大题诗问"何必庖丁善解牛"的李合盛，曾重伯吟咏"麻辣子鸡汤泡肚"的玉楼东，还有谭组庵家名厨开的半仙乐，名菜则"潇湘"的滑溜鸡球，徐长兴的"一鸭四吃"，"曲园"的叉烧鳜鱼……现在大都消失，或者名存实亡，汤泡肚尖已多年不见上桌，餐馆登广告也只能靠"口味蛇""基围虾"之类长沙人过去听都没听说过的东西来支撑了。

照我看，饮食实在是人们生活的第一内容。尤其对旅游者来说，所谓地方风物、民俗民情，一大部分都要通过口舌来领略；一个城市历史的精粗美恶，完全可以从箸匕杯盘之间见之。如果说，有没有老招牌、名牌菜，是这个城市饮食行业的水平问题；那么能不能做亮老招牌，炒红名牌菜，则是一个重视不重视自己的传统、能够不能够发扬光大它的问题了。饮食店要出名，宣传工作固不可少，而宣传工作要做得高明，就不能不讲求方法，小小一份菜单也可以看出文化高低的不同。

现在似乎每个城市都在想方设法提高自己的"知名度"。因为要出名，所以名菜、名酒、名景、名人都成了可资利用的资源，甚至酿成了争夺战。要名的目的其实还在于要利，即所谓"文化搭台经济唱戏"。不免遗憾的是，主事官员们领导经济政治工作的水平虽高（至少我愿意这样认为），于地方社会文化的底子却未见得十分清楚，"搭台"又往往靠的是只对美食美女之类"文化"有兴趣的人，故这个台总难搭得好。

四川不愧为文化积累深厚的省区，有如王谢门庭，非小家子暴发户可比。几年前到自贡看恐龙博物馆，见前厅题词陈列不以官阶为序，放在最显著位置的一幅上题的是：

祖龙居

落款是谁我忘记了，反正并不是什么大官大名人。此题词妙用古典，又十分切题，我很是佩服；而组织安排者能"识卿子冠军于佣人之中，擢以为上将"，尤其使我佩服。

成都为四川首善之区，华阳古国两千多年的流风馀韵，在这里自然有更深厚的积淀，不会只仅仅在一幅小匾一份菜单上表现出来。这里游观之处很多，有些地方的经营布置也具见匠心，感受得到很浓的文化气，薛涛井所在的望江公园便是一例。

薛涛井当然是附会出来的东西，薛涛墓更已声明为"文革"后所建，但万里桥边有过一处枇杷门巷总是事实，有唐人诗文为证。薛涛这位颇有才情而不幸堕落风尘的女子，千百年来引起过无数诗人和爱诗人的深切同情，浣花溪畔的望江亭也就成了游人常到的景点。在这里立碑刻着王建《寄蜀中薛涛校书》这首诗真可说恰到好处：

> 万里桥边女校书，枇杷花里闭门居。
> 扫眉才子知多少，管领春风总不如。

张王乐府读得再熟的人，见了这首情景交融的好诗，也会忍不住要再默诵一遍，遥想当年元九小杜诸人的诗酒风流，为自比"二月杨花轻复微"的才女感到难过的吧。这次我重访望江公园，主要便是冲着这块诗碑来的。

默诵过王建的诗后，不由得想起了另一位也同薛涛校书唱和过的诗人的另一首诗：

> 三年谪宦此栖迟，万古唯留楚客悲。
> 秋草独寻人去后，寒林空见日斜时。
> 汉文有道恩犹薄，湘水无情吊岂知。
> 寂寂江山摇落处，怜君何事到天涯。

刘长卿这首《长沙过贾谊宅》，写情景不逊王建，意境却更为深远。如果在长沙贾谊宅前立一块碑，把它刻在上面，岂不也能为

"寂寂江山"添几分诗意？

贾谊故宅应该说是三湘七泽第一名人胜地。屈原在沅湘间行吟没有留下什么实迹，炎帝舜帝的事更是"缙绅先生难言之"的，凿空徒贻识者之讥。贾谊宅则文献足征，一千四百年前成书的《水经注》里写到湘州（长沙）时云：

> 城之内郡廨西有陶侃庙，云是贾谊宅。地中有一井，是谊所凿，极小而深，上敛下大，其状似壶。旁有一石床，才容一人坐，流俗相承云谊所坐床。又有大柑树，亦云谊所植也。

这并不是神话传说。一井（顺便说一下，最近掘出吴简的古井也是上小下大，该井与贾谊宅中之井直线距离不过里许，恐怕不是偶然的巧合）、一石床（才容一人坐）、一大柑树，恢复当非难事，大概用不了造"杜甫江阁"的千百分之一吧，可就是不见真的恢复。若将薛校书来比贾太傅，将"枇杷花里闭门居"来比"寒林空见日斜时"，恐怕都要算高攀；可怜太傅祠堂却比不上枇杷门巷的一角，真正是"湘水无情吊岂知"了。

望江公园其实比杜甫草堂、武侯祠更宜游息，因为地较偏，人较少，"旅游点"的气味较淡，文化味自然较浓。园中虽然也有两处扯起广告招徕顾客，但限于一隅，吹吹打打的音响也较小。

园的主体是一个大的竹类植物园，栽着各种各类的竹子，十分幽静。我在竹林深处找一条长椅坐下，听着摇动枝叶的风声，闻着长着青苔的土气，喝着随身带来的矿泉，十分惬意。尤妙的是四十分钟只见四五起游人走过，有两起听口音是本地青年，也不见别处年轻人常有的霸气和流气。看样子他们原想休息，见我"独坐幽篁里"不弹琴亦不长啸，像是贪图清静，便识相地走向别处另寻坐位去了。

这种除了自己还能想到别人的态度，即古人所谓仁，亦即是谦和，使我非常感激。再看各处长靠椅和单个的坐凳，上面偶有从梢头落下的叶片，却绝无脚踏或口吐的污迹，更未见有被故意破坏损毁的。有位打扫卫生的中年女工，也只在游人走开后才打扫；若有人在她工作处停下来，她便立即转移到别处去了。后来我还在府河边人来人往处见到一位女青年专神读一本厚书，一直没有抬头。又在文殊院后花园无意碰上一双男女，他们本来坐得比较拢，见有人来也就大方地分开来。这些小事都说明成都人知书识礼者较多，公园坐椅之洁净良有以也。

竹林中有一片开阔地，由暗而明，眼界为之一开，路旁有石山上刻着园名：

读竹苑

这名字取得既雅而实，我想可能会经得起时间的检验。

还见有六七根、两三根簇立在一处的长短不一的石柱，石质多为成都常见的赤褐色沙岩，柱上凿有长方形的孔。乍看以为是建筑遗迹，近前见其形制不一，上面刻的联语也不成对，才知是从各处移来废物利用，布置成读竹苑中一小景。这些残石柱有近处矮小竹丛和远处高大竹林掩映，加上精心栽种的花草衬托，起到了仿佛是断碣残碑的视觉效果，殊可称为巧思。分散的竹丛中还布置着一些天然形状的石头，有些刻着画竹和题诗，作者多为近代蜀人，不一定很有名，诗画却都还不俗，很少湖南习见的豪言壮语和模仿的"毛体"。有一首：

　　画史从来不画风，我于难处夺天工；
　　请看大幅潇潇竹，满耳丁东万玉空。

是画家自题风中雪竹的，我头一回见到，觉得也不太一般。

　　薛涛井旁刻着人所熟知的王建诗，读竹苑中刻着十分生疏的雪竹诗，我以为都是好的：第一是诗好，第二是地方选得好，故生熟咸宜也。

　　在众目所视处题辞是很不容易的，文辞、字体都要耐得看，尤其要紧的是须出新而又须得体，这不是我辈凡夫胜任的事，的确要有点文化修养才行，"读竹苑"和"祖龙居"便是题得好的例子。还记得二十年前游苏州（苏州也是好地方，但总嫌人太多，上海气太重），在诗人陈去病墓近处有座不显眼的坟，葬的是嘉庆（？）年间带头闹事被杀头的一位姓顾的织机匠。小时读过张溥《五人墓碑记》，知道苏州有尊重义士的传统，所以这位连名字都记不得的顾机匠也有人帮他建了坟立了碑，碑阴刻的四个字是——"义无反顾"。这是我曾经见到的最妙的碑铭，"义无反顾"用在顾姓义士的坟上真是再恰当也没有，足可以打一百分。

　　看成都说成都，我却说到别处去了，这恐怕不大合乎作文之法。但我的意思却是一贯的，即是希望城市能够多保留一点历史文化的痕迹，该恢复的得恢复，如果本来没有，也就不必急于来造吧。

（一九九七年四月）

谈虎三则

（一）我所见的虎

抗战八年中一直住在平江乡下，虽然七岁到十五岁的我没有单独进过大山，未于野外遇过虎，但是也曾夜里听过老虎叫，早晨在山边湿地上看过老虎脚印。可见其时虎在湘北一带并不稀罕，更未"濒危"。

一九四一年冬，我在蟠龙山张巡庙小学读书，见几个从大山上下来的猎人，带着刚办好的虎皮虎骨往县城里去卖，在庙前歇息。有同学向他们买虎爪虎牙，一枚亦不过碗把羊肉面的价钱。猎人们还拿出虎鞭给我们看，这家伙干后只手指粗，长却在两尺以上，前端尖而带刺。此系初见，因为形状奇特，故印象很深，猎户们却并不显得特别珍重。

一九四三年在长寿街，见药店前木笼关着一虎，已受重伤，仍虎虎有生气，两眼放射着愤怒的光。据说第二天就要宰杀，虎肉论斤卖，骨架便熬虎胶，浸虎骨酒。这虎是药店的活广告，围观的人很多。我这时已进初中，正读《报任少卿书》，"猛虎在深山，百兽震恐，及在槛阱之中，摇尾而求食……"读来声调铿锵，颇有趣味，于是也挤拢去看了很久，却不见它摇尾而求食……现在想，这文章恐怕是太史公的想象之辞，常言虎死不倒威，偶然中了人的诡计，入了牢笼，怎么便会立刻变成一只狗？当然这是说野生的也就是自由的虎，若是经过长期培养教育，奴性代替了要自由的本性，则不要说摇尾求食，就是跟着群犬吠影吠声，登台表演，亦不足怪矣。

抗战胜利后，到长沙读高中，和山林疏远了。每年虽有几次在报纸上见到宰杀活虎的广告，但对动物的兴趣已经转移到读《斑羚》和《白牙》上面去，也就懒得到国药局门前去看热闹。

后来参加工作进了报社，一九五六年以前编发农村稿件，不时还有民兵打虎的报道。韶山冲农民从虎口抢救女孩的新闻，见报时还加上了花边。五七年自己成了"老虎"，被逐出机关，栖流于城市底层，从此对广阔天地发生的变化了不知情，复出后才听说虎已在湖南绝迹。动物园铁笼中关着的也都毫无生气，传种接代亦须万物之灵来采精授精，此则只能视作披着一张老虎皮的畜生，不复是我心目中的虎了。

近读湘绮楼和养知书屋日记，都有长沙南门外白昼见虎的记载，去今不过百数十年。盖人虎共存于天地之间，虎偶伤人，人或捕虎，自人之初虎之初起从来如此，并不妨害各自种群的生生不息。直到百十年前，不，直到四五十年前还是这样，此乃我亲见亲闻的事实。如是，则虎之濒危当别有其原因，只能请自然学者（也许是社会学者）阐明，非我所得而知，我所见的虎也只能当故事讲讲而已。

（二）老虎在长沙

长沙人过去对龙和虎是十分敬畏的。在河西岳麓山下湖南师范大学的生物馆里，有一只华南虎的标本，是五十年代初从山上下来，被打死后剥制的，这是长沙地方原来有老虎的物证。可见长沙人确实见过虎，知道虎的可怕，非如对龙的无知。当然真龙天子也是真实的存在，同活老虎一样，绝对不能触犯。

故长沙人过去忌说龙虎，连"龙"和"虎"的谐音都不敢出口。到茶馆里吃包子，也不叫"来一笼"，只叫"来一缴"。霉豆腐不叫"腐乳"，而叫"猫乳"。文夕大火前家住长沙红墙巷，那时我还只是一个小孩，听大人交钱给佣人令往府正街为哥哥姐姐买文具，并不叫"府正街"而叫"猫正街"，也不知老长沙还有和我同样印象的人没有？

"腐""府"亦须避讳，只缘与"虎"谐音，可见长沙人对老虎的敬畏了。

近阅上海报纸，说那里到医院治不育的夫妇，自从去年起，多数都要"停一停"，因为不想在虎年生个"虎子"或"虎妞"。难道十里洋场的同胞，也有老长沙的禁忌，并且一直保留到了世纪末么？

老虎本来不是什么好接近的东西。孔夫子把"虎兕出于柙"（让老虎和野牛从关它的木笼中跑出来）看作是严重的责任事故，是不得了的事情。周处所在的晋朝，人们也把虎、蛟和鱼肉乡里的恶人称之为"三害"，《除三害》这出戏至今还在演出，是架子花脸的应工。

长沙人过去还常常在幼儿的帽子和鞋头上做出个"老虎头"，

差不多成了习惯，此事的动机我想不会是因为喜欢老虎想招致，而是为了厌胜，也就是借鬼打鬼，以毒攻毒，正好比在门楣上钉一个獠牙吐舌的"吞口"——木头雕刻成的狰狞鬼脸。

在藩正街旧藩台衙门的门口，有一对大石狮，国民党在衙门里办市参议会的时候，把它搬到中山东路街心花园中了。狮子在中国古时不是常见的动物，老百姓根本不熟悉，正因为如此，所以可以把它想象并制造成一副笑眯眯的样子，大门口可以摆，正月十五还可以放肆玩它个痛快。若是换上有可能会真正碰上的老虎，便决不敢如此对待。

"三反五反"时，长沙卷烟厂出过一种"打虎牌"香烟，盒皮上印着打虎英雄武松的形象。其实《水浒传》中明明写着："武松读了印信榜文，方知端的有虎，欲待转身再回酒店里来。"可见即使是打虎英雄，也宁愿避开老虎，不会很想去拿那一千贯赏钱的。

当然，景阳冈上早就没有虎了。如今的虎都是动物园繁殖出来，用狗妈的奶喂大，又经过"万物之灵"的长期训练，已经变得呆头呆脑，据说见到扑翅伸嘴的鹅都会回头就跑。它们早已丧失了傲啸山林的本性，安居铁笼，并不想"出于柙"去追求自由了。但从观众总是警告小孩不要和它太接近这点看，人们对它的"畏"还是有的；至于说到"敬"字，心里恐怕早就没有，那么忌讳也就不必那么讲究了吧。

（三）十二生肖中的虎

"子鼠丑牛寅属虎"，即将到来的戊寅年是虎年，报纸刊物都来叫写文章。其实关于老虎我已经写过两回了，这次只能从十二生肖中的虎来谈一谈。

十二生肖除了龙和虎，都是人们熟悉的动物。龙活在想象中，暂且不必说它。虎虽存在于世上，但古时没有动物园，普通人难得见到。除去接了官府杖限文书的解珍解宝（还得拿上浑铁点钢叉），恐怕谁都不情愿遇上它，连武松也不例外。

洋文将虎叫作 tiger，凶残的人也叫 tiger。古文称虎曰山君，曰百兽之王，都有尊之为君王的意思。而老百姓对君王从来畏多于敬，爱则是根本谈不到的。古时又称凶恶而有权势的人为"虎而冠者"，此冠即使并非王冠，至少也是一顶大盖帽，无论如何总不会是二大爷头上的"老头儿乐"。故虎之列入十二生肖，并非出于人们对它的喜爱，而是出于对它的畏惧，和敬火神瘟神一样。

如今传统文化吃香，学者言必称先儒，故不妨看看孔夫子是怎样谈虎的。他有次问冉有："虎兕出于柙……是谁之过与?"（老虎和野牛捉来只能关在笼子里，让它们跑出来伤了人，就必须追查是谁的责任。）又有次说子路："暴虎冯河，死而无悔者，吾不与也。"（凭一时血性去同老虎搏斗，不测量深浅就冒险淌水过河，你说他是胆大不怕死，我却不会赞许。）这些虎恐怕都只有负面的意义。还有次过泰山侧，见妇人哭其父其夫其子都死于虎，犹不肯去其乡，说是因为此乡无苛政，孔子于是有"苛政猛于虎"的感叹。我想孔子决不会认为虎不够猛，只是说两只脚的虎比四只脚的更加可怕。

人死于虎者从来就有，但虎并未将人吃光。郭璞注《尔雅》云："律：捕虎一，购钱三千。"这赏格到武松时涨了三百多倍。然而，据十二月五日《新民晚报》引美国国家地理学会报告，二十一世纪初全世界尚有野生虎十万只。可见直到二十一世纪初，人亦并未将虎捕杀完。须知相生相克、相反相成本是万物生生不息的正道，达尔文研究田鼠和胡蜂，得到的结论亦是如此。古人固畏虎，仍不能不接受虎亦万物之一的事实，将虎列入十二生肖便是明证。

不幸的是，今人在力图自我发展的同时，并没有真正认识和遵循大自然的法则。苏联喜欢喊"人类征服自然"，一心要斗地战天，用中国古话说就是"以万物为刍狗"，大规模"消灭沼泽地"，还要"向荒地进军"。虎本"栖息于林间杂草丛生泥土湿润处"（《大不列颠百科全书》），"进军"却完全破坏了它们的栖息地，于是近几十年虎的数量锐减。现代人没有冯妇的勇气，却凭着直升飞机、麻醉枪，将虎捉进"野生动物园"，用冰冻牛肉来喂，用人工采精授精来繁殖，用"狗妈妈"来哺乳……这样养出来的虎不仅怕人，还怕牛、怕鹅、怕狗、怕老鼠。人也没能捞到什么实惠（外国老板已经不买虎皮虎骨了），反要一天到晚去求拨款拉赞助来养虎，真是既害虎又害人，何苦呢！

（一九九七年十二月）

小西门

长沙市已经将小西门规划为"历史文化风貌保护区",到底历史文化风貌还存在多少,保护得如何,恕我无法去看,不大清楚。但过去的小西门我还是略知一二的,经坡子街直下小西门正街,再转弯进河街去看堆在路边的黄鸭叫的情形,几年前曾经写过篇文章。我还听父亲说过,辛亥革命后黄兴首次回湘,从小西门进城,当局盛大欢迎,并将小西门改名黄兴门,坡子街改名黄兴街。但随即便喧起了反对之声,老同盟会员陈荆偏要在热烈欢迎时祭奠他的朋友、辛亥前被杀的禹之谟,将白布挽联挂在坡子街上:

生死见交情,故人剩有陈荆在;
英雄论成败,举国争夸上将功。

时黄兴新授陆军上将,举国争夸,陈荆觉得相形之下,对禹之谟太冷落了,为之不平。先父辛亥后任省政务厅科长,躬逢其盛。后来二次革命失败,小西门和坡子街又改还原名,叶德辉还兴致勃勃地写了篇《坡子街光复记》。这便是百年前小西门在历史文化潮流激荡中风貌的剪影。

此刻我案头正放着一本《广阳杂记》，作者刘继庄于清朝康熙年间旅行湖南，对小西门有如下描写：

> 长沙小西门外，望两岸居人，虽竹篱茅屋，皆清雅淡远，绝无烟火气。远近舟楫，上者，下者，饱张帆者，泊者，理楫者，大者，小者，无不入画。天下绝佳处也。

这又是三百年前小西门真正的"历史文化风貌"。

三百多年过去，社会发生了巨大变化，在我留有印象的六十多年前，小西门即成为阛阓喧阗之区，难见竹篱茅屋了（水陆洲上和河西对岸还有）。此乃是历史的进步，不必因而感伤。但保存一点古老的记忆，使今后的长沙人和到长沙旅游的人，能知道小西门历史上曾经是"负绝世之学"的刘继庄笔下的"天下绝佳处"，也还是有点意思的。

前几天雕塑家雷宜锌到舍间小坐，说是在朱张渡准备造朱熹、张栻的像。朱、张当然是文化名人，但我对于理学家素无好感，总觉得他们的像要放也该放到岳麓书院去。湘江边古渡头还不如塑词人姜白石的像，像座上可以刻上他那首有名的《一萼红》中的警句：

> 南去北来何事，荡湘云楚水，极目伤心。

因为这首词的小序明明写着：

> 丙午（按即南宋淳熙十三年）人日，余客长沙别驾之观政堂……野兴横生，亟命驾登定王台，乱湘流，入麓山。湘

云低昂，湘波容与，兴尽悲来，醉吟成调。

　　乃是货真价实小西门的创作，放在湘江边上并不是附会，更不是捏造，正可为长沙生色。

　　辛稼轩也在长沙呆过，虽然他比姜夔大十五岁，二人也并未同渡过湘江，但都是南宋词人，都有绝妙好词脍炙人口。梁任公曾集二人句为联，我截取两句：

　　更能消几番风雨；
　　最可惜一片江山。

　　仍然是一副好对子，便请张中行和黄裳各为我写了出来。为什么要写两副相同的呢？借用白石引桓大司马"树犹如此，人何以堪"句时所说，只因为——"此语予深爱之"也。

（二零零一年七月）

学《诗》的经过[*]

> 子曰：小子何莫学夫《诗》。《诗》，可以兴，可以观，可以群，可以怨，迩之事父，远之事君，多识于鸟兽草木之名。

《论语·阳货》这一节，是孔子对《诗》的评价，也是孔子对"小子"们的期待。作为"小子"的我，对之却只有惭愧。

"七七"抗战军兴打破了在长沙进小学的梦，六岁的我被送回湘北山村老家。方圆十馀里内，只有教《三字经》和《包举杂字》的村学，读书人家不会送子弟去。于是耽搁些时后，便让我到同时避难在乡的李洞庭先生家去学《诗》。

李先生的诗文都有名，当过何键的秘书，解放后被聘为文史研究馆员，可称名师，但他却确实未能引起我学《诗》的兴趣。本来我从小便对鸟兽草木的事情好奇，他却连"关关雎鸠"是什么鸟都不说，只大讲其"后妃之德"，这岂是连男女之别都搞不清的幼童所能了解的呢？一味地要求死记硬背，更使我产生反感，觉得什么"窈窕淑女，君子好逑"，还不如看牛伢子唱的"人之初，摸泥鳅；性本善，捉黄鳝；狗不叫，打起叫"有趣。

---

[*] 即《戴维〈诗经研究史〉序》。

李先生是进过"优级师范"的老秀才,更可能是碍着和我家的"世谊",并不打学生。为了拉住我不去跟看牛伢子玩,他真费了不少心,"君子恶居下流"不知对我说过多少遍,但终于还是"孺子不可教也",便对父亲说,"世兄聪明有馀,沉潜不足,还是以送进学堂略加拘束为好",叫我不要再去了。学《诗》学了小半年,匆匆点完《国风》,《小雅》只开了一个头,便告结束了。

既为名师所弃,又有长辈管着,无法去从牧牛儿游,只好每天若干时坐进自家书房"用功"。我究竟也还不是那样的不可教,从长沙带回来的读本和课外书,有些还是愿意读的。当"鸡兔同笼"把我搞得头昏脑涨时,有时也拿起堆在旁边方桌上的《毛诗》诵读几页,作为调剂。没有李先生那口巴陵话在耳旁灌着,自己读起来还顺口些,渐渐居然有了些兴趣。

《豳风·七月》八章,章十一句,篇幅最长,我却最常读它,最早能够背诵。这却全不是由于督责,而是它的音调铿锵,节奏明快,读来似乎有种快感,故并不觉苦。"四月秀葽,五月鸣蜩,八月其获,十月陨箨",和当时农村生活还相仿佛。"昼尔于茅,宵尔索绹",与冬日所见农民白天上山,砍了茅草捆起一担担挑回来,晚上在堂屋里用松光照明,将茅搀稻草搓成绳索或编成草鞋,情形更是一模一样。"绹",郑笺云,绞也,平江话则只指用绳索系牛羊。古今语演变小孩不能究其异,却能识其同,亦足以满足好奇心。尤其是"五月斯螽动股,六月莎鸡振羽,七月在野,八月在宇,九月在户,十月蟋蟀入我床下"这几句,一步一步越来越近,颇有动感。而旧家墙外便是田野,蚱蜢子踢腿纺织娘扇翅膀,是捉在手里见惯了的。七月秋风起后到草丛中抓蟋蟀,再冷则野外渐难寻觅,"灶趋趋"接着便在屋里登场了。这些都是乡下儿童游戏的重要内容,《七月》写的正是这活生生的情景，一旦明白了，自然觉得亲切。还有"十月获稻，为此春酒"，读到这儿往往便会想起年头各家各户"办春酒"的情形，这在平江乡下是极普遍的习俗，沦陷时期亦是如此。平常主要以红薯充食的人家，到春月也要杀一只鸡，砍几斤肉，弄一尾鱼，加上豆腐百叶干菌干笋，当然更少不了自家蒸的谷酒，邀亲邻聚一餐。今天你请我，明天我请你，等于集体改善十天半个月的伙食，补充一点长年作苦的体力。我虽出旧家，亦早成寒素，大鱼大肉等闲不容易吃到，这时便可代表不在家的父兄列席去大嚼几回，迄今思之犹有馀味，八九岁时当然更不禁口水满腔。

如果这也算是在无师以后继续学《诗》的话，学到流口水想吃酒炒鸡的程度，真可谓无出息了。但说也奇怪，倒是这样"学"过的若干篇，至今却还有印象，甚至记得。

十一岁入学后，国文课一直没有教《诗》，自学也没再学它。直到"参加"后开始领薪水，自己买书买了部《四部备要》，中有"据相台岳氏家塾本校刊"的《毛诗》，字大悦目，有时才又读一读，亦不外《蒹葭》《兔爰》《黍离》《风雨》《七月》《无羊》《谷风》这几篇，基本上还是在原来熟悉的圈子里。目的亦只在追求主观的感受，毛传郑笺从来不看，《备要》别本《注疏》七十卷和《传笺通释》三十二卷，更懒得去翻。严格说来这当然更不能算"学"，只是随便看看罢了。

我以为，对于我辈非学者的普通人，老祖宗传下的古典这份遗产，其实际的价值本只有两点，一是欣赏，二是寄托。欣赏不限于自家的东西，外国的也是一样，也许因为新奇，还更觉可喜，这和"老婆别人的好"同是一理。寄托其实也差不多，希腊先贤即是孔孟诸子，尼禄便等于秦皇帝，人情物理固无分古今中外也。不过我们究竟不懂希腊拉丁文，即英法语亦难通晓，"风雨凄凄"这类句子却能望文生义，至少四个字总还认得，故于本国的古典占有优先享受的权利。不能或不愿欣赏古典固然不会妨碍做国民，国民要能欣赏古典亦须具备一起码的条件，这就是觉悟（即自觉和悟性），而研究能力无预焉。拿《郑风·风雨》三章来做例子，"风雨凄凄""风雨潇潇""风雨如晦"的自然现象谁都见过，却只有孤独寂寞的人这时才会特别希冀感情的慰藉，写出这种希冀便成了诗，它的力量是超时空的，故能于千载而后引起我们的共鸣，这就和《诗序》所云"乱世则思君子不改其度"一点不相干了。好端端的文学作品，偏给加上教化的意义，历来的诗教便是如此，我所厌烦的也在于此。

后来读周作人《郝氏说〈诗〉》，得见郝夫人王照圆瑞玉对《风雨》三章的解说：

《风雨》，瑞玉曰，思故人也。风雨荒寒，鸡声嘈杂，怀人此时尤切。或亦夫妇之辞。

首章注又曰：

寒雨荒鸡，无聊甚矣。此时得见君子，云何而忧不平？故人未必冒雨来，设辞尔。

这些注解我觉得比毛传郑笺孔疏朱注都要好，好就好在只将"君子"看成故人或爱人，反正是生活中的普通人，"风雨"也只是烘托创作气氛的"设辞"，别无象征乱世的微言大义，看似平淡无奇，却全合人情物理，不以意识形态为准则，故最难得，亦深得我心也。这是不是在学《诗》呢，我不知道。不过在感谢郝氏之馀,又悟到历史上正统经师之外各家关于诗学的论说,其实也可以看看,如郝懿行王照圆夫妇的见解,若无周作人为之发扬,我便不会知道了。周氏还在《读〈风〉臆补》文中叙述他学《诗》之效道:

> 不佞小时候读《诗经》,苦不能多背诵了解,但读到这几篇如《王风》"彼黍离离"和"中谷有蓷""有兔爰爰",《唐风》"山有枢",《桧风》"隰有苌楚",辄不禁愀然不乐。同时亦读唐诗,却少此种感觉,唯"垂死病中惊坐起"及"毋使蛟龙得"各章尚稍记得,但也只是友朋离别之情深耳,并不令人起身世之感如《国风》诸篇也。兴观群怨未知何属,而起人感触则是事实,此殆可以说是学《诗》之效乎?

拿周氏的这些体会来和自己比,岂止上下床之分,简直有天渊之别,这也就是他博览群书广涉诸家的结果(像《郝氏说〈诗〉》这样的文章,他就写过多篇)。我们当然无法像他读得那样多书,但能有他写的这样文章读读,或可聊补于万一乎,非所敢望矣。

爱因斯坦通俗著作《狭义相对论和广义相对论浅说》的自序中说,他想将书写得尽量浅一些,使没学过高等数学、高等物理学的人看得懂,故将读者层次设定为"具有接受高等学校入学考试的程度"。我的学《诗》,是否"具有接受高等学校入学考试的程度"呢?自己的答案只能是否。本来我是中学还没有毕业的,以此种程度来说《诗》,当然没有资格,只能够说说自己学《诗》的经过,希望这总还是可以的罢。

(二零零一年十一月)

老社长

南下干部进城，写信写通知，往往随便找张纸，写好后先折成一指宽，再叠成方胜状，写上收件人名和地址。一九四九年八月三十一日下午，我拿着往报社去报到的，便是这样一封介绍信，外面写的是：

经武路二六一号李朱社长

李朱连写，如"林罗""刘邓"，乃是解放区解放军带来的风气，我则初见，所以到了传达室，便说：
"找李朱社长。"
"李社长还是朱社长？"
这才知道"李朱"原是二人。
经武路是民国初年在原城墙基址上修成的一条马路，现已拓宽成了芙蓉路的一部分。二六一号原为国民党新一军军长潘裕昆的公馆，还记得二楼大厅门首，木板上刻着的联语是：

门有骅骝开道路；
座看鹰隼出风尘。

当学生时从这座新建的红砖洋房前面走过几回，见有卫兵站岗，很是气派。（经过风雨苍黄五十年，如今比起我自己滥厕其中的老干楼，它就大为逊色了。）当天在门房中接待我的，已是身穿解放军装的传达同志。他领我去见朱九思社长，朱即叫我跟 B、L 两位记者一同下乡采访，第二天便出发。

李社长就是李锐，当天并未见到。

下乡也就是去几十里外的椰梨市，后来又到了望城坡，两月后便回报社了。一回来才知道，那时候的李社长，真可说是整个《新湖南报》的重心和中心，牢牢地吸引着大家的注意。报社里几乎每天都有人讲起他，无例外用的都是欣羡的口气。大家讲的故事，其实不过是他每天工作和生活中的一些小事。

比如说，院子里准备搭凉棚，几年后当了社长的 D 负责这件事，几天过去，不见动静。李锐询及，D 说，怎么搭还没考虑好哩。李锐便问："你自己会搭吗？""不会。""那就请会搭凉棚的木匠师傅来考虑嘛。你只会生小孩对不对？小孩倒是会生，也生得蛮好，这该不必请师傅吧。搭凉棚，自己不会，就要请师傅，交给会做的人去做。当个区长，也要懂得领导方法嘛！老 D，我看你，当个区长还要费力哩。"

又比如，女记者××写了篇新闻稿，李锐到晚班编辑室看大样时，觉得没有写好。上晚班的都是男同志，李锐便用过去长沙男学生开玩笑的"口标"说："××这条新闻，真是鸡巴没抓到，只抓到一把鸡巴毛。"正好××推门进来，听到这一句，也听到了当场爆发的哄笑。李锐一抬头，觉得失言了，连忙说："××不要误会，我说的是，鸡婆没抓到，只抓到一把鸡婆毛。"大家更加笑得一塌糊涂。

又如，某次吃饭的时候，易某某说当时不在的××"抢菜"，说个没完。那时实行供给制，经武路楼下楼上大厅都作饭堂，八人一桌，另有机动席。李锐吃小灶，但偶尔也在大厅和别人一道吃，听到了这话，便笑道："你说××吃饭抢菜，他当然是抢菜的。但别人认为你也抢菜呀，××却从来没有在你背后说过你抢菜，这大概就是你和他在抢菜这件事情上的优劣之分吧！"

这些故事，多是事后听来，可能有些走样，越说越走样恐怕也不可避免。但是说者眉飞色舞，听者津津有味，而说者听者当事者都能持认同以至欣赏的态度，这就十分难得。盖一九四九年、一九五零年间机关的气氛本来如此，而李锐的个人魅力，也是使得大家能够如此的重要原因。他首先是才足以服众，又能将自己置于和员工水乳交融的状态中，故能坦荡直率，以赤子之心相待，使大家毫无反感，即使话说得有点过火，或者出于戏谑，也就都能够善意地接受了。

我之所以对李锐产生好感，也是由于事后听说的一件小事。

那是在我下乡期间的事情。下乡一行四人，两"老"两新，先在榔梨市附近搞了个把月，后来一分为二，我跟"老"中之一L到了河西望城坡。在那里，L写了一篇通讯稿寄回报社，我也学着写了一篇。几天后，我那篇便用两个人的名字登出来，在乡下也看到了。回报社后，才知道它的见报经过了一番小小的曲折，情形大致是这样的：

李锐上晚班看大样时，对L写的通讯稿不满意（这种情形是常有的），说："题目是好，文章却没写好；撤掉它罢，又舍不得这个题目。"旁边有人见他踌躇，便说："同样题目的稿子，倒还有一篇，是不是用它代替？"李锐要去一看，说："就用这篇，赶快去排。"

这篇就是我写的那一篇。刘音其时还在新干班学习，见到登出的通讯后，高兴地给我写了一封信。这封信我一直保存着，直到一九九九年新干班五十周年纪念开会见面时，才交还给了她。

上晚班看稿有什么意见，李锐常用红笔批在大样上，第二天在饭堂里贴出来。听说，关于这件事，李锐批了很长一段话，意思是选用稿件要看文章，不要看作者的名字；老同志的文章未必都好，新同志的文章未必不好，云云。

"文章自己的好，老婆别人的好"，对上半句话我一直表同情，虽为此受过讥讽，仍不想改口。文章除了被迫写的以外，总要自以为弄好了才会拿出来，别人认为好不好是别人的事，能够说好自己当然会高兴，此亦人之常情，用不着矫情或故作不情吧。

在听了这个故事以后，我对李锐便有了一种个人的好感，也就是知己之感。但我却从未为此去问过李锐，更未借此主动去接近他。

李锐在《新湖南报》大概只有一年多不到两年的时间，便调到省委去了。我只留下一本《毛泽东同志早期在湖南的革命活动》的"送审本"，可说是他的纪念物。这本书只在报社工厂排印了几十本，是"征求意见稿"，牛皮纸封面，大十六开，版心却是小三十二开的。作者在"前记"中写道，上下左右多留空白，是为了让审读者批注；还开列了为写此书采访过的人的名单，其中有我父亲的朋友陈书农（即陈启明，与毛泽东同为新民学会发起人），一九五八年我被逐出报社后便租住在长沙市教育西街十八号他家院子里。书可惜在"文革"中被拿走了，不然倒是李锐著作的"珍本"，大约连他自己也未必还保存得有。

三十年后，我从劳改队平反出来，第一件事是要找回流落到内蒙古达尔罕茂明安联合旗去的女儿。她在那边已结婚生子，一家人弄回来有很大的难度。我作许多努力，在湖南仍无法解决。为此，已调北京的柳思去找了李锐，之后告诉我："谈起你，李锐同志还有印象。他说，这完全是反右派斗争和文化大革命造成的问题，应该落实政策嘛。周惠现在在内蒙，我给他打电话，锺叔河这个问题一定要解决，也是他该还的一笔账。你叫锺叔河写份材料来，能来北京的话，也可以到我这里来一趟。"

于是，一九八零年初，我便由柳思带着，到木樨地"部长楼"重见了阔别三十年的李锐。此时他已调中组部，正管着落实政策方面的工作。原来在报社里，一十八岁的我看三十二岁的他，是后生仰望高明，企慕却无从亲近；如今五十岁的我看六十四岁的他，层次虽仍悬隔，却因同历沧桑俱生白发，可谈的话反而多些了。我正在编辑《走向世界丛书》，郭嵩焘、曾纪泽等人的出国载记都包括在内，这几个湖南人又都是近代思想启蒙的重要角色，关于他们李锐和我都有说不完的话。还是柳思先提起我女儿的事，给周惠的电话便是当着我的面打的，问题因而得到了解决。

上面谈到李锐为我做的两件事。批发通讯稿，在他不过是日常工作中一小事（我曾多次见到他批过的大样，四个版上密密麻麻好多字），也许事后很快便忘记了，却给了我做文字工作的一点自信，本来没准备在报社呆多久的，这时却打定主意呆下来了。至于李朱走后连年挨整，那是在别人手下的事情。为我找回流落到内蒙的小孩，在他也觉得是落实政策应该做的，妻和我却治好了心头深刻的创伤，使彻夜为之不眠、泪水为之湿枕的痛苦得以解除，实在难忘。

我不大能够旅行，二十年中仅到过北京四次，但只要李锐在京，必定要去看望。他到长沙，也总要着人通知我，设法相见，无所不谈，并请我吃过几回饭（我则对不起，没请过他一回），既畅且欢。这时的我，总不免忆及魏武《短歌行》"契阔谈宴，心念旧恩"的句子，诗中表现的这种情感总洋溢在心头，不过嘴上没说出来罢了。

若要评说李锐其人，此时反而好像无从谈起。想来想去，概括得最好的只有朱正寿李锐八十岁的那副对联：

庐山雾瘴巫山雨；
吏部文章水部诗。

吏部和水部都是李锐做过的官。中委、中顾委按理说不是官，地位却更高。作者却不是因为这个官才恭维他，而是因为此吏部有文章，水部有诗。不然的话，历届委员、吏部、水部，名字多得记都记不清，数也数不全，何必提起。至于在省里时当过的社长、部长，则群"道"如毛，更不足数，虽然二十年来我们一直称他"老社长"。在这里还得说句不大恭敬的话，这文章和诗其实也未必写得如何特别好，可贵的是从庐山雾瘴中来，看破并揭穿了这重雾瘴；巫山的雨汇成大水，泛滥成灾，滔滔者天下皆是也，却能挽狂澜于既倒，即使力有未逮，凭这份心志也就算得上中流砥柱了。但对于我这个不贤只能识其小的人来说，特别欣赏的还是诗文中有时捎带的"只抓到一把鸡婆毛"和"功劳盖世罪恶滔天"之类教人哭笑不得的警句，正所谓"善戏谑兮，不为虐兮"，于是我心目中的李锐何止可钦，简直可爱矣。

管同有云："古之所谓三不朽者，首立德，次立功，又其次乃立言。"李锐以研究毛泽东晚年而树立了他学术上的地位，全世界都承认他，历史上也站得住脚，这是为中国和中国人做的大好事，也就是立了德；我却是个不研究政治，尤不喜谈政治的人，于此没资格评论。在事功上，李锐的大贡献是论三峡工程；我又不是学工程的，虽然从五八年到七九年整整画了二十一年工程画，若不如此折腾，真不知会多读好多书，多写好多字，但不过借此挣钱活命，故亦无说话之资格。我所能够感知的，就只剩"又其次"了。

即使在立言方面，我也没有本事像别人那样讲出许多大道理。最为拜倒的文章，却是他最近的一篇"上书"。"上书"为昭明太子所定文体之一，《文选》编为第三十九卷，当然可以算是"言"。尤其是文中那两句"改唐诗"，刻画拼命争宠卖乖、力主大干快上的人，真是淋漓尽致，够得上《长恨歌》原作的大师级水平。读后不禁莞尔而笑，原来"老社长"尽管风云际会成了政治人物——政治学者，骨子里却依然同我们一样，还是个喜欢耍笔杆子的书生，有那么单纯，有那么不怕祸隙，有时候也还有那么一点子顽皮。

　　六宫粉黛无颜色；
　　三峡工程有问题。

作得出这样一联无情对，真是够损的了，此其所以为李锐欤，未可知已。

对于李锐的妻子和孩子，我的所知却几乎等于零。一九四九至一九五零年在经武路，李锐住在楼上的一套夹正房里。我从五零年三月起，即在楼上和楼下饭厅吃饭，在楼上一间正房中做事，每日见到李锐的次数不少。他很得意地从地主家书中发现了

"买的买点，占的占点，骗的骗点"这段霸占田产的自白，拿来作土改宣传的好材料，具体的发稿工作便是我做的。他对下属工作上要求极严，语气却不乏幽默诙谐，日常生活也不高高在上，我却没有听他谈过自己的妻子和小孩。

那时范元甄也住在报社，但我极少见到她，偶尔碰面，亦未留下"美人"的印象，更没见过她和小孩在一起。"六指子"（李南央的哥哥）时约四岁，倒常在楼下各处转悠，抱在通讯员手里时居多。有些同事喜欢抚弄他，虎头虎脑很懵懂的样子。我素不喜"呵"小孩，更不喜"巴"领导，所以一次也没有去逗过"六指子"，更不要说小妹妹了。其实李锐和我乃是平江同乡，他的姐姐又是我两个姐姐的体育教师，要套近乎的话，还是有话可说的。

在通讯员和部分南下的女同事中，有时也悄悄传说过"李社长怕老婆"之类的话。这和我心目中李锐的形象联系不起来，偶尔想想，也许是"一物降一物"吧。

李锐调北京后，有次在《人民日报》上看到一篇《大鱼网主义》，署名"孙元范"，我知道是李锐的笔名，"孙元范"斟个头，不就是"范元甄"么？看来李锐还是很喜欢他老婆的——至少在取笔名和用这笔名写文章那会儿。

后来知道了李锐和范元甄之间的"恩怨情仇"，我的态度是，"清官难断家务事"，也懒得去断。但李南央的文章确实写得不坏，看过以后，我对朱正说："李锐有后矣！"对一位老人来说，恐怕这就是最大的安慰和最大的奖赏了。

"老社长"今年八十四，最近读到他的新作，自称耄耋，应该说他也真的老了。我今年亦年满七十二，早过了可以称老的线，身体则远不如他，脑出血一两立方厘米的情形已发生过两回，医生说再发就性命难保，很可能先他而去。我又从来怯于旅行，即使不溘先朝露，恐亦难有再相见时。这篇文章早就想写，总想写得像样些，便拖了下来；而毛血日益衰，志气日益微，只怕越拖越难写得好，故此次决心应周实之邀匆匆下笔。文章当然还是写不好，意思却是真诚的，刊出后"老社长"自己总会看看，如有错讹，也好纠正。

我为去世的唐荫荪写过《做挽联》，为健在的张志浩写过《卅五年前两首诗》，这回又写了这一篇。真希望还能为在这个世界上曾经存在过和现还存在着的友谊再写点什么，趁彼此都还来得及的时候。

（二零零三年六月）

酒店关门我就走

　　小时听讲佛经,"生、老、病、死,是为四苦",不明白生怎么是苦,后来尝到了人世的辛酸,才慢慢体会到一点。本来嘛,只须想想谁都生而会老,会病,会死,恶如盗跖尼禄,善如佛陀甘地,通通无法例外,那么这生也就够苦的了。

　　老到疲癃残疾的程度,生活不能自理,其苦可知。病则无论大小,一上身便是苦,因病而死更是痛苦的历程。无疾而终的死,死者当时也许并不特别痛苦,但越是神智清明,越难割舍世间的爱,这便是大苦楚。尤其是未死者,眼睁睁看着自己的亲人死去,即使他并未宛转悲啼,那种永诀时的无力、无望、无助的感觉,真是人生最悲痛的苦情。至于本人,如果世间之苦都已吃尽,到头来的死倒成为一种解脱,若是能够想得开也就是明智一些,至少在"等死"阶段总可以少点恐惧,少点挣扎。

　　凡人没有秦皇汉武那样的条件去求不死药,通常只希望慢一点老,少一点病,晚一点死。殊不知任何生物的老、病、死,十之七八决定于种性遗传,十之二三才决定于生活方式,而最合理的生活方式便是顺其自然——勿倒行逆施以促其死,亦勿胡思乱想妄图长生。古诗云,"服食求神仙,多为药所误",不说希望过高失望更苦,早晨四五点钟起来到马路上去白跑也是自找苦吃。

好几年前游美国红木（Redwood）公园，一连几十里参天蔽日的红杉，树龄至少在两千年以上，有的树身上凿个大洞过汽车，仍然枝繁叶茂。而朝生暮死的蜉蝣，即使幼虫时全喂它人参鹿茸，羽化后也绝对活不到第二天。

既然如此，既然老、病、死反正要来，何不像五七年六月八日《人民日报》社论《工人说话了》发表以后那样，就等着他来问"这是为什么"好了。在等待期间，想吃还是吃，想玩还是玩，顺其自然，不亦可乎。兰德诗云：

> 我双手烤着，生命之火取暖。
> 火萎了，我也准备走了。

说得多么平静，多么旷达啊，此即是顺其自然的生活态度。还有领导英国人民打赢了二战的丘吉尔，九十高龄时有人问他对死持什么态度，他回答得更干脆：

> 酒店关门我就走。

真是警句，无怪乎他拿的诺贝尔奖是文学奖。《因话录》中也有一节写裴度的，谓度不信术数，不求服食，每语人曰：

> 鸡猪鱼蒜，逢着便吃；生老病死，时至则行。

"时至则行"译成白话便是"到了时候就起身"，这和丘吉尔、兰德的意思都一样，却比他们两位早说了一千多年，所以更加难得了。"鸡猪鱼蒜，逢着便吃"，比起现在有些老同志为了多活几天

（其实这亦不过是一厢情愿的幻想罢了），这也不敢吃，那也不敢吃，白咽口水那副可怜相来，不仅态度潇洒可以加分，也着实多享了不少口福。

裴度为中唐第一名臣，史书说他"用不用常为天下重轻"，曾率师平定吴元济叛乱。曾国藩受命统帅四省时写信给弟弟道："东南大局，须用如唐之裴度、明之王守仁，乃可挽回，非一二战将所可了也。"他和丘吉尔一样是打过大仗看透了生死的人，故深知生老病死要来就来，唯一明智的态度只有"时至则行"。火萎了，酒店要关门了，赖着不走也是不行的。所以还是顺其自然，"鸡猪鱼蒜，逢着便吃"为好，这实在是最省事最明智的办法。裴度活了七十六岁，死时"神识清明"，不仅比秦始皇斯大林死得晚，也死得有尊严得多，舒服得多。

（二零零三年十一月）

吃笋

听人谈美食,总离不开豪华餐厅、高级宴会。我印象最深的美食,却是五十年前在桃花江上一户农家吃笋。

桃花江是资水的支流,两岸丘陵上全是竹林。三月间正是发笋子的时候,我去采访一位姓龚的"种田模范",留宿其家。清晨起床,见老龚扛着锄头往外走,便问他:"这么早就去田里?"他答道:"先去挖只笋子。"

屋后便是竹林,我跟着他走进去,立刻闻到了竹子和露水的清香。出土的新笋,有的高有的矮,有的刚刚迸出一个尖子,得用心从浅草中去找寻。老龚告诉我,笋子在天亮前长得特别快。还告诉我,笋子只长直,不长横,出土时笋多么粗,以后的竹子便是多么粗。

"给你吃,就要挖一只大的,大的甜些。"

"那就挖这只。"我指着一只大的说。

"不,出了土的就不好吃了。"他边走边说边四处朝下望,忽然把锄头一放:"咯只还大。"我忙凑了过去,却不见有迸出的笋尖。他便拉着我蹲下去,只见湿润的泥土已经微微隆起,并且开了细细的坼:"这就是啰。"

挖出来的笋子是个圆锥体,大头粗约六寸,长却不到八寸。拿回家后,他又从灶上头取下唯一的一块腊肉,特别声明这是去年冬至那天杀的猪，又熏透了，所以不会变味。我知道肉是准备留到插田时给来帮忙的人吃的，托辞不爱吃烟熏肉，叫他别取。他却说："不放肉，笋子就不好吃，不甜。"

将笋和腊肉交给堂客以后，他便带我离开厨房，坐到堂屋里来继续谈他的作田经。不一会，一阵一阵钻进鼻孔的笋香，便令我食指大动。等到他堂客喊吃饭，把一满钵带汤的腊肉笋子（腊肉顶多只占十分之一）端来放在桌上，我就开始真正的享受了。那鲜甜，那爽脆，那清香，都是我过去（不，还包括以后）吃笋子（不，还包括一切美食）所不曾尝到过的。

近日重翻李笠翁《一家言》，其中言蔬食之美有五，曰清、曰洁、曰芳馥、曰松脆、曰甘鲜，而笋五美皆具，故堪称"蔬食中第一品"。又言以笋伴荤，宜肥猪肉，"肉之肥者能甘，甘味入笋，则不见其甘，但觉其鲜之至也"。又言取笋为肴"断断宜在山林，城市所售者，任尔芳鲜，终是笋之剩义"，而又以"山中之旋掘者"最妙，"此种供奉，唯山僧野老得以有之"。

回想起五十年前那一次吃笋的经验，拿来与笠翁之言对照，若合符节。真想不到，我二十来岁当干部时，居然享受过"唯山僧野老得以有之"的供奉，真有口福。

美国的超市和大商场都不卖春笋。年头年尾，华人店里间或有冬笋出售，价钱贵且不说，只看那一副干瘪相，便知它漂洋过海饱经风霜，早已没有生气，跟浸在玻璃瓶中的（这倒常年有得买）差不多了。还有我爱吃的寒菌，也绝不见踪影，终于只得辜负女儿女婿留我们多住些时的心意，赶回长沙来吃菌子和笋子。虽然我知道，桃花江上那种"山中旋掘"的笋子，肯定再也吃不到，那就将就吃点"城市所售者"罢，总比玻璃瓶子里的好吃一些便行。

（二零零三年十二月）

长沙的春卷

春卷这种应时食物，南北都有，我觉得以我们长沙的最为讲究。五十年前，市上供应的春卷大体上可分三档，第一档是酒席上作点心的，馅用冬笋、鱿鱼、火腿和猪里脊切丝下锅炒出香味，再加入韭黄、香椿芽和香麻油拌匀，然后用特制的"春卷皮子"包起炸黄装盘上席；其质量高于第二档的是，笋必须是冬笋，肉必须是里脊，鱿鱼得用本店"发"的上等货，特别是得放香椿芽，这在初春是很贵的野蔬，一两的价钱差不多买得斤把肉。第二档则是茶馆里炸来供客的，个比酒席馆的大，长逾五寸，宽可寸半，最厚处约四五分，馅料用春笋不用冬笋，更不放火腿香椿芽，但也有一特色，便是常以腊肉代鲜肉，为我所喜；少时贪吃，最多时一次吃过六七个，其实正常人一碟四个也就够了。而酒席上的点心至少也有二色，如果上春卷，通常另一色则是甜的蒸点，每色每人两件，又特别小，所以总是不过瘾。第三档则是在街头巷口支着油锅炸的，馅以韭菜为主，略加碎肉和"水笋子"（笋干泡发切碎），但趁热吃仍然香脆可口。因为茶馆里早晨和上午只卖笼蒸的面点，不炸春卷，而且小摊上的价钱也更便宜，所以过客买吃的仍然不少。

立春后吃春卷,是过去长沙市民的习惯,几乎成了一种风俗。开头几天,茶馆门首总要打出"春卷上市"的牌子。那里平时最热闹的是"吃早茶"这一段,此时则夜市更为红火,点心品种纷陈,春卷之外,还有萝卜饼、鸳鸯油饼等等,价钱也比早上的"一糖一菜"(两个包子)贵了不少,大约这也是茶馆利市最好的时候。其实春卷的高潮亦不过一个月左右,以后即转为常供。到椿芽和笋老去,韭黄变成韭白,这种时令点心一年一度的风光遂告结束。

　　我说吃春卷是长沙的一种风俗,最有力的证明并不在茶馆里,而是在市民的家庭里。此地为著名米市,人们的主食是米饭,从不在家里做面食,要吃面只能上街,或者买挂面、筒子面来下(煮),唯一的例外是春卷。用灰面做春卷皮子,很需要点本领,儿时常听母亲夸奖某家最会做,能在翻转来的瓮坛盖子上烫出又匀又薄的皮子来。及至时代变化,中产阶级生活下降,堂客们干家务无法过细,于是兴起了专门供应春卷皮子的店铺,好像集中在东庆街一带,我家也去买过,回来包上自家拌的馅炸了吃,后来拆街修路,便不知分散到何处去了。

　　春卷皮子其实就是一种极薄的薄饼,比包全聚德烤鸭的薄饼还要薄而不易破碎。前人笔记中记春卷的不多见,关于春饼和春盘却说过不少。杜甫有句"春日春盘细生菜",啥是春盘呢,清初成书的《帝京岁时纪胜》说的是"炊面饼而杂以生菜、青韭芽、羊角葱、和合菜皮",有饼有韭芽,也就是春卷的雏形。道光时人作《清嘉录》云,"春前一月,市上已插标供买春饼,卖者自署其标曰应时春饼"。书中还有首《咏春饼》诗,"薄本裁圆月,柔还卷细筒",简直就是在形容长沙东庆街的出品。

民俗很有研究的趣味。地方特色食物,尤其是有关时令的,希望都能就所知所见,把它们写出来。再过些时,像放椿芽的春卷这样的东西,只怕痕迹都难寻觅了。

(二零零四年四月)

我和李普

和李普第一次见面是什么时候,在什么地方,已经记不得了。他写给我的第一封信,末云"八月十八晨三时,半夜醒来,不复成寐,乃写此信",年份应该在一九八一年。信中建议我将《走向世界丛书》的叙论(导言)辑为一书,交给新华出版社出版。当时我还只写了十三四篇,成书还嫌单薄,感到为难。李普却极力鼓动说:

> 我作为一个读者,确实很希望更多地知道些东西。你写这些文章(按指丛书叙论),看了不少书,查了不少资料,不多写点出来介绍给读者,不是也很可惜吗?再花一点功夫,也未必太费事吧?我很想鼓动你干这件事,如何?

真可谓动之以情,晓之以理了。

李普比我年长一十三岁。我一九四九年开始学当新闻记者,还没有学成就"开缺"了。他的"记龄"早我十年,这时已是新华总社的副社长,除了是湖南同乡这一点外,和我并无半点"关系",仅仅看了几本《走向世界丛书》,就在凌晨三点爬起来给我写信,是不是惊醒了沈容,挨了她的骂呢?这种对书对文字的热情，在一般三八式老干部身上，是并不多见的，也是我深为感动的。

后来我写的书在北京中华书局出版了，我正好到北京开会，拿了本新书到三里河李普家去送给他，并对书稿没给新华出版社表示歉意。这些几句话说完了，但李普、沈容夫妇热情地留下我扯谈，并留吃中饭。沈容说，"我为你做发菜，这可是我的拿手，难得吃到的哟！"那天他们的女儿亢美正好在家，沈容满面春风，老太太显得比小姑娘活跃得多。她进厨房忙乎一气，又来客厅听我和李普"乱谈"一气。我们从湘乡烘糕、永丰辣酱（李普是湘乡永丰人）谈到曾国藩，又从谭嗣同、大刀王五谈到平江不肖生的武侠小说，最后谈到了平江人李锐。李普说："我这位同乡（曾国藩）和你这位同乡（李锐），都是值得认认真真写一写的啊！"

从北京回长沙后不久，我就发病了，在马王堆疗养院住了八个月。李普到新华社湖南分社来听说了，请分社刘见初同志带路到马王堆看我，教给我用手指"梳"头之法，说是有通经活络之效。我于"气功"向来不怎么相信，人又极懒，硬是没"梳"过一回。当时他大约也觉察到了我的不热心，于是再三叮嘱："要以曾国藩为戒啊，太拼命，是会要短命的呢！"他那位同乡只活了六十一岁，确实是短命，但也只有像打开南京那样才叫拼命，写点小文章，讲点风凉话，是无须拼命，也确实不曾拼命的。

又过了几年，大约在一九八六、八七年间，李普和沈容再来长沙，又枉顾了寒舍一回，这一回就更有意思了。当时我住在一条名叫惜字公庄的小巷内，汽车开不进，家里又没装电话，适逢下雨，敲门进屋时，他俩的头发和衣服都打湿了。这天正好是星期天，朱纯和孩子们都不在家。坐下以后，沈容要喝水，我一拿热水瓶，里面却是空的，忙到厨房去烧水，却不会打开煤气灶，只好请他俩自己动手。为此我们三个人都笑了，沈容是又发现了一个不会做家务的书呆子的开心的笑，李普是理解和宽容的笑，我则是无可奈何的苦笑。

一九九三年我离休后，一度计划用一两年时间，到北京去寻读一点书，这得先找个不必花钱的住处，自己开伙。卢跃刚愿意借房子给我，但那儿距北海（我要寻的书在文津街老书库）太远，车路不便，只好放弃。李普得知后，一连给我写了好几封信。七月十七日信云：

你一人来也好，贤伉俪一起来也好，均所欢迎。每天跑图书馆，天天打的支出太大，上下公共汽车也要有人照顾才好。住毫无问题，想住多久住多久。

十月十一日信云：

吃饭不用你操心，沈容特别要我说清这一点。她说，如果你一个人来，三人吃饭跟现在我和她两人吃饭一样做，并不多费事；如贤伉俪同来，则沈容与尊夫人一同做饭。总而言之一句话，热烈欢迎。何时来，住多久，悉听尊便。吃饭毫无问题，绝不要你操心。

此时李普家已迁居宣武门外西大街新华总社院内，有公交车直达北海，十分方便。他们家住八楼一大套，另有一个单间，但不能另行开伙。他们越是说"吃饭毫无问题"，我倒是越不敢去住了，因为长住那里每天三顿都去外面吃，会显得矫情，不这样吧，又怎能让两位年过七旬的"副部级"天天给我做饭？踌躇久之，仍然下不了去叨扰的决心。延至一九九四年初又一次发病，愈后身体大不如前，还想做点事情的心也冷了，北京也就不去了。

这里写的尽是一些琐屑，不涉及党国大事，也不涉及学问文章。但从这些琐屑中正可以看出李普这个人的性情和色彩，也是二十多年来我一直"即之也温"，愿意和他保持联系，愿意跟他做朋友的原因。

前年底沈容去世，李普所受的打击是巨大的。在为沈容的离去而难过时，我也为李普承受住了打击没有趴下而欣慰。在读过作为讣文寄下的《红色记忆》和书前的贴条以后，我十分追念单纯而热情的沈容，也十分忻慕李普曾有这样一位贤妻。我想，在回顾自己的一生时，李普应该是不会有什么遗憾的了。

中国古时最重五伦，"朋友"在五伦中居末，我却以为是最根本的。比如说夫妇吧，李普沈容可算是理想的一对，就因为他们既是夫妇，同时又是最好的朋友。父子如大仲马、小仲马，兄弟如苏轼、苏辙，亦莫不如此。君臣一伦，在共和国中好像是废掉了，其实依然存着，毛泽东称张闻天为"明君"即是证据。那么有没有理想的君臣呢？如果有的话，我想也应该首先是朋友吧。孟子曰，"君之视臣如手足，则臣视君如腹心"，能以手足腹心相待，则去朋友不远矣。当然，像刘邦朱元璋那样"视臣如草芥"，一批批地整死，不仅毫无朋友之情，也不讲朋友之义，那就只会得到"则臣视君如寇仇"的结果，彼此都灭绝伦常，灭绝人性了。话说到这份上，似乎有点离题，质之李普，以为然乎否也？

（二零零六年五月）

悼亡妻

妻亡于二零零七年一月二十一日，当天发出的哀启，是匆匆写成，由周实和王平两位朋友帮忙快印发出的，全文如下：

我妻朱纯已于本日凌晨二时去世，终年七十九岁。

零四年十月朱纯查出癌症，当时即已扩散，预告凶险。她却从容面对，说"五七年没打垮我，七零年没打垮我，这次病来得凶，人又老了，可能被打垮，但垮我也不会垮得太难看，哭哭啼啼"。零五年九月她预立遗嘱，说她只要能动，就会活得快乐。两年多来的情形，确实如此。

朱纯一九二八年生于长沙河西，四九年八月进报社当记者，五三年和我结婚。五七年后夫妻协力劳动维生，她成了五级木模工。"文革"中我坐牢九年，她独力养大了几个孩子，送了我母亲的终。五十四年来，她照顾我和孩子远比照顾自己为多，最后对我说的一句话还是："你不要睡得太晚。"

朱纯一生朴实谦和，宅心仁厚。我的朋友都是她的朋友，对我有意见的人对她也没意见。连家中的保姆，无论去留，从没有说她不好的。

朱纯能文，但无意为文，离休后才偶然写写，有《悲欣小集》，亦不愿公诸于众，只印示生平友好。病后这两年多，她却发表了不少文章，最后一篇《老头挪书房》刊载于本月十一日《三湘都市报》，文中仍充满对生活和亲人的热爱，她自己却在文章见报十天后便永别亲人和生活了。

此时此刻，我和女儿们自然是极为悲痛的，但仍谨遵遗嘱，只将哀启发送给至亲好友和关心过她的人，不举行任何仪式，家中也不设灵堂，请大家不必来函来电更不必亲临。只请知道这回事：朱纯已走。如果觉得她还好，是个好人，在心里记得她一下，就存殁均感了。

也是因为有朋友帮忙，三百份哀启，一上午便寄发完了。

朱纯从来是一个快乐的人，虽罹恶疾，仍能不失常态，最后一次进医院之前，也不怎么显露病容。入院前半月还曾下乡游玩，和我商量想在乡下找一间小屋住住，说"这不花多少钱，但得装上宽带网，好在电脑上和女儿、外孙女儿见面交谈，再写写文章"。

生病的这两年，的确是她写作最多的两年，一直写到去年年底的《老头挪书房》。

我于妻去世后出版的《青灯集》，一百二十三篇文章中的一百一十篇，都是妻在病中帮我打印，有的还帮我润色过的。她走了以后，过了八十天，我才勉强重拿笔杆，不到两千字的《谈毛笔》，前后竟写了四天……

朱纯病中还催着我"挪书房"，即是将客厅改为一间大书房，把挤在内室里的书大部分搬出来，腾出两间"工作室"。她原有一台电脑，又叫女儿买来一台，督促我"总要学会用才好"。可是如今，两台电脑搁置在两间空荡荡的"工作室"里，我则只能像杨绛先生来信劝勉的那样，"且在老头的书房里与书为伴"了。

妻走了，五十多年来我和她同甘共苦的情事，点点滴滴全在心头，每一念及，如触新创，总痛。

《青灯集》印成后，南方冰冻，运输不通，幸得有关同志特别关照，以航空快递寄来，才使我能以新书一册，送到她托体的山树下，以此作为她的周年祭。当时我在心中反复默祷着道：

"朱纯啊，我不久就会来陪伴你的，你就先在这儿看看书，好好地休息吧。"

（二零零七年八月）

【附】老头挪书房（朱纯遗作）

搬入这栋高楼近六年，算是有生以来住得最宽敞的。装修由老头一手操办，他做过木工，有这方面的爱好。装修后，朝南一间客厅，一间主卧，还有一间做书房。书房三面都是顶天立地的书柜，他就在这三面墙中读、写，因为阳台宽，光线暗，整天开灯，日子一久，就觉得不舒服了。

于是他便挪到北边他的卧室里去工作，这间房子较小，开了个单人床，摆了两个书柜，又放上一张书桌，来了朋友，只能坐床上，女同志总觉不便。家里的书又越来越多，自己买的，别人送的，到处都是，夸张一点说，简直到了脚都没得地方伸的程度。于是他又有了个想法，想在附近买套小点的房子，专作他的书房，我也赞成，便到处去看房子。

就在这时，我体检发现得了乳腺癌。这一下他比我还紧张，原来的想法立马冰化雪消，一家人都为我治病操劳。紧张了一年，我的病情逐渐稳定，居然还能写点文章什么的了。老头也慢慢恢复了神气，又来和我商量，还是要把客厅改成书房，说是我们家的客人多是来谈书看书的，来了客反正不能伏案，这样做正合适。我嘴上没反对，心里却说：你也七十多了，还劳神费力做什么。但转念一想，他的父亲活到九十岁，母亲也八十多，长寿因子一定会遗传，肯定还活得几年十几年，便同意了。

就这样，客厅里的大型布艺沙发、玻璃茶几、电视机柜、装饰柜……通通都给女儿搬走。连我买来的一棵巴西木，几年来长得特别高大，一直冲到天花板，也送给朋友去了。三十平方米的大厅，最后只留下一张台球桌。

厅屋腾空以后，老头就忙了起来，东量量，西量量，左画右画，设计好找人去做。花了一个多月时间，做好的木器才搬进来。东西两边全是书柜，东边一排中间放电视机，顶上的格子放工艺品。朝南的大窗户下面则是一排矮柜，里面放特大开本的图书，还"组合"了卡片柜、文具柜，电话也移到了矮柜上。和矮柜成T字形放着一张大书桌，又配了两张可以拉动的矮方桌。我常常笑他"獭祭鱼"，写篇千字文，也要摊开好多书，这里查，那里找，"抄都没有你这样不会抄的"。如今总算有了摆书的地方，可以放开手脚"抄"了。一下子增加了上十个书柜，原来挤得一巴焦的书，从此各得其所，都有了归宿。

他的"自由"也带来了我的"自由"，如今老书房便由我独享。早几年我学会了电脑，在电脑上看新闻，查资料，同波特兰的女儿，洛杉矶、费城、凡尔赛各处的外孙女，以及省内外的亲朋好友们聊天，一切随我。活到七十七岁，我终于也有了一个自由的空间，这都是老头挪书房挪出来的结果，讲老实话，原来硬是想都没有想到过的呢。

（二零零六年十二月）

猪的肥肉

肥肉好像只属于猪。人们也吃肥牛、肥羊、肥鸡，吃时却不见有猪这样厚这样肥的肥肉。这种肥肉如今已很少人吃，但在"三年自然灾害"时却是求之不得的美食。那时的我已因右派"罪行特别严重，态度特别恶劣"被开除公职，成了街道上的"闲散劳动力"，父亲则仍为"民主人士"，每月还能凭券去某处食堂买一份"特供菜"。我以父亲的名义去买时，总想买到肥肉，越肥越好。

有回风闻特供"扎肉"，此本长沙名菜，系将"肥搭精"的大块肋条肉连皮带骨用蔗草扎紧，酱煮极烂而成。这次因为肋条肉不够，部分以净肥肉代之。老先生们择肥而噬心情迫切，到得特别齐，都按规定先坐好位子，连食堂旁边平时堆放旧桌椅的杂屋也挤满了人。黄兴的儿子黄一欧时已七十多岁，进了杂屋却没争得座位，只好将就坐在屋角的酱菜坛子上。谁知坛子盖并非"永不沾"，老先生坐上去浑然未觉，乃至扎肉到手，人站起来，叨陪末座的我才发现，他的西装长裤屁股上已经湿了两大块，颜色跟真正的酱煮扎肉差不多了。

幸运得很，我买得的竟是一块净肥肉。肥肉不易上色，而是煮成了半透明的浅黄，很像烟熏腊肉的厚肥膘，更是诱人，加上油香扑鼻，害得我直吞口水。

一路小跑着回家，老母亲已将三人的"计划饭"蒸好，熟肉无须下锅，匆匆分切成片，每月一次的家庭会餐立即开始。母亲细声细气讲了几句："真没见过这样的扎肉，无皮无骨，也不见一点精的。"父亲却满心欢喜："肥搭精哪有这样香，精肉还会嵌牙齿哩，没有骨头更好，可食部分不是还多些吗？"

这真是我印象最深的一块肥肉。

提供此种肥肉的猪，古时叫豕。马牛羊鸡犬豕，是为"六畜"，均系野生驯化而成。马牛羊鸡犬还多少保存了一些野性，只有豕到"宀"下成了家猪，完全不像山林中的野猪了。野猪据宋人笔记《癸辛杂识》说"最犷悍难猎，其牙尤坚利如戟，虽虎豹不及"；日本人用汉文写的《和汉三才图会》，也说它"被伤时则大忿怒，与人决胜负，故譬之强勇士"。前几天长沙本地的报纸上，还登载过猎人被野猪咬成重伤的新闻。我不曾遇见过活野猪，只吃过它的肉，都是结实的精肉，一点也不肥。家猪皮下这一寸多两寸厚的肥膘，完全是它投降人以后被豢养的结果。

古农书《齐民要术》总结的农家养猪的经验是："圈不厌小，处不厌秽。"这两句话下原来都有注释，译成白话便是：猪圈越小，猪活动少，便越容易肥；猪圈越泥泞污秽，猪日夜滚在泥污中，便越容易平安过夏。后来《兽经》介绍有人养大豕，亦云："是豕也，非大圂不居，非人便不珍。"意思是得将它养在大型厕所中，让它吃它最爱吃的人粪。周作人在《养猪》一文中，讲他一九三四年十一月初和俞平伯同游定县，大便时听到"坑里不时有哼哼之声，原来是猪在那里"；当时在定县平民教育会工作的孙伏园请客，席上有一碗猪肚，同席的孙家小孩忽然说道，"我们是在吃马桶（里的屎）"，弄得"主客憬然不能下箸"。可见从古至今，猪的食性一直如此，难怪犹太教和伊斯兰教的圣经都称猪"不洁净"，不吃猪肉。回想起自己买得"特供"肥肉时那副馋而傻的宝像，真是既可笑，又可怜。

人利用野猪贪吃和"恋凼"的弱点，将其改造成家猪；猪也自愿接受了改造，于是"坚利如戟"的牙渐渐退缩，一身肥膘渐渐长成，终于成为食用油脂的供给者。其肉作为厨房原料的地位却一直并不高，元代宫廷食谱《饮膳正要》将其列为第十八，排在牛、羊、马、驼、驴、犬各种肉之后，说它"主闭血脉，弱筋骨，虚胞人（使人发胖，且妨碍运动），不可久食"。但是对于腹中饥饿油水不足的人来说，肥猪肉仍然是富有吸引力的。东坡诗云：

> 黄州好猪肉，价贱如粪土。
> 富者不肯吃，贫者不解煮。
> 慢着火，少着水，火候足时它自美。
> 每日起来打一碗，饱得自家君莫管。

似乎可以作我这则小文的佐证。猪肉"富者不肯吃"，只求"饱得自家"的苏东坡却是要吃的，不仅要吃，还肯用心考究煮的方法，"慢着火，少着水"六字，至今仍是烹制东坡肉的不二法门。因而又想，那回"特供"的如果不是扎肉而是东坡肉，少了几根蔺草，还能多点汤水，父亲岂不会更加高兴了么。

（二零零九年一月）

书的未来

记得有人说过,夏曾佑(清朝进士,曾出洋考察,民国初年任教育部司长)首编古代史教科书,曾设问"男女私通始于何时",答案则是"女岐"(根据大概是《楚辞》王逸注云"女岐无夫而生九子")。此问此答,真的妙不可言。

如果早生四五十年,有幸读夏先生的书,恐怕只能老实回答"不知道"。因为有人类便有男女,有男女便会要"通",人类历史少说已经几十万年,明媒正娶依法登记这一套却不过实行过千百十年,在有巢氏的巢中和山顶洞人的洞里,怎么知道男女们在私通还是在公(?)通,他们的"通"又"始"于公元前几十几万几千几百几十几年呢?

这次薛君叫我谈图书的未来,西谚云"欲知其未来,先明其原始",所以无妨学学夏先生,先来问问人们称之为图书的这种东西始于何时,如果仍援夏先生之例,也许可以答"河图洛书"吧。"河出图,洛出书,圣人(伏羲、大禹)则之",以成八卦九畴,这是《书经》和《易经》中的话,比屈原问"女岐无合夫焉取九子"更为"经典",但同样也如司马迁说的"缙绅先生难言之",作不得数。

其实人类自从野蛮开始进入文明,便有了交流、学习、传承的需要，也有了想象与祈求。三千年前殷人用锐器刻在甲骨上的，四千年前两河流域人用小圆棒划在湿黏土板上的，五千年前古埃及人用炭黑写在纸草（papyrus）上的，直至二万五千年前克罗马农人彩绘在法国和西班牙洞穴石壁上的（见《中国大百科全书·考古卷》彩图第七页），都是先人的创作，先人留下的信息，也就是真实存在过至今还存在（当然只能存在于博物馆和图册里）的"河图洛书"。

我们的图书就是这样产生、发展、延续下来的，它们是文化的产物，同时又是文化的载体，只要文化不灭，图书也就不会灭亡和消失的。

当然，人在变，文化在变，图书的内容和形式也不可能不变。孔子读《易》，"韦编三绝"，串联简册的皮条翻断了三次，因为那时的书是写在一片片竹简上，再用皮条串联成册的，反复不断地翻读，皮条也禁不住。这比起今天用电脑，在阅读器上读书，书之重轻和读之难易，变化确实极其巨大。但是不是用阅读器读《易》就能比孔子读得更好呢，恐怕谁都不敢拍胸脯保证。

予生也晚，从小读的就是铅字印在纸上再装订成三十二开的平装书，但小时候在老家书房中，稍大后在府后街和南阳街的书店里，入目触手者仍全是木刻线装本。避着父师自己偷看旧小说，从《施公案》《七侠五义》到《西游记》《三国演义》，有光纸上石印小字看成了近视眼的，也全是线装，随时可以卷起来塞入裤袋，装作听话的好学生。

未来的书到底会是什么样子，我真不知道，是不是都会缩到阅读器里头去呢，恐亦难说。我想，即使阅读器真能全面取代纸本，也不过和平装取代线装、纸本取代竹帛、竹帛取代甲骨一样，又来一次世代交替而已。模样再变，供人阅读的功能不会变，人们读它，还是在读书。

　　老实说，我对此并不怎么关心。来日既已无多，架上的旧书且读不完，未来的书还读不读得了，读不读得懂，犹如太阳上的氢还能烧多久的问题一样，于我实在没有什么意义了。

（二零一零年三月）

送别张中行先生[*]

张先生以散文作家出名,其实他首先是一位学人,是一个思想者。他学的是中国文学,是周作人的学生,看得出周作人的文学观对他的研究和写作有很大影响。他长期在人民教育出版社工作,编教材,写普及性的书,这同样看得出他的学养。

在普及古典诗词的书里,他写的《诗词读写丛话》,我认为是最好的,比王力的《诗词格律》好。王力的书很成功,但讲的是诗的格律,而《诗词读写丛话》的内容更充实,不仅谈到了格律,对诗的欣赏与写作也给出了很切实的指导。他对古典诗词很有理解,不仅读得多,而且很用心,文字也写得更好些。

当然这本书也是在"人教"出版的,但张先生不仅仅是一个出版人。现在,一般的人随随便便就称大家名家,但我真心地认为,张先生是可称大家的。

张先生对生活和人生的态度,都显出了他作为一个学人的本色。他博览群书,而且很有理解。他的一生就是读书的一生。

我觉得他首先是一位思想者。因为他一生清醒,不糊涂,不

---

[*] 以下二篇选自《人之患》,本篇系《瞭望东方周刊》据采访记录整理。

盲从；或者用他自己的话来说，就是"不信"，对于凡事都存疑，头脑不容易发热。

一九九一年，我笺释的《儿童杂事诗》出版后，张先生很喜欢，写文章夸这本书。不久后，我去北京，张先生打电话说要来看我，我连忙对他说："这怎么可以呢？即使不序齿，也只能行客拜坐客嘛，何况未曾谋面您就写了鼓励我的文章。"最后我说："您年纪大了，走动不方便，还是我去看您吧。"于是我去人教社看了他，他请我在旁边一个小馆子里吃了饭。

那次饭后，张先生又有一篇题为《书呆子一路》的文章在《读书》上发表，写到我和他这回的见面交谈，过誉使我更加惶恐。文章随后收入《负暄三话》，题目也正式改为《锺叔河》，想不到他写的这一回两人初次的见面，竟成了最后的一面。他讲了我很多好话，我却连书都没有送他几本。我的书，张先生绝大部分都是自己掏钱买的。

我还说一件小事，民国时期《北京晨报》的副刊登过很多周作人的文章，后来这个报纸改成了《新晨报》，很难找。我要去北图查这个报纸上的文章，当时任继愈当馆长，他是张先生的同学，张先生就请任继愈派人帮我找，并且将找得的资料复印件寄给我了。

他的书出版之后，总会题赠给我。他说：你要什么书，我就送什么书给你。我知道张先生是搭公共汽车出行的，他去寄书是很累的事情。张先生去世，我心里非常难过。这样古道热肠的人，走掉了就没有了。

张先生一直很看重我，对我过分的奖掖，我无法向他表示感激。现在郑重通过贵刊，表达我对张先生深深的怀念和敬意。我年纪大了,写文章太动感情。老成凋谢,晨星寥落,这些老辈人不可能再有了,使我非常感伤。

张先生的一生是读书的一生,他的修养和境界都是因读书而有。他写的《顺生论》,受到很深的佛学影响,也是读书和思考的成就。

(二零零六年三月)

钱锺书和我的书[*]

中国人走向世界,就是从远东走向远西,从东方走向西方。中国人从东方走向西方的起步,比欧洲人从西方走向东方至少晚了一千七百年,这就是双方在走向外部世界上的差距。

《走向世界丛书》是我进入出版界后做的第一件工作。我到出版系统来工作的目的,就是要推出这部书。出版社是朱正介绍我来的。"文化大革命"期间,我和朱正在牢里就谈论过有关的问题,朱正《述往事,思来者》一文中也写到了,这篇文章发表在一九八二年第六期的《人物》杂志上。我那时候常考虑中国的未来,基本问题是如何使中国走向世界。如果中国能够接受普世价值,能够走向世界,中国的问题就会解决。

杨绛(钱锺书先生的夫人)跟我去世的老伴朱纯通过一些信。杨先生今年九十八岁,是朱纯和我的前辈,朱纯是以仰慕者的心态和她通信的。早几天我又收到了她的一封信,谈到钱先生对《走向世界丛书》的关心,还有他热情为我的书《走向世界——中国人考察西方的历史》作序的故事。

钱锺书先生我原来并不认识,见到他完全是由于《读书》杂

---

[*] 《晨报副刊》据访谈录音整理。

志的董秀玉（后来的三联书店总经理），她在我一九八四年一月到北京去的时候带着我去的。我这个人很怕旅行，北京至今都只去过四次，身在湖南，连湖南第一美景张家界亦从未去过，不是没机会去，机会很多，而是怕坐车。那次是指定我去北京开会，会后到了《读书》杂志，董秀玉跟我说，钱锺书、杨绛跟《读书》的关系很好，经常为《读书》杂志写文章，钱先生说湖南有套《走向世界丛书》，编书的那个人如果到北京来，希望能够见见面。董问我有兴趣去没？我说有兴趣去，她便陪着我坐公共汽车，去了三里河钱家。那时《读书》杂志好像还只是人民出版社的一个编辑室，社里的小汽车还轮不上我这样的客人，虽然范用对我很客气。

那一次我又晕了车，无法聚精会神谈话，临走时连自己的地址都没有留给钱先生。钱先生写信给我，也是寄给董秀玉托她转寄的。信中对《走向世界丛书》还原译名的错误提出了一些中肯的意见。光绪年间译名极不规范，郭嵩焘是湘阴人，就按湘阴话记音；黄遵宪是广东人，就按广东话记音。要想弄清这是什么人、什么地名，相当困难。有个同事杨坚英文比我好，《伦敦与巴黎日记》的译名今释主要是他做的，亦难免有错，但多是我自己的错误。这是钱先生给我的第一封信。

随后我们就通起信来。钱先生在信中说，你写的导言很有意义，最好能在这个基础上写成一本书，我愿为作序。董秀玉他们也表示愿出这本书，沈昌文、秦人路几位还约我座谈过。但当时《走向世界丛书》出书紧张，一个月出一种，薄本子，十几万字，不是现在这样厚厚的十本。每种书都要写导言，导言字数最少的一万二千字，最长的达三万五千字，都得在一个月内写成付印，所以很忙，实在没时间另外写书。拖到三月间发了病，脑出血两立方厘米，侥幸没死，医生和家属迫令作康复治疗，在疗养院一住就是半年，才将书稿完成。碰巧中华书局李侃到长沙开会，来疗养院把它拿过去了，就是不久前第三次印行的《走向世界——近代中国知识分子考察西方的历史》（按：二零一零年第四次重印改名《走向世界——中国人考察西方的历史》）。书虽然没有在三联出，但是钱先生的序一直印在卷首，这永远是我的光荣。

　　钱先生的序文有三份手稿在我这里。别人或者会以为钱先生有很大的架子，完全不是这样，他很随便的。他写的序，他说有意见你可以改，我也确实在上面"改"了，"改"掉的是他对我的奖饰之词，他的文章当然不需要改。我"改"过的稿子，他又誊一遍。他自己也喜欢改，在一封写给我的信中幽默地说自己，"文改公之谥，所不敢辞"。哪怕是写一篇这样的小序，他也习惯了一改再改，硬要改到"毫发无遗憾"才行。这三份稿子，现在都在我这里。有机会的话，我想介绍一下这三稿，讲一讲钱先生作文的认真。

（二零零九年一月）

也谈《四库全书》[*]

文渊阁本《四库全书》，抗战前商务印书馆影印出版过，原书到了台湾，在那里又影印过一次。二十年前，台湾影印本被内地复印了大肆销售，本单位打算买一部，我不赞成。当时我正编印周作人的书，就顺便引他的话道：

> 中国读书人说起《四库全书》来，总是五体投地的佩服，这其实是错误的，因为它是誊写本，不讲校勘，远不如后来诸家校本之有学术价值；尤其是按照皇帝的意思乱改古书，如乾隆尊崇关羽，改谥壮缪为忠武，将陈寿《三国志》里的本文也改掉了……

这些话没人肯听，周作人的话更不能听，书很快就买回来了。开始还有人出于好奇，去翻看一下文渊阁那颗大印，很快就无人问津，现在早已七零八落。

七部《四库全书》（今存三部半）全是手抄本，手抄必然出错，今古盖无不同。周作人说它错得多，近谈瞿兑之《读史零

---

[*] 以下五篇选自《念楼小抄》。

拾》，可知周氏说得一点不错。《四库全书》是乾隆皇帝让修的，也是修给乾隆皇帝看的，《读史零拾》便用乾隆皇帝批评《四库全书》的话，以说明《四库全书》错误之多。它引乾隆御制诗集卷四十《戊申题文津阁》一首原注云：

> 缮写《四库全书》，每份三万六千册，鲁鱼亥豕，原有不免。去秋驻跸（避暑）山庄，偶阅文津阁之书，初不意其讹舛至于累牍连篇。

于是对总纂官纪昀（晓岚）、陆锡熊"薄示创惩，以为误公者之戒"，对总校官陆费墀则降旨革职，并罚其出资将文汇（扬州）、文宗（镇江）、文澜（杭州）三阁之书装潢制函排架，陆氏大概将好多年的俸禄都赔光了。御制诗卷五十二《庚戌文渊阁题句》一首又注云：

> 缮写《四库全书》，卷帙浩繁，不能保其无错，初不意连篇累牍，竟至不胜枚举。

左一个"累牍连篇"，右一个"连篇累牍"，都是皇帝老子自己开金口。不然的话，有谁敢批评"盛世修文"，敢批评钦定的"文化工程"呢？但《四库全书》错误之无法掩饰，却由此可见。

抄得错字连篇，还只是《四库全书》毛病的"小焉者也"，更要不得的是它的乱改古书。周作人的话也许不足为凭，那么就来看看鲁迅是怎么说的吧。《华盖集·这个与那个》云：

> 学者们几乎一听到"钦定四库全书"这名目就魂不附

体，膝弯总要软下来似的。其实呢，书的原式是改变了，错字是加添了，甚至于连文章都删改了。

《准风月谈·四库全书珍本》云：

（四）库（全书）本有删改，有错误，如果有别本可得，就应该用别的善本来替代。

《且介亭杂文·买（小学大全）记》云：

文字狱不过是消极的一方面，积极的一面则如钦定四库全书，于汉人的著作，无不加以取舍，所取的书，凡有涉及金元之处者，又大抵加以修改，七经，二十四史，通鉴，文士的诗文，和尚的语录，也都不肯放过，文苑中实在没有不被蹂躏的处所了。

就是这样一部书，偏偏有人要印，有人愿买。印了文渊阁本，又印文津阁本，又印文澜阁本（这可是只剩下半部后来补抄的），恐怕转移到"三线"去了的文溯阁本也在计划着要印了吧，这就是今天古籍整理出版的水平。

（二零零六年八月）

最早的照相

《思益堂日札》的作者周寿昌是长沙人，道光二十五年的进士，后来做到了礼部侍郎，著作弘富。《日札》主要是一部读书笔记，卷九《广东杂述》篇中，却记述了照相术最初传入我国的情形。如今老照片吃香，民国时期照的相都成了"历史文物"，晚清时期即一九零零年前后的更成了凤毛麟角。《日札》所记却是道光丙午年（一八四六年）时的事情，据浅陋如我者所知，这大概是中国最早的照相的记述了。

人们知道，照相术是一八三九年在法国发明的，一八四零年纽约开了全球第一家照相馆。我国第一代摄影家郎静山，珍藏过一幅一八四四年的石牌坊照相，据说是"欧洲人在中国境内拍摄的第一张照片，是船泊岸边时在船上拍照的"，但未说明牌坊所在地，想必总是五口通商中的某一处口岸。

编辑出版《走向世界丛书》时，我见过不少国人对海外新奇事物的记述。林鍼一八四七年在纽约接触过照相机，所著《西海纪游草》称之为"神镜"，说"炼药能借日光以照花鸟人物，顷刻留模，余详其法"。同治五年（一八六六）斌椿首次出访欧洲，在那里进照相馆照了相。张德彝当时作为随员，其《航海述奇》中记述照相的情形是："令人端坐不可稍动，对面高支一镜匣，相隔十数步。匠人持玻璃一方,入一暗室,浸以药水,出时以青毡遮之,不见光亮。仍放于镜匣内,向人一照,则其影自入镜矣。"这时药剂的光敏性差,所以人须端坐不可稍动,但已经用上玻璃湿片,并可"印成数纸,装潢成页"。

周寿昌在张德彝之前二十年"薄游粤东,淹留三月",记下了在那里见到的"画小照法"(实际上应称"照人像法"):"坐人平台上,面东。置一镜,术人从日光中取影。和药少许,涂四周。用镜嵌之,不令泄气。有顷,须眉衣服毕见,神情酷肖,善画者不如。镜不破,影可长留也。取影必辰巳时,必天晴有日。"这就是中国最早的照相的实录。"和药少许,涂四周"的"药"是原始的液态感光剂,得临时配制,感光很慢,故须趁"天晴有日",而且"必辰巳时"(上午九十点钟),还得让人"面东"(朝向太阳)"从日光中取影",再等待"有顷","神情酷肖"的"小照"才能照得出来。

《思益堂日札》刊本加有小注:"今照相法,国人皆能之,各省皆有。但其制药必自外洋,镜亦如之,有高下数等。"此时周寿昌已到晚年,他死于光绪甲申(一八八四),正是在这一年,美国人发明了乳胶干片,照相术遂从"由湿到干"进而"由硬到软"。而"湿法照相"从道光末年传入粤东后,经过咸丰、同治两朝,到光绪初年已传遍各省,"国人皆能之"。可见生活享受方面的新事物,在中国推广的进度,其实并不慢。

(二零零五年十月)

自来水之初

"人之初"耳熟能详,其实所有事物都有"之初",下面便来谈谈中国的自来水之初。

抗战前长沙城里没有自来水,井水咸苦,饮用得买河水,也就是卖水夫从湘江里挑上来的水,须以明矾净化。若是买"沙水"(南门外回龙山下白沙井的水),那就贵得多。

北京人过去买"甜水"饮用,也须付出高昂的代价。王渔洋诗中写道:"京师土脉少甘泉,顾渚春芽枉费煎,只有天坛石甃好,清波一勺买千钱",可以为证。但即使是用"甜水"泡茶,茶杯"三日不拭,则积满水碱"。难怪已故的邓云乡先生要在《北京乡土记》中感叹:"当年吃口好水是多么不容易啊!"

北京的自来水到光绪三十四年(一九零八)才开始筹办。上海因为有租界,市政建设走在前头,光绪六年(一八八零)即有英商组织自来水公司,三年后静安寺到小东门一线便开始供自来水了。后来,人们便将这看成中国的自来水之初。

最近翻看清人欧阳昱的《见闻琐记》,才知道同治末年(一八七零至一八七三)南京便办过"转江水入城,分数百小管遍达"的自来水。虽然这只是为了解决"江南贡院"一万一千多间"号舍"的饮水问题,仍可视为中国城市中的自来水之初。

贡院是当时各省逢"子午卯酉"（三年一次）举行乡试（考举人）的地方。每试三场，每场三日，入场后即封门，内外交通隔断，一人一间号舍，食宿均在其中，食物是装入"考篮"带进场的，饮水却不能不就地解决。

《见闻琐录》的作者是江西人，他说，江西贡院位于东湖旁边，"湖水不流，一城污秽皆聚其中。闱中井皆湖水渗入者，以其水烹茶，入碗中，碗面有黄油一层，其味咸，饮之令人腹痛"。士子入闱，在沉重的考篮之外，还得带上一个满盛河水的竹筒，但此水"一日即尽"，第二天第三天还得喝井水，三场下来，很少有人不生病的。

江南贡院比江西贡院规模大得多，情况同样是"井水秽极，士饮多病"。《见闻琐录》说，梅启照（小岩）到南京当藩台（主管全省民政财政）后，下决心改善贡院饮水条件，办法是"转江水入城，院墙外设东西两台（水塔），安两锡管，分灌入墙内，复分数百小管，遍达号舍，自是士不饮井水，颇便之"。这里叙述得简略了一些，但江水先"转"到"东西两台"上，再通过"锡管"直送到每个号舍，供给上万名士子饮用，已经是自来水的雏形了。江南贡院遗址如今乃是南京一处旅游热点，听说那里陈列有科场考试的史料，自来水之初其实也可露露脸。

梅启照在南京做了几年藩台，光绪三年（一八七六）升任浙江抚台，旋即入京任兵部侍郎，光绪七年又出任东河河道总督（制台），提升之快，说明他是有治绩的。在江南贡院首创自来水设施，也可算是他的一桩治绩。他后来因王树汶案办理不善被革职，回南昌后，还建议当地照南京的法子"转水入闱"，但下台后的话没有人听，"当道托以无费辞，遂无如之何矣"，这却是后话了。

（二零零六年六月）

汉字与中国文化

语言是从猿到人的标志，文字则是从野蛮到文明的标志。我们的汉语和汉字，无论从历史的悠久来看，还是从使用的广泛来看，都称得上是全球第一。这块金牌，别人想夺也夺不走。

四大文明古国加上古印第安都是文字起源地，但是汉文以外的其他古文字都已经死掉了，没有人再使用它们，没有人能认识它们，除了屈指可数的研究人员。

如今的伊拉克人、埃及人用的是阿拉伯文，印度人用的是印地文和英文，墨西哥和秘鲁用的是西班牙文。只有我们三千年来一直在使用汉文；汉字拉丁化既已不再提起，看来今后也还会继续使用下去。

殷墟出土的甲文，"癸卯卜，今日雨？其自西来雨？其自东来雨？其自北来雨？其自南来雨？"仍然一看就能明白。甲文的字形跟简化汉字虽有差异，认起来却并不比书法家的狂草更难；对于爱玩图章的朋友们来说，更不费吹灰之力。

有次看电视，正在讲英国保守党，偶来的一位中学生忽然说道："一个党连名字都不会取，为什么要叫保守党？"其实，"保守"并不完全是贬义词，汉字三千年来一直在用，便是它保守性强的缘故。

汉字很能保守它自己的特点，由象形、指事到会意、形声：门中进来马即是"闯"，屋里养了猪（豕）便成"家"，"有木也是棋，无木也是其，去掉棋边木，加欠被人欺"，几百个单音字可以组成成千上万字、词。比起别的文字来，表达同样的意思，汉字所用的字数总是最少的，这更是它一个显而易见的特点和优点。

所有古文字最初都是象形和指事（结绳也是记事），而且最初都不规范；汉字却早早实行"书同文"，规范起来了。威尔斯《世界史纲》说，汉字的"结构过于精细，格式过于死板，用法过于麻烦"，这也是强求统一和规范的结果。人们要熟练掌握如此繁难的文字，需要更多的时间和更高的智力，于是便造就了一个特殊的士大夫阶层，只有他们才能役使文字。而他们在役使文字的同时，自己也不可避免地为文字所役使。

别的古文字走的是不同的发展道路。因为写的人较多，有时还分属不同的族群，操着不同的语言；人们求简求快，楔形文字便逐渐变成为一种音节文字，埃及石碑上复杂而富于装饰性的图案文字也逐渐变成了音符——字母。结果全世界的文字（包括借用汉字偏旁作字母的日文）都成了拼音文字，除了汉文。

"书同文"的汉字，对于"大一统"的形成和发展，具有决定性的意义。英国人叫 Father、Mother，德国人叫 Vater、Mutter，法国人叫 Père、Mère，听起来的差别，远小于北京人叫爸、妈，下江人叫爷、娘，广东人叫老爹、老母。如果书不同文，燕赵、吴越和南粤，又如何可能成为"一家"呢？

中国的面积和人口约等于欧洲，如今欧洲有三四十个国家，和春秋时的中国差不多；说是说要建立统一的欧洲，但一部宪法在一个国家（爱尔兰）全民公决中被否决，便只能作废，统一谈何容易。

  正因为统一的文字有利于文化的统一和思想的统一，有利于君王一统江山，掌握汉字的士大夫自然会也不能不用它为君王的统治服务，并且谋取本身的利益，即所谓"学而优则仕"。士大夫阶层的出现，本是文明进步的一种标志，但"他们的注意力必须集中于文字和文字格式，胜过集中于思想和现实，尽管中国相当太平，它的人民的个人智慧很高，但它的社会和经济发展，看来却因此受到了很大的阻碍"（威尔斯《世界史纲》），这又是汉字和汉文化保守性带来的坏处。——"保守"虽不完全是贬义词，但也不完全是褒义词呀！

  汉字与中国文化，这是一个大问题，非千字文所能罄。因为看了威尔斯的书，想到了这些，才胡乱写了这一篇。我总以为，汉字的特点所由形成的思维方式、思想方法，以及它所体现的中国文化的保守性的好坏两方面，的确是一个值得深长思之的大问题。

（二零零八年八月）

为武侠小说说话

"人类灵魂工程师"的作家，跟歌女歌郎一样上"流行榜"，个个司空见惯。有人见榜上题名鲁迅排到了金庸的后面，为之忿忿不平，这实在大可不必。

讲起"流行"来，正经文字从来是不如通俗作品的。"负鼓盲翁"的唱词，流行到了"满村听说蔡中郎"（陆游诗《小舟游近村舍舟步归》）的程度；读过蔡中郎"青青河边草"（《古诗十九首·饮马长城窟行》）的人，满村里却未必能找出一个来。就是鲁迅本人，千里迢迢从上海寄往北京去给老母亲看的，也不是自己新出的《伪自由书》《准风月谈》，而是张恨水的《金粉世家》和《美人恩》。

张恨水的书没怎么看过，前些年去美国，陪朱纯在波特兰久住，那里图书馆的中文书不很多，金庸小说却不少，于是便借看过好些。有本写"神龙教"和那教主夫妇的，讽刺和谴责的目标显然，倒算得有心之作，实在比吹捧秦皇汉武的"主旋律作品"还要好点。

认真考究起来，头一个写"侠以武犯禁"的作家应是司马迁，《史记》的故事实在比后来的武侠小说更精彩，人物个性也更鲜明。法国大仲马人称"讲故事的大师"，他的《侠隐记》由伍光建（君朔）用《水浒》式的白话译出，也真比得上《水浒传》。有这些"典型在夙昔"，武侠小说尽可入文学殿堂直起腰杆，怕只怕自己不争气，毫无思想，一味胡扯，那就只能让人瞧不起。

小时不爱看言情小说，武侠小说则是有看便看，不分好坏。好书且不必说，就是一九四九年以后三十年中一直被取缔的《施公案》《彭公案》《江湖奇侠传》这些书，亦未尝对我无益。黄天霸"八大拿"，拿的全是杀人强奸、绑票勒赎、为霸一方的严重刑事犯罪分子，正是如今"严打"的对象。那时偏要骂他是官府爪牙，是镇压人民的刽子手，骂来骂去，岂不骂到公安武警头上来了么？

《江湖奇侠传》中桂武招亲后，想带着妻子离开强盗窝，只能一道门一道门凭本事打出去。守头道门的是侄辈，略微动手便过了；二道门由同辈人把守，交手一番也过了；第三道门上是长辈，那就打不赢，幸亏岳母娘手下留情，才抱头鼠窜而出；第四道门上横着老祖母的铁拐杖，小两口就只能跪下磕头，苦苦哀求了。这真是一代不如一代啊！比九斤老太的故事生动多了。

武侠小说写门派，写斗争，毫无例外，徒孙总打不过徒弟，徒弟总打不过师父，太老师、祖师爷一出场，胜负便立决了。等级之森严，权威之绝对，服从之自觉，叛逆之不能幸免，均可于此中见之，"与人奋斗其乐无穷"哲学之精义亦在斯焉。这种阅读文化大概确实有它广泛的群众基础，所以才能在"流行榜"上居于高位。

（二零零八年八月）

我爱我乡*

今年满八十,离乡六十五年,真的已经很久了。

久虽久,一十五岁前的故乡景物,那天岳书院用整块青石板雕成的亮窗,走三阳街进城必过的鹰架桥,石碧潭对岸"开花一条线"的板栗树……仍不时出现在我梦里和心中。

如果不少小离乡,从小到老生活在本乡本土,石亮窗、鹰架桥、板栗树习见习闻,"乡"之前难加"故",故乡景物便不会使我梦绕魂牵。对于我来说,这到底是幸运,还是不幸呢?老实说还真不好回答。但我永远记得:

是故乡记录了我少小时的游嬉歌哭。七八岁时同男孩们捞鱼虾捉螃蟹,同女孩们捕蜻蜓采野花,笑声不断。进初中后知识初开,又曾在汨罗江畔对月临风,生发过幼稚的感伤,甚至无端落泪。

是故乡承载过父亲对我的慈爱。县中教员多是父亲的学生,所以他常来带我出校游玩,吃点东西,顺便查考学业,还曾给我指点,何处叫"秀野春光",哪里看"碧潭秋月","平江八景"又还有哪一些。

---

* 以下三篇选自《左右左》。

是故乡留下了母亲勤劳的针线。抗战时穿土布，裁缝便是母亲，还有一年的两双鞋。昏黄的桐油灯下，她一边打鞋底，一边用"古老话"鼓励我："'平江出人了不得，余蛮子带兵打外国。李次青、张岳龄，七篇文字钟昌勤。'平江出人，有钟昌勤，你也姓钟，要争气啊！"

是故乡给了我最初的智慧和经验。小学教"国语"的张先生油印丰子恺、叶绍钧的文章给学生作课外读物，初中教地理的李先生带学生用白纸板测验塘坝中水的透明度，培养了我对写作和自然的爱好，使我终身受益。

六十五年前，平江人家都有龛供着"天地国亲师"。老人告诉我，这是前清时"天地君亲师"改的，改得好。好当然好，但"天""地""君"隔我们毕竟远了点，"亲"和"师"就不同了。头发花白戴老花镜吃力看书的父亲，手指套着针抵攒劲打鞋底的母亲，一身粉笔灰在黑板上写字画图教我的先生，他们和天岳书院的石亮窗、三阳街的鹰架桥、石碧潭上的板栗树……综合在一起，便是我心中的故乡——平江。

谁不爱父母，谁不爱恩师，谁不爱自己的乡——家乡和故乡呢？所有的亲人和师长都属于乡，所有的乡都属于国，爱乡也就是爱国了。

（二零一一年九月）

父亲的泪眼

我这一辈子，只见父亲哭过一回。

那是一九四九年六月，我在长沙文艺中学读高二，是校内公认的左倾学生。本来到了放暑假的时候，但地下党要求学生"留校护校"，说是快解放了，要留下来保护校产。学校里的三青团则坚持如期放假，要停止开伙，分掉伙食节馀，于是打了起来。现在我右眼眶眉棱骨处的旧伤痕，便是当时被打的痕迹。

头破血流地被送进医院，校长通知了父亲。躺在病床上看到他推门进来，直勾勾望着我的是一双泪眼。在床边坐下后，只哽咽着说了句，"打成了这个样子"，他就哭出了声。我这一辈子，只见父亲哭过这一回。

父亲是个读书不少但对世事了解不多的书呆子。一九五八年，我被打成右派开除，要送劳教，按"政策"可以申请回家自谋生活。找父亲商量，他却说："我看去劳教也没什么不好，就当成是出国留洋好了。"从前有条件的人家，子弟结婚生子后，才会送出国留洋。这时我也结了婚生了孩子，所以父亲这样说。他以为去劳教和去留洋差不多，都是离家几年再回来做事，我真被他弄得哭笑不得。但结果他还是依了我，向统战部写信，将我接回了家。

一辈子最感激父亲的倒并不是这件事，而是小时候他不管我，让我自己看书，不像别家小朋友，连环图画都得躲着看。我与父亲之间的代沟很宽，他五十多岁才生我，相差两代人。从年龄上讲，他是我的祖父辈，"丈夫爱怜少子"，所以对我一点也不严。从四五岁开始识字看书起，我想看什么书，爱看什么书，都可以，他基本上不管。

父亲是光绪四年的人，应科举成了"佾生"，又进时务学堂，是梁启超的学生。后来他学数学，教数学，我的数学偏生学得不好。他晚年读庄子，读佛经，我也读不懂。

说是说不管，但父亲还是很关心我的。差不多十岁时，在平江老家，父亲有次从长沙回来，发现有位堂叔父给我看《金瓶梅》，是那种线装木刻有插图的本子。堂叔是有意要捉弄我，故意让我看那些木刻的"妖精打架"，我其实看不懂。父亲一见，问清了来由，抓起一根竹杠子就追着堂叔打，却并没打我。那次父亲真是生气了，满脸通红，厉声责骂他的堂弟："你要害我，也不能这样害哪，下流胚子！祖宗有灵，也要你不得好死！"现在想起来，老家中的那位庆叔也确实荒唐，他比父亲至少要小二十岁，"读书不成"，当"少老爷"，几次从妓院里讨回姨太太，过一两年又"打发"走，父亲从来就不许我往他屋子里去的。老家那座大宅院够糟的，但父亲早就离开了老家，在外面读书，教书，直至解放后成为文史馆员。

父亲是一九六五年秋天去世的，享年八十八岁。和他同活在世上的三十五年中，我就只见他哭过这一回。他老人家去世已经四十七年，我也年过八十了。直到如今，每当想起父亲时，浮现在我面前的，还是老人家的一双泪眼。

（二零一二年三月）

罗章龙书自作诗

抽刀断水水长流,语不惊人应便休。
五十年来无限憾,山林朝市各千秋。

罗氏自云此诗作于一九七八年,写成条幅赠我却是一九八八年的事。此时他已年近九十,但气色仍佳。

一九四八年在长沙,当时我正读高中,因家住河西,假日常去湖大阅报室和学生自治会等处留连。有次路遇一位身穿灰呢大衣、戴着黑框眼镜、手拿几册图书的中年人。同行的湖大外文系学生雷君告诉我,此人为经济系教授罗仲言,他和另一位教授李达一样,过去都是共产党。

罗仲言即罗章龙。他比毛泽东小三岁,一九一五年两人以"纵宇一郎"和"二十八划生"的署名结交,随后同组新民学会,同在北京与蔡和森、肖子升等"八个人聚居小屋,隆然高炕,大被同眠"(毛泽东《新民学会会务报告》)。一九二零年北大建党,最初成员为李大钊、张国焘、罗章龙、刘仁静、李梅羹,李大钊负责领导,张任组织,罗任宣传,毛泽东则回湖南建党。一九二三年中共三大,毛、罗同时进入九人的中央委员会和五人的中央局。一九三一年六届四中全会,苏联将连中央委员都不是的王明硬塞进政治局掌握大权,罗章龙随即成立"中央非常委员会"对抗,被政治局宣布开除党籍。他于是进大学教书,成为了经济学教授。

一九八八年八月,我带着岳麓书社出版的《椿园诗草》到北京去看罗章龙。他已被安排到中国革命博物馆当顾问,住上了"部长楼",很热情地接待了我,主动给我写了这幅字。写的诗却是《椿园诗草》中《炎冰室杂咏》九首之六,我看过了几遍的,于是便笑着问他:

"下一首还有两句,'众口悠悠安足论,吠尧桀犬本寻常',看来你老人家的牢骚不小呀。还有'炎冰室'这个斋名,对世态炎凉恐怕也深有感触吧。听说你老早就申请恢复党籍,不愿跟李达那样重新入党,结果并不顺利,是不是啊?"

"没得的事,没得的事。"他也笑着,连连摇手。

"你老也不想想,建党党员,三届中委,这样的资历,若是恢复了党籍,位置又怎么好摆呢?"我还是笑着问。

"没得的事还要问,你也是匹湖南骡子,太倔了。"话虽如此说,他仍然满面笑容。"语不惊人应便休",看来他真是"休"了,一切都放下了,想开了。他一面笑,一面又拿出一本《椿园载记》来要送给我。这是三联书店一九八四年印的,内部发行,乃是他的回忆录,一九八五年已经寄给我了的,无须再要,便辞谢了。此书的第一节为《二十八划生征友启事》,最后一节中又谈到汪精卫误认他为铁路工人,向他表示"今后愿诚恳向中共工人同志学习",可读性很强。

(二零一一年十二月)

记得匡互生[*]

初识老赵是四十五年前在邵阳,那时彼此都年轻,工作流动性大,不久就各自东西了。四十五年后得赠书,开卷首见作者近照,昔时资江边少年身影只恍惚依稀;接着读到写他的同乡匡互生的文字,则真的使我惊喜了,难为他还记得匡互生,还记得这位早已被淡忘的"五四"先贤。

匡互生何许人?请允许我从北师大的校史资料中,摘录几位先生的回忆,第一位是周予同,他说:

五月四日上午,各校代表开会,提出"外争主权,内除国贼"的口号,当时匡互生最起劲。大家相约准备牺牲,我和互生都写了遗书。午后,队伍往天安门前集合,经总统府、外交部,一路高呼口号,直奔赵家楼曹汝霖家(传说曹、章、陆三卖国贼在此开会)。曹宅大门紧闭,旁只一小窗,镶有玻璃。互生一拳把玻璃打碎,手上满染着鲜红的血,就从这小窗很困难也极危险地爬进去,将大门打开,于是群众蜂拥而入。我们找不到卖国贼,便要烧他们阴谋作恶

---

[*] 以下三篇选自《人之患》。本篇即《赵海洲〈匡互生传〉序》。

的巢穴。互生拿出火柴，我们把卧室里的帐子拉下，放起火来。

云刚（不知是哪位先生的化名）说：

匡互生一九一九年北京高师毕业，回长沙任第一师范教务主任。当时毛泽东在一师附小当主事。匡互生参加了毛泽东创办的新民学会，他们又一起组织了文化书社。匡互生想请毛泽东到一师任教，但那时有规定，到一师教书的，必须是大学毕业生。毛泽东没进过大学，怎么办，匡互生就在规定中加一条，附小的主事可到师范任教。于是，一师毕业的毛泽东，破例担任了一师的国文教师。

朱光潜说：

匡互生任春晖中学教务主任，他和无政府主义者有些来往，特别维护教育的民主自由。春晖的校长是国民党中央委员。匡互生建议改革，要让学生有发言权，要实行男女同校，被校长拒绝，互生愤而辞职。我跟他采用同样态度，一批学生挽留不住，跟我们一同跑到上海。教师中周为群、刘薰宇、丰子恺、夏丏尊等也转到上海，原在上海的朋友胡愈之、周予同、刘大白、夏衍、章锡琛也陆续参加，创办了立达学园。学园有教育自由的思想和作风，在军阀统治下传播了新鲜空气。

叶圣陶则回忆了匡互生的不顾家庭一心办学：

不但是足无停趾，简直是饥不得食，渴不得饮。这时宝庆家中来电报，说他父亲病故。他带着奔丧回籍，只一个星期，把丧事匆匆办完，便单身赶回，忙着把学园附设农场产的鸡蛋运出，卖得钱买学生食物和鸡的饲料。不料这时又来个电报，报告他母亲逝世了，于是他又第二次奔丧。家中连遭大故，学校又受了重大打击。大家以为即使是匡先生，也难免会灰心。但匡先生仍然匆匆办了丧事，又单身赶回来了。

巴金说：

学园七月复课，互生年底就因肠癌进了医院。他起初不肯就医，把病给耽误了。他是这样一个人，不愿在自己身边多花一文钱。他为学校筹款，一天在马路上被撞倒，给送到医院诊治。医生要他每天喝点白兰地，他去喝了一杯，花去八角钱。他说："我哪有钱吃这样贵的东西，钱是学校需要的。"以后他就不再喝了。我有位姓伍的朋友，到他友人林的住处去，刚巧法国巡捕因共产党嫌疑来逮捕林的朋友郑，把三个人都捉去了。我们拿不出钱行贿，有个朋友提出匡互生，说他认识在法租界工部局有影响的李石曾。我们就去找他，他一口答应去找李作保。一天大清早，有人叩我的房门，原来是互生。他进了房，从公文包中掏出李石曾写的信，看到信中只写两个名字，便说："这对姓郑的不利，我把信拿去再找李石曾改一下。"第二天一大早，他又把改好的信送来。不用说，被捕的人都保释出来了。朋友伍今天还在北京工作，他一定没有忘记五十多年前这件事。

就是这样一位只手破窗火烧赵家楼的英雄，这样一位把没有资格教中师的毛泽东破格弄到第一师范教书的人，这样一位为了援救共产党嫌疑犯不惜一再奔走的人，这样一位为了省钱办教育连一杯白兰地都舍不得喝的人，这样一位在叶圣陶、朱光潜、周予同、巴金心中长葆光辉的人，近几十年来却被不应该地冷落了。

就在病房中看老赵的书的时候，碰到一位病友，说是"做政府工作"的，家住邵东廉桥。我到过廉桥，对那里的黄花菜和朝天椒印象很深。他却于此毫无兴趣，而好谈政情人事。有次他兴高采烈地说："如今邵阳总算出人了，某某到了省里，某某还进了北京。"我说："邵阳从来就是出人的地方嘛，比如廉桥的匡互生……"他一听愕然，忙问："匡互生？在哪里？搞什么工作？"我只好含糊："搞教育的，抗战前就死了。"他才松了一口气："哦！"

现在是名人争出的时候。最出名的当然是那些"到了省里""进了北京"的大官，其次则是出得起赞助、拿得出投资的大老板。这都是有作家跟在屁股后面作报道，写特写，编传记的。再次则影星、球星、歌星、舞星……想不到匡互生却只能得到一声"哦"。

然而，总算还有老赵这本书，匡互生地下有知，也可以少破岑寂了。

（一九九七年六月）

我的笔名[*]

笔名是 Pen Name 的汉译，而且是直译，但中国古亦有之。明清文人写作时常用的室名和别号，如聊斋、玉茗堂、渔洋山人、兰陵笑笑生之类，其实就是蒲松龄、汤显祖等人的笔名，不过当时没那么叫罢了。

新文学本是旧文学发展到近代，加上西洋和东洋的影响，才发生和长成的。周氏兄弟用过的笔名戛剑生和知堂，跟略早的百炼生和观堂看起来没什么两样。巴金听说取的是巴枯宁、克鲁泡特金首尾二字，西谛则有可能是 CD 的谐音，这便有了"西来意"。到蒋冰之署丁玲，万家宝署曹禺，不仅易名，而且改姓，才是古之所无，开了生面。

有本书名《方生未死之间》，我出生在这个"之间"，故多少受过些旧的影响。十四岁时用文言写了卷《蛛窗述闻》，署名"病鹃"，好像是在"为赋新词强说愁"，却又无此本领，只留下了这一点幼稚的感伤的痕迹。

抗战胜利后回城念高中，一度想当文学青年，学着写新诗，写小说，刊出时用了个"杨蕾"的笔名。四九年后成了公家人，

---

[*] 即《董宁文编〈我的笔名〉序》。

起初"杨蕾"还在做他的文学梦,但五零年夏天小说《季梦千》一发表,立即受到公开批评,冯牧、林克二位写文章,说它"缺乏思想性","看不出怎样痛苦地和自己的旧思想作坚决的斗争"(原文如此,下同)。差不多同时,又收到了《人民文学》退回另一篇稿子的复信,说是"思想水平还不很高,没有写出我们的力量与曾经如何战斗"。我想,"缺乏思想性"是肯定的,"思想水平还不很高"这一句则越看越像是嘲讽,这思想水平实在也无法提高,又如何写得出"我们的力量与曾经如何战斗",还有"怎样痛苦地和自己的旧思想作坚决的斗争"来呢。于是只好将"杨蕾"从梦中喊醒,这笔名从此再没用过了。

与文学虽然绝了缘,文字工作却仍在做着,奉命写的短评社论不署名,有的文章却是要署名的,署过的记得有"柴荆"(财经)、"龚桥"(工交)、"辛文"(新闻)等等。最好笑的是,七十年代初以"右派分子不思悔改又恶毒攻击伟大的无产阶级文化大革命"的罪名被逮捕判刑时,判决书中这些笔名(如果可以算作笔名的话)都成了我的"化名"。化名都有上十个,即使不是潜伏特务,也是"草上飞"一类江洋大盗了。

折腾二十多年后,终于平反改正,到了出版社,着手编我的《走向世界丛书》,每种书前得写长篇叙论,这是学术文章,必须署名以示负责。可又有好心的同志打招呼:"我们这里,向来不赞成编辑搭车发表文章的,自己的名字还是不署为好。"此时我年已五旬,火气早已退尽,立刻从善如流,于是署上了不同的笔名,有"谷及世"(谐音古籍室),有"何守中"(倒读锺叔河),还有"金又可"(锺叔河之半)等等,这大概也可以算作是一个小小的故事。

八四年当了总编辑,署什么名没人再来管,从那以后,我便只用本名,再没用过什么笔名了。董宁文君上次叫写"我的笔名",即以此辞之,这次又叫我写序,更不敢佛头着秽,免得玷辱名家名作。但董君的盛情实在难却,只好讲点从前的小故事,聊备一格。如果书稿已经按作者姓氏笔划编排好了,便请将其放在全书之末,作为迟到的最后一篇吧。

(二零零六年八月)

当官不容易 *

赵力行君写了本新书《当官不容易》，我没当过官，对此缺乏亲身体会，但从杂览中得知，当官的人，若要当一个清官，当一个敢于不和贪官同流合污的清官，委实是不容易的。

清人《履园丛话》和《归田琐记》都记载过"天下第一清官"张伯行的事迹。康熙时他做江苏巡抚，严拒馈送，传檄公示道：

> 一丝一屑，我之名节；
> 一厘一毫，民之脂膏。
> 拒一分，民受惠不止一分；
> 取一文，我为人不值一文。
> 谁云交际之常，廉耻实伤；
> 若非不义之财，此物何来？

而且说到做到，谁知却惹恼了总督噶礼。

噶礼为满洲亲贵，习惯贪污受贿，张伯行要当清官，很碍他

---

* 即《赵力行〈当官不容易〉序》。

的事，便不断向皇上打小报告，说张"专事著书（！），猜忌糊涂，不理案牍"。康熙四十九年江南乡试，噶礼伙同考官贿卖举人，得银五十万两，张伯行上疏参他。他却抢先出政治牌，反告张包庇戴名世《南山集》一案，奏云"《南山集》刻板在苏州印行，伯行岂得不知？进士方苞以作序连坐，伯行夙与为友，不肯捕治"，都是要杀头充军的罪名。

督抚互劾，朝廷不得不派大员来查。噶礼有钱有势多方活动，张伯行生活清贫不会交际，于是认定：贿案虽然属实，其罪只在考官，噶礼应予免议；张伯行虽与戴案无涉，参噶礼却是"妄奏"，当革职赎徒（罚款抵刑）。幸亏康熙想做明君，想保清官，另派人来复查，"复谳仍依原议"。这下圣心不悦了，谕云："噶礼屡疏劾伯行，朕以伯行操守为天下第一，手批不准。此议是非颠倒，着九卿詹事科道察奏。"就是要群臣会议，来评判噶、张的是非功过。但察奏的结果，仍是"互劾失大臣体，皆应夺职"。

皇上明明讲了"此议是非颠倒"的重话，为何还不把颠倒了的是非再颠倒过来，还要混淆是非，各打五十大板呢？岂不是俗话所说"贪官人缘好，人人都想保；清官自管清，个个都不亲"的缘故么，当清官委实不容易呀。

但康熙毕竟可算是位明君，他需要保全"天下第一清官"。噶礼政治上整人得利，利令智昏，又揭参江宁知府陈鹏年《重游虎丘诗》"诽谤"，想再制造一桩文字狱，以转移视线，并立功补过。这回却打错了算盘，康熙正在为群臣不明是非生气，遂谕云：

噶礼操守，朕不能信，若无张伯行，江南必受其朘削一半矣。即如陈鹏年稍有声誉，噶礼又欲害之……互劾之案，大臣往谳，皆为噶礼所制。尔等应体朕保全廉吏之心，使正人无所疑惧，则海宇长享升平之福矣。

这样张伯行始得留任，噶礼则终被革职。几年后他谋杀母亲未遂被赐死，则是别一案件，与张伯行无关了。

  这是二百九十多年前的事情，如今已经没有皇帝，靠圣天子"保全"已不可能。清官贪官则总还是有的，我耳目闭塞，只能从报纸上找例子。督抚（省部）级的贪官至少有一陈希同，其制造"政治大案"的手法亦仿佛噶礼乎？清官如张伯行者则尚未找到，希望他再不容易也要坚持下去，总得让我找到才好。

（二零零八年九月）

图书在版编目（CIP）数据

念楼随笔 / 锺叔河著. — 南京：江苏凤凰文艺出版社，2018.5（2023.4重印）

ISBN 978-7-5594-1742-8

Ⅰ.①念… Ⅱ.①锺… Ⅲ.①随笔－作品集－中国－当代 Ⅳ.①I267.1

中国版本图书馆 CIP 数据核字(2018)第 051398 号

书　　　名	念楼随笔
著　　　者	锺叔河
责 任 编 辑	牟盛洁　李 黎
出 版 发 行	江苏凤凰文艺出版社
出版社地址	南京市中央路 165 号，邮编：210009
出版社网址	http://www.jswenyi.com
印　　　刷	安徽新华印刷股份有限公司
开　　　本	880 毫米×1230 毫米 1/32
印　　　张	12.5
字　　　数	290 千字
版　　　次	2018 年 5 月第 1 版　2023 年 4 月第 5 次印刷
标 准 书 号	ISBN 978-7-5594-1742-8
定　　　价	49.00 元

（江苏文艺版图书凡印刷、装订错误可随时向承印厂调换）